D+

dear+ novel

koigataki to kousai・・・・・・・・・・・・・・・・・・・・・・・

恋敵と虹彩 イエスかノーか半分か 番外篇2

一穂ミチ

新書館ディアプラス文庫

恋敵と虹彩 イエスかノーか半分か番外篇2

contents

illustration:竹美家らら

恋敵と虹彩

Koigataki to Kousai

メインで担当している番組は月金の帯だが、土日でも何やかや仕事があって局に行くことは珍しくない。そして、大抵スタッフルームには誰かがいて、用事がすんでもしゃべったりDVDを観たり飲み食いしたり、放課後みたいなノリになるのもよくある話だった。

その日も、ちょうど顔を合わせた仕事仲間と雑談していると、ひとりが「ねーねー知ってた?」とA5サイズの小冊子を持ってきた。旭テレビが毎月出している社内報で、もちろん局員にのみ配布されているものだが、大方はまともに目を通さずそこらへんにほったらかしているため、深たち外部スタッフも読み放題だった。とはいえ企業秘密などは書かれていなくて、慶弔のお知らせや人事通達、社内ゴルフコンペの結果といった、まあ学級新聞みたいなものだろうか。あまり興味を持つ者はいないが、その号はちょっと違っていた。

「これこれ」

と見せられたのは、「新しい仲間が加わりました」というページだった。十月に新入社員?と思ったが、年によっては即戦力の補充を目的として若干名の中途秋採用があるらしい。男一名、女二名の顔写真と簡単なプロフィールが載っていて、同僚が指差しているのは男の顔だった。

「この子、月曜から『ザ・ニュース』に来るんだってー。人事の人が言ってた」

「へー」

どれどれ、と全員で覗き込む。

「最近の子は皆しゅっとしとんなー」

と深が言うと「何言ってんの」と笑われた。

「なっちゃんと変わんないじゃん」

「えーそう？　……あ、ほんまや、おないやわ」

『恵小太郎』という名前の下に生まれた年が書いてある。今年二十七歳。「アナウンサーじゃなくて普通の社員なんだね」という声が上がるくらいには男前だった。かしこまった顔写真のせいかもしれないが、唇を引き結んだ顔はちょっと頑固そうで、武士っぽいりりしさが漂っている。ほんまもんの武士、知らんけど。

「アナウンサーよりは倍率ひくいんじゃね、狙えば？」

女子組に下世話な発破がかかる。

「えー、三日風呂に入ってない女でもいいかな？」

「洗濯する暇なくてコンビニで買い足したパンツが五十枚ぐらいある女でもいいかな？」

「いやとりま風呂は入れよ」

「編集終わんなかったんだもん」

恵小太郎は、プロフィールによると、アメリカの大学を卒業してそのまま現地で就職していたらしい。

「国際派やな」

「そんな人がうち来てどうすんだろ」

「中途でもＡＤからじゃね？」

「え～……絡みづらっ……」

おそらく、全員の正直な心境だった。局員という立場、高学歴、微妙な年齢。しかも前職は貿易関係らしいから、業界の経験はないだろう。ＡＤというのは多少バカでも、若くて聞き分けがよくてへこたれない、ぶっちゃけ「怒りやすい」タイプのほうがありがたい。さらに頑丈なら言うことなし。

「意識高そう」

「アメリカ帰りってことは、やっぱホームパーティ好きかな」

「キレたら英語になる」

「ホワイジャパニーズピープル！　みたいな？」

「いや自分もやん、っていう」

「こんなブラックな業界にきたらすぐ訴訟とか起こしそうなんだけど」

「えーそんなブラックかなあ？　ちょっと拘束時間が不規則で長くてちょっと給料が低くてちょっと体力がいるだけやん？」

「なっちゃん目を覚まして……」

「まー局員だもん、俺らほど酷使されないって」

勝手なうわさ話で盛り上がった後、軽く夕飯を食べて別れると、竜起の部屋に向かう。といっても、留守なのは分かっている。昔からの友達がお笑いのライブに行きたがっているというから、深がきょうのチケットを手配してやったのだった。合鍵で中に入り、ローテーブルでノートパソコンを開いて仕事を始めた。

取材依頼のメールを送ったり、ロケ先の候補をリサーチしたりであっという間に日付を越えようとしていた。事務的な仕事って、ほかのどんな業務より時間を吸い取られる気がするのはなぜだろう。あくびと伸びを一緒にしてひと息つくと、竜起からは「もうすぐ帰れそう」とLINEが来ていたが、結局その場のノリでもう一軒……というケースもままあるので、あまり本気にしないでおく。

ちょっと休憩、と冷蔵庫から缶ビールを一本ちょうだいしてテレビを見ながらひとりで飲んでいるうちに、眠たくなってきた。竜起が帰ってくるまで起きて待っているつもりだったのに、まつげが重たいしずくになってまぶたを引きずり下ろそうとしている。あ、やば。ちょっとだけ、と自分に言い聞かせ、パソコンを閉じるとテーブルに突っ伏して目を閉じた。

——なっちゃん。

竜起が呼んでいる。

——おかえり、楽しかった?

——うん、でもなっちゃんといるほうが楽しい。

——よお言いますわ。

——ほんとだよ。

まんざらでもない気持ちで、ふふ、と笑う。何や、こそばいな。心が——いや、物理的に。首の後ろがむずむずする。羽毛に撫でられているような感覚はどんどん強くなり、ふわふわしていた感覚が、軽い疼き(うずき)とないまぜの刺激に変わっていく。その疼きはうすいカーテンの向こうが見えそうで見えないような、何とも言えないもどかしさで全身にうっすら張りついた。

そして、耳の後ろにざわっと寒気が走るに至って深ははっと目を覚ました。背中をぴったり体温に覆(おお)われている暑さと、胴体を固定されている息苦しさをまず感じ、テーブルから頭を持ち上げれば、Tシャツの下がいびつに盛り上がっているのが見える。突然おっぱいが生(は)えてきた、わけはなくて。

「……ん?」

「あ、起きた?」

いまいち現状を認識できずにいると、背後から竜起の声がした。

「えっ」

振り向いても近すぎて鼻すじくらいしか見えない、が、がっちり抱きしめられている体勢はようやく理解できた。布地の下、素肌の上に竜起の手があるのだということも。

「……自分、何やってんの？」

「帰ってきたらなっちゃん寝てたから」

「うん」

「触ったりつついたりしてたんだけどなかなか起きなくて」

「そんで？」

「そんでって、だからこーゆーことですよ」

と、脇腹から肋骨(ろっこつ)を一気に撫で上げられるとぞくぞくした。

「あ――」

背をしならせてその感覚を上方に逃がしたいのに、しっかり抱え込まれて身動きが取れず、皮膚の内側に湧き上がった興奮のあぶくが行き場をなくして腹のあたりに沈殿(ちんでん)していく。

「……寝てても、結構反応してくれるもんだね」

耳の裏を鼻先でかき分け、くちづける。起こされたのはたぶんこれのせいだ。

「こら……っ」

「ん、ん、ってちっさく声出したり、息詰めたり……興奮しちゃった」

「痴漢(ちかん)か！」

「ほかの人にはしないから安心して」

「当たり前や！　ちゅうか自分、酔っとんな？」

手のひらの熱さといい、ささやきの呼気にわずかに混じる甘いにおいといい。

「うん、大丈夫大丈夫、ちゃんとできるから」

「いやそーゆー話してへんし」

とりあえず離せ、ともがくと。

「なっちゃん」

竜起が耳を軽く嚙みながら両方の手で乳首を探った。途端、体温がぷわっと上がるのが分かる。

「あ……っ」

自覚しているよりずっと硬く尖っていたのを、指に捏ねられて思い知る。意識に先んじて起こされていた身体は、竜起が言うとおり素直に喜んでいたようだ。

「やや」

竜起の心音が背中に響いて、深の鼓動も速くする。どきどきする。短い爪で突起を繰り返し弾かれると胸から喉にざわめきがせり上がり、声を我慢できない。

「あ、あっ」

「なっちゃん、膝立てて」

ローテーブルに腕をついたまま、腰を上げさせられたと思うと、腹に回った手がベルトのバックルにかかる。

「え、や」

思わず上から押さえつけたら、指の先にまで動悸が満ちていた。自分もそうなのだろうと思う。

「どしたの？」

もう片方の手で深のTシャツをずらし、腰から背中まであらわにしながら竜起が尋ねた。

「こ、このまま、ここですんの、いやや」

「何で？　野外でも車内でも社内でもないよ？」

「ありえへん！」

極端すぎる例を挙げるな。

「俺、初心者やねんから……」

つきあい始めてまだ二週間程度、セックスは数えるほどしかしていないうえに、そもそも深は竜起以外と性的な経験がまったくない。

「うん」

つ、と背骨を伝い下りた指が腰との境目をくすぐり、ひそやかな熱を下肢に送る。

「だから、いろんなやり方が気持ちいいって、知っていかないとね」

「ややって――」

竜起は強硬とはいいがたい抵抗をかいくぐってベルトとジーンズの前を立て続けに外すと、下着ごと膝まで下ろしてしまう。布地が上向きかけた性器に引っかかるのが分かり、恥ずかしさで自分の腕の中に埋まった。

「あ……！」

「ん、あ、あっ」

脚の間から伸びた手が、その、半端に発情したところを握り、扱く。

出さないと収まらない地点まで急き立てられるのはすぐだった。親指と人差し指の輪が絶妙な圧で昂ぶりを締め上げながら、前後に刺激する。血管は直情に膨らみ、先端のくびれに差しかかるたび深の腰は揺れ、背中が反ったりたわんだりした。

「や、あぁ……っ」

やわらかい指の腹で過敏な裏側を往復されると膝が崩れそうになり、深は必死でテーブルにすがりついた。竜起の手管にはじょじょにぬめりと湿りがまじってくる。それをもたらす、頭部のちいさな窪みをこすられれば透明な液がさらにどんどん分泌されていった。先走りは摩擦の中に余さず取り込まれて卑猥な音を生み、耳から性器から、深をぐずぐずにする。

「あっ……あかん、やっ」

「なっちゃん」

竜起の発情した声を聞くと、まだ慣れないせいか、とっさに耳を塞ぎたくなってしまう。普段とのギャップにいたたまれないのだった。純真にも奥手にも当てはまらないけれど、ひたすら陽気でからっとしているから、夜の気配を帯びた竜起は違う男みたいで。誰や、お前なんか知らん、と怖くなる。怖がりながら、苦しいくらい求めてもいる。もっと、ほかの誰にも見せない貌を、声を、教えてほしい、そんな相反する欲望が募る。ひょっとすると竜起も同じ熱さで深を欲しがっているのかもしれないと思うだけで、心臓が端からかりかり焦げていきそうだった。

「……こっちも、反応してるね、分かる？」

ひた、と後ろの収縮に指が押し当てられる。

「さっきから、前擦るたんび、むずむずしてる」

「や――嘘、や、そんなん」

別個の生体みたいにちいさく息をする動きを本当は分かっていたが、とても認められなかった。

「ほんとに？　……ほら」

「ああ……っ！」

ローションが竜起の皮膚を伝ってたどり着くと、湿潤を歓んでひくんと内側に窪んだ。

「やらしー」

「つめたいねん、あほ……っ」

「それだけじゃないよね」

「ああっ……」

本来、外からひらかれるべきではないところに濡れた指が挿し込まれる。その圧迫は喉から喘ぎ声になって抜けていく。異物を許さずぎちっと締めつけていた拒絶の反応が、ぬるぬるとした小刻みな前後にかどわかされ、やがて催眠術にでもかけられたようにやわらかく蕩け出す。

「やや、あっ」

食い締めていた内壁がすこしずつ潤み、誘引するうごめきが混じる。身体の奥でもの足りないと主張する声が聞こえているのか、竜起はさらに指を加えてみだらな音で攪拌と拡張を行った。

「や、あかん、っ……！」

ぐるりとなかで指が反転し、腹の裏側にひそんでいる熱源をこりこり掻いた。

「いやや、やっ……、あぁ、あー……っ」

粘膜が一気に引き絞られ、その動きで引き金を引かれて射精する。治らない虫刺されみたいに独特の腫れと疼きを孕んだ箇所をなおもいじられると、テーブルにすがりついて悶えた。硬くてそっけない無機物より竜起にしがみつきたいけれど、そうしたら本能の事情はもっと切迫してしまうだろう。

「ややっ……あ、ああっ……」

「なっちゃん、もう挿れていい?」

「や、まだ、むり」

いったばかりの余韻を持て余して、新規の刺激を受け止めきれそうにないからそう訴えたのに、竜起は指を嵌めたまま背中を吸い上げ、ぴんと漲ったままの乳首までまさぐるから過敏さに耐えかねた膝が砕けそうになる。

「あっ! や、ややって……」

「んー、そっか」

どの程度理解しているのか、配慮のない——要は性感にもがいてしまう——動作で指を引き抜くと、潤みきった口よりすこし上、何もない更地に自らの性器を押しつけてきた。

「え」

「じゃあ、なっちゃんのタイミングでいいから大丈夫そうになったら教えて。俺もじっと待機とか無理だからさ」

「あっ……」

浅い溝から尾てい骨にかけて、性器でなぞられる。膨張と硬直の具合は、うすい皮膚を通して深にも痛いほど伝わってきた。ほかのどことも違う質感のパーツがなめらかに張り切って、怖いくらいくっきりと太い血管を張り巡らせている。深の素肌を繰り返し撫でながら興奮を煮詰め、上向いている。

「……すべすべして、気持ちいい」

竜起の声も、血を混ぜたように生々しい動物の気配をしている。より膨らんだ先端が、ぬちゃっと体液をすりつけた。言った側からすべすべではなくなってしまったけれど、別に構わないのか、いっそう激しくこすりつけて深の背後で呼吸を荒らげた。

「あ――何か、このままいけそう……」

滴った先走りが、人体のゆるい曲線をとろりと下って赤らんだところに到達する。欲しがって飲み込むようにひくんと体内へ竦んだ動きが下腹部をじわっと焙り、深はとっさに「あかん」と口走ってしまう。

「ん？」

肌の上じゃなく、なかでいって。

「も、もうええから……して……」

語尾がほとんどミュートされた要望は、竜起にちゃんと届いたらしい。

「なっちゃん、ちょっと手貸して」

ぐいっと片腕を取られ、導かれる。指先が竜起の興奮に触れた。あ、めっちゃかちかち。深にはそれが嬉しい。

「挿れるね。顔、見せてて」

「あ――」

上体をひねり、肩越しに竜起を見つめたまま挿入を受け容(い)れる。欲望と焦燥で底光りする眼差しに射られ、自分はいったいどんなふうに映っているのかという不安にさえぞくぞく痺れた。

「ああ……あっ、あ……」

体勢も行為も苦しいはずなのに、奥から煮溶けた発情が、食い込んでくる雄の発情と混じり、また新しい色に深まる。ほんの一部をくわえ込んだだけと分かっていても、交合しきったと思う瞬間、竜起の全部がなかにいる気がした。竜起も、深の全部に分け入っていると感じてくれていたらどんなにいいだろう。「なっちゃん」と呼ぶ声の甘さは、もしかしてそうかも、と夢を見させてくれるに十分だった。

「んんっ、あ、っや、やっ」

人工の潤滑(じゅんかつ)で張り切った表皮がほかに一切の猶予(ゆうよ)なく竜起をすすり、そのための器官だったかと錯覚しそうなほどぴったりと気持ちがいい。吸着をほどく動きで、また次の吸着はいっそうあられもないなまめかしさを帯びた。

「あっ、ああ……」

「なっちゃん、挿れる時と抜く時、どっちが気持ちいい？」

「あほかっ……」

「微妙に声違うから、どうなんだろうって」

「そ、そんなん、知らん……」

「俺はどっちも好きだけどね」

それは声が好きなのか、竜起自身の性感として好きなのか。凶暴な欲情がぐっと粘膜を押し込んでくるのも、もう進む先がないほど密着してから逆撫でていくのも、同じくらい気持ちがいい。でもいちばん感じるのは、自分とするセックスが竜起を感じさせていると味わえる瞬間だった。なかで大きくなったり、射出の直前の胴震いが伝わってきたり。深は竜起が初めてで比べる対象がないけれど、向こうはそうじゃないから。

俺の身体、ちゃんと気持ちいい？　またこういうことしたいって、思ってくれる？

「や、あ、っ、皆川……っ」

訊かないのは、恥ずかしいのもあるけれど「当たり前じゃん」と笑ってくれるのを知っているから。それでも深は、何度も同じことを考える。疑問符の先に「好き」という簡単な言葉がある。皆川、大好き。

「ん……もうちょい、奥まで……」

「――あ！」

竜起がもう一本の腕も肘からつかんで引っ張り起こしたので、とうとうテーブルから浮いた状態になる。ただ揺さぶられるまま突き入れられるままになって衝動をすこしも逃がせず、深の声はもう一段高くなる。

「いや、これ、こわい」

「大丈夫、力抜いてて、離さないから」

でも力を抜くと、ただただ快感に翻弄されるばかりになってしまう。律動に合わせて背骨の真ん中を昇った寒気がまた戻ってくると、性器に溜まる血流に変わった。速くきつく、やわらかな襞を抉る昂ぶりと同じカーブで背がしなる。腕に食い込む指の痛みなんか、ちっとも正気を取り戻させてくれない。

「や――あかん、もぉ……っ」

「うん、俺も、あとちょっと」

接合の卑猥な音はペースを上げ、いよいよ区切りなく交接の融点を鳴らし、深の耳は、その粘った響きと自分の喘ぎと竜起の呼吸と、いやらしいものばかりで占められた。音は身体の深部で振動になり、あらゆる内臓がふるえ、けいれんして、隠微な共鳴が性器の先端からしたたり、もっと濃密な濁りを吐き出させようとする。

「あ、あぁっ、あっ……！」

一点に収束した性感はその部分へ向かって、なかにいる竜起ごと全身を引き絞らせた。まなうらに砂金がちかちかして、それはつながる瞬間見つめていた竜起の虹彩の残像かもしれない。

「んっ……あ、いい、なっちゃん……」

「ん……」

体温より高いものをおびただしく放たれた身体が冷めるまで、竜起はぎゅっと深を抱きすくめていた。

「そういうたら、あしたから新入社員くるらしいで。もうきょうやけど」

やっと落ち着いたベッドの中で竜起に報告した。

「え、うちに？」

「うん」

「あー、社会人採用かあ。社内で挨拶(あいさつ)回り来てた時、俺ロケでいなかったんだ。顔も名前も知らないや。女？」

「男。俺らとタメ」

「まじで？　草野球のチーム、欠員出てんだよね。野球できそうだった？」

興味の方向性がまったくもって小学生レベル。

「そんなん分かれへんけど……名前何やったっけ、忘れてもた」

「まあ、どうせ会社で会うし。あ、そだ、ライブのチケット、いいとこ取ってくれてありがと。友達も喜んでて、なっちゃんにお礼したいって」

「ええよそんなん、別に」

「いいじゃゃん、飲み行こうよ。今度の土曜は？　空いてる？　よし決定」

勝手にさくさく予定を入れられてしまった。

「えー……」

「大丈夫、皆いいやつだから」

「悪いやつとは思えへんけど、自分みたいにうるさかったら疲れるなて思って」

「どーだろ、皆俺といるとうるさくて疲れるって言うけど」

「ほんなら大丈夫かな……」

「どーゆー意味！」

「さあ……あ、そや、急に思い出したわ新人の名前。恵。恵くん」

と、せっかく教えてやったのに、竜起はもうまぶたを閉じていた。遊んで帰ってきたら人の寝込み襲って好き放題した挙句すっきりおやすみとは、何て楽しそうな人生なのか。でも、そこに巻き込まれたおかげで、深の人生もぐっと楽しくなったと思う。

「またあしたな……おやすみ」

そんで仕事も頑張ろな。前髪の上から額に唇をつけると、目を開ける気配もないくせに、手探りで深を抱き寄せた。苦しい、と胸の中で文句を言って、笑う。

翌日の昼過ぎ、プロデューサーの設楽がスタッフルームに顔を出した。その後ろには、きのう写真で見た恵小太郎が立っている。Tシャツとジーンズのラフな出で立ちは、きょうからばしばし働かせるつもりなのだろう。ノーネクタイでもかちっとした印象は変わらなかった。

「彼、うちの新入社員なんだけど、きょうから『ザ・ニュース』で研修引き受けることになって……知ってたって顔だな」

「きのうの段階で小耳には挟んでました。恵くんですよね」

「皆話早いな」

設楽は苦笑し「名和田に折り入って頼みがあるんだ」と切り出した。

「恵の面倒見てやってくれないかな？」

「えっ」

「研修は来月いっぱいめどで、そのままうちに本配属されるかどうかは分からないんだけど、まあスタジオＡＤから始めてできるとこまで仕込んでほしい」

「俺が、ですか？」

想定外の依頼だったので、つい重ねて訊き返してしまう。

「本来なら局員で育成するべきなんだけど、年の近いやつが今いないだろ？　オンエアＤやデスククラスの仕事にくっつくのはまだ早いし、俺的には名和田が適任かなあと。引き受けてくれる？」

「はい、まあ、それはもちろん」

「ありがとう。というわけで恵、お前はきょうからここにいる名和田くんの子分だから、よくよく命令を聞くように」

深がかつて、辣腕だが超のつく問題児でもあったPの忠実な「子分」だったのをよく知っている設楽は、そんな人の悪い冗談を口にした。小太郎は訝しげに眉をひそめている。

「やめてくださいよ、ほら、本気にしてるやないですか」

深の苦情に、小太郎が「いえ」とかぶりを振った。

「そうじゃなくて、ほかのスタッフの方たちが『なっちゃんでいいんじゃないですか』と仰っていたので、てっきり女性だと思っていたんです。意外だったもので」

「あー、ごめんながっかりさしてもうて。設楽さん、来た早々テンション下がってますけど」

「うーん、でもうち番組内恋愛禁止だからなー」

アナウンサーと絶賛恋愛中の身としてはさりげにひやっとする台詞ながら、もちろん軽口に決まっている（はず）。しかし小太郎は「そんな意図はありません」と真顔で否定する。

「仕事を教わるのが目的なので、性別は関係ないと思います」

「あ、うん」

リアクションに困るリアクションだった。天然というか実直というか、とにかくいいやつそうだが、あまり四角い性格だとこの業界ではストレスが溜まるかもしれない。

「じゃ、あとよろしく」

設楽は深の肩をぽんと叩いて去って行った。小太郎は、アメリカンな感じに握手を求めてくるでもなく「よろしくお願いします」と礼儀正しく頭を下げる。深はちょっと戸惑ってしまった。実は「自分より下」をがっつり育てた経験がないのだ。一応、制作会社に後輩はいるものの、同じ番組につく機会がすくなかったので関係は浅い。

「えっと……放送業界で働いた経験ってあったりする？　バイトとかでも」

「ゼロです」

「そっかー」

ほんの五、六年前には、自分だって右も左も分からないど素人(しろうと)で、今現在も半人前の発展途上なのに、目の前の新人に何をどこから教えればいいのか、見当もつかない。

「とりあえず、俺には敬語気にせんでええで。タメやし」

「えっ」

今度は何が意外だったのかは訊かずとも分かる。竜起だって初対面時は学生バイトだと思っていたくらいだし。

「……いえ、でも、いろいろご指導いただく立場なので、そういうわけには」

「まあ無理にとは言わんけど。あ、そや、もう昼めしすんだ？」

「まだです」

「ほな先食べよ」

そのへんにいたスタッフも適当に誘って社員食堂に行くと、当然話題の中心は小太郎になる。

「えー、ほんとゼロからの転身なんだ？　度胸あんねー」

「アメリカに疲れたからとか？」

「いえ、あっちの暮らしは楽しかったし充実してました」

「じゃあ、何でまた」

「一応、目標がありまして」

小太郎はきれいに箸(はし)を使って日替わり定食を食べている。しゃべってみると顔も声も別に無愛想ではなく、案外とっつきやすそうだった。

「目標？」

「というか、野望のようなものが」

その大それた単語に、テーブルは「おお」とちいさくどよめいた。

「なになに？」

「実は外資の刺客で旭テレビ乗っ取ろうとしてるんじゃねーだろうな」

しかしその質問には答えず、小太郎はなぜか唐突に「なっちゃん」と口にした。

「――っていうのは、名和田だから『なっちゃん』ですよね」

「そうやけど」

「自分でつけたんですか？」

「つけるかい」

「いや、自分で言ってた」

「そうそう、自己紹介の時に『名和田深ことなっちゃんです』って」

「言うか！　本名と逆なっとるし！」

「あ、うわさをすれば名付け親が」

食堂の入り口に目をやるとちょうど竜起が入ってきたところだった。深に気づくとトレイも取らずまっすぐ向かってきたが、その視線は、なぜか深から隣へと徐々にずれていく。

「あれっ」

竜起はまじまじと小太郎を見つめ、目を丸くした。

「コタじゃん！　久しぶり、なに、新入社員ってひょっとしてコタなの？」

小太郎は竜起と対照的にすっと目尻を釣り上げ、そして言った。

「なれなれしく話しかけんじゃねーよ」

……ん？　今この子、何て言わはった？

驚きと困惑が一瞬テーブルの空気を冷やしたが、それを明るくかき混ぜたのは、暴言を吐かれた当の竜起だった。

「お前変わんないな〜その無駄に好戦的なとこ」

「お前こそ、いつまで経ってもバカでかい声のままだな」

「社歴俺のほうが上なんだから敬語使えよ〜」

「うっせ」

竜起はいつもの軽いノリだが、小太郎のほうは顔も声も剣呑で、ただのじゃれ合いにしては両者の温度差がありすぎる、というか、まず。

「え……自分ら、知り合いやったん……？」

深がおそるおそる問うと、竜起はあっさり「俺とこいつ、小中高一緒だったの」と答えた。

「えー！　幼なじみじゃーん！」

「んー学区の端と端で家遠かったから、あんまそーゆー感じではなかったけど」

「ここで会うとかすげーな」

「つーかコタ、アメリカでそのまま就職したんじゃなかったっけ？　何かやらかした？　強制送還？」

「なわけあるか！」

「まー積もる話はまたおいおい。俺、アナ部の課長とごはん食べなきゃだから」

離れていく竜起の背中に、小太郎が「お前と話すことなんてねーぞ！」とぶつける。ついさっきまでとえらい変わりようだ。

「あのー、恵くんさ、竜起と何かあった？」

「いろいろと」

「たとえば？」

「ひと口では言えないからいろいろなんです」

「でも、あいつ、全然気にしてなさそうだったけどな」

「そういうやつですから」

そのコメントには説得力があった。確かに竜起はそういうやつだ。他人に鷹揚なぶん、他人に何かやらかしていても気づいていない、あるいは「いいじゃんそんくらい」と思っている可能性は十分にある。皆大人だったので、初対面の新人と竜起との間にある（かもしれない）確執についてふかく突っ込むのは控えた。和やかにランチを終え、備品の場所やどの机に新聞を置くのかとか、こまごました仕事を教えたり自分の仕事に追われたりしているうち、午後十時からのオンエアも瞬く間に過ぎていった。

「お疲れさまでしたー！」

「あしたもよろしくお願いしまーす！」

ほんまめっちゃ疲れた、というのが正直な感想だ。始終誰かが後ろにくっついて一挙一動を注視している状況はなかなか神経がくたびれる。もちろん小太郎が悪いんじゃなく、むしろよく動いてくれて助かった。慌ただしい現場にいきなり放り込まれたら初日は萎縮しても当然なのだが、自分の覚束なさにいい意味で臆さず、食らいついて質問するバイタリティもあり、そこはやはり社会人経験のたまものなのかもしれない。

一方、背中を見せて、お手本にしろなんて言える自信が、今の自分にない。俺のまねなんかさして、ものにならへんかったらどないしよ。他人を育てるというプレッシャーは、下っ端の激務とはまた違う大変さらしいとさっそく先が思いやられた。

しかし、ネガティブになりそうな時こそ手を動かすに限る。理想的な師匠にはなれなくても、深は深のベストを尽くすしかないし、きっと設楽もそれを期待してくれているのだと思う。ノートパソコンを抱えてひと気のない休憩スペースに行き、ADのマニュアルを作り始めた。必要な情報はQシートや構成表に詰まっているのだが、ある程度慣れないとそれらを読解できない。自分が戸惑ったり分かりにくかったりした部分を思い出しながら、オンエア準備からのタイムスケジュールと必須の作業、放送中のスタジオでの注意事項などを細々と打ち込んでいく。

なるべく丁寧に注釈もつけ、優先順位が見て取れるように……と考えるのは結構楽しかった、というか勉強になる。いつの間にか慣れて、さして意識せずこなしていた一連の流れを改めて客観的に眺め、ここをこうしたらもっとスムーズでは、という改善点に気づくことができた。

教えると教わるはイコールだ。

　お手製のマニュアルができた時には午前三時を回っていた。疲労は当然濃くなったものの、充実感と達成感もある。スタッフルームに戻ると、なぜかまだ小太郎がいた。

「お疲れさまです」

「何してんの、こんな時間まで」

　スタジオの後片づけと反省会が終わった十一時半くらいには「きょうはもう帰ってええよ」と言ったはずなのに。

「編集マンの方が作業してたんで、後ろで見させてもらってました」

　と小太郎が言う。

「家で本を読むだけでは、どうしても分からなくて」

「編集機なんか習うより慣れろやもんな。何ていう編集マン？」

「嶋田(しまだ)さんです」

「ああ、嶋田さん、愛想(あいそ)ないけどええ人やろ。俺も昔はストーカーばりにあれ教えてこれ教えて粘(ねば)っていやがられたわ」

「名和田さんに教えてもらってると言ったら、よかったなと言われました」

　笑顔で報告された。

「え、何で」

「名和田は真面目でずるをしないから、見習って間違いはないと」

昔かたぎの編集マンから面と向かって褒められた記憶などない、ということはお世辞じゃないのだろう。内心ではものすごく嬉しかったが、新人の手前大喜びもはばかられて「盛ってくれとんねん」と平静を装う。

「それより、熱心なんは結構やけど、早よ帰れるうちはちゃんと休んどかなあかんで」

「名和田さんもじゃないですか」

「俺は、手ぇ抜けるところでは抜くけど、来たばっかりって、そういう緩急も分かれへんやろ。でもちょうどええわ、これ渡しとく」

さっき完成させたばかりのマニュアルをプリントアウトして差し出すと、小太郎は「えっ」と驚いた。

「急に全部覚えようとせんでええけど、せやな、CM位置と尺と、セットの転換の段取りは早めに把握してほしいかな。椅子とかテーブルはけたり入れたり、結構ややこしいやろ?」

「あの」

「データでも送っとこか。メアドかLINEのID教えて」

「名和田さん」

「うん?」

「これ、俺のためにわざわざ作ってくれたんですか」

「わざわざ言うたら大げさやけど、あったら便利かなて」

「ありがとうございます」

律儀に頭を下げられ、「ええって」と手を振った。

「仕事やし。さっさと覚えて戦力になってくれたらこっちも助かるしな」

「頑張ります」

「はいはい、お疲れ」

「名和田さんはこれからどうするんですか」

「始発までここで仮眠する」

深はすぐ近くのソファを指差した。

「仮眠室取らずに？」

「申請めんどいし、二時間ぐらいやからな」

「じゃあ、俺も一緒していいですか」

「え？」

まあまあ長いソファが二脚L字に配置されているのでふたりぶんのスペースはあるが、小柄な深ならともかく、そこそこ身長もある成人男子が寝るにはだいぶ窮屈だろう。

「いや、俺に気ぃ遣う必要ないし、仮眠室行きーや」

「ここがいいんです」

そう言い張って聞かないので「ほな好きにしたらええけど」と半ば呆れつつ了承して、自分のロッカーからハーフサイズのブランケットとウインドブレーカーを取り出した。

「これ貸したる」と毛布を小太郎に押しつける。

「え、でも」

「俺はこれ着て寝るから。泊まり用の支度なんか持ってへんやろ？　まあ、あんま万端にしとくもんでもないけどな」

ありがとうございます、とまた小太郎はきっちり礼を言った。互いの足同士を向けて横たわり「おやすみ」と声を掛けてから昼間の一件を思い出してしまう。

「――せや、ごめん恵、あんな」

「何すか」

「いや起き上がらんでええから、寝たまま聞いて。木曜日、ロケについてきてもらうことになると思うねん。制作技術の発注はなしで、俺と恵とロケDだけの簡単な現場やけど」

「はい」

「街録、分かる？　街頭インタビュー。あれで、リポーターは皆川」

「……はい」

返事が、若干不穏な声色を帯びたのは気のせいか。

「分かりました、事前に準備することってありますか」

「機材のセッティングとかはまた教えるし。で、念のため言うとくけど、個人的な好きとか嫌いとか、仕事に持ち込まんといてな」

きょうの放送を見ている限り、嫌いだからといって竜起の足を引っ張るようなまねはしなさそうだが、一応釘を刺しておきたかった。

「そんなつもりはないです」

「ほなええわ、今度こそおやすみ」

「おやすみなさい」

ウインドブレーカーのフードをふかくかぶり、庇代わりにして目を閉じる。深にとっては慣れた寝床だからすぐ眠りに落ちたが、小太郎がどうだったのかは分からない。アラームに起こされた時、もう片方のソファはすでに無人で、貸したはずの毛布が深の上に掛けられていた。

「名和田さん、ロケセット準備できました。見てもらえますか」

「はいよ。ピンマイク、何番の入れた?」

「二番です」

「あれ、こないだロケで使った時、若干音割れとったからやめとこ」

「はい、こっちでいいですか?」

「うん、音チェックしよか」

無線のピンマイクのイヤホンを片耳に挿し、指先ほどの大きさのマイクを小太郎に手渡そうとすると、竜起が割り込んできた。

「あ、俺やるやる」

「何でだよあっち行け！」

途端、小太郎の怒りスイッチが入る。犬でいうとぎゃんぎゃん吠えている状態だが、牙を剝き出してぐるると唸る、深刻な一触即発にはならない。長いつき合いらしいし竜起も意に介さないしで、四日目にして全員が気に留めなくなっていた。

「マイクテストでしょ？　離れたとこでしゃべればいーんだよね」

「あっ、こら、てめえ！」

マイクを手に、竜起はさっさと三メートルばかり距離を空けた。どっちに頼んだって同じ簡単な作業だから、深はスイッチを入れ「どうぞ」と言う。

「あーあー」

「いや、普通のボリュームでしゃべっても意味ないから。ちっさい声で」

「あ、そっか」

バカ、と小太郎の悪態を無視して竜起はマイクを唇の前に持っていき、「もしもーし」とささやいた。イヤホンをつけている深にだけ、それは聞こえる。

「なっちゃーん、聞こえますかー」

深は軽く頷き、もうええよの合図に片手を上げたがなおもささやきは続いた。ひくい、ふたりきりの時にしか耳にしない声。

「……なっちゃんとチューしたいなー」

外に洩れていないと分かっていても、ぎょっと耳を押さえずにいられなかった。いくらばれないからって、皆が普通に働いているさなかに言うか。

「なっちゃんとエッチしたいなー。なっちゃん大好きだよ」

「……アホ!!」

つい大声を上げてしまい、周囲の目線がいっせいに集まる、それでいっそう赤面しながら竜起に歩み寄り、ピンマイクを引ったくった。

「マイクは丁寧に扱えっていつも言うくせに」

「うっさい、ほんまろくなことせーへんな！」

「えー、お手伝い頑張ったのに～」

いたずらが成功した竜起は、満面の笑みで目をいきいき輝かせていた。いつ見ても、吸い込まれるに任せてしまいたくなる虹彩の光。魔女っ子みたいに変身できてしまえそうな、強くて明るい光。ずっと見ていたいけれど、閉じられる瞬間にも胸が鳴る。チューなんて、いつでもいつまででもしたいに決まっている。

「おい竜起ー、なっちゃんの邪魔すんなよ」

「してませんってばー」

ロケDが来たので慌てて目を逸らす。

「準備できた？　じゃ出発するか」

「はい」

「あ、俺アナ部寄ってから行きます、B1の駐車場でいいんすよね？」

小太郎と、カメラバッグをひとつずつ肩から提げてエレベーターに向かった。「名和田さんて」と小太郎がつぶやく。

「皆川と仲いいですよね」

さっきの今だから、鎮まりかけていた脈拍がまた乱れてしまう。それでも、何とか平静を装い「あいつ誰とでも仲ええよ」といなした。

「そんなん、自分のほうがよお知ってんちゃうん」

「そうなんですけど、何ていうか……」

おい何やねんその沈黙。怖いな。

「……名和田さんといる時は、皆川がいつも以上に楽しそうに見えて」

え、ほんまに？　とうっかり喜んでしまいそうになるが、いけない。

「気のせいやろ。何や、もしあいつと仲よかったら、いもづる式に俺まで恵に嫌われんの？」

「それはないです」

会話の流れを変えるための冗談に過ぎなかったのに、小太郎は食らいつくような勢いで否定してきた。

「絶対に」

「お、おう……？」

ありがとう、って言うのも何かちゃうよな。こいつの距離感がまだよお分からん。しかし本日の現場では小太郎の存在が非常に重要、というか不可欠なので「よろしく」と肩を叩いた。

外国人観光客に訊く日本の長所と短所、というテーマだから、ADよりは通訳の比重が大きい。さらに言うと、音を切ったりテロップを焼き込んだりする編集の作業でも必須。この業界、一芸があると思わぬところで重宝される。

雷門（かみなりもん）とスカイツリー周辺で街録を行ったが、小太郎の語学力のおかげでロケは至ってスムーズだった。

「コタすげーな、さすが武者修行帰り。俺何言ってんだか全然分かんないや」

素直に感心する竜起を、小太郎はじろっとねめつける。

「武者修行なんてしてねーよ！　そもそも高校英語で理解できる会話ばっかじゃねーか」

「いやー俺も全然理解できへんかったし」

と深が言うと、即座に「名和田さんはいいんです」と返ってきた。

「え、そうなん？」

「おいー、差別すんなよ～」

「うっせー」

「ちゅうか、しゃべられへんのに何となし会話成り立ってる雰囲気になるんがすごいわ、皆川の場合」

「俺、おとしロケでアメリカ行った時も、基本ＹＥＳとＯＫで乗り切ったから」

「どっちも意味一緒やん」

ＮＯはなくていいのか。

「幼稚園児レベルだな」

相変わらず、竜起といると苦虫を噛みつぶしたような表情だが、初っぱなに刺しておいた釘のおかげか、仕事に差し支えるようなトラブルは今のところない。局に戻ってロケＤとふたりになった時、「あいつ頑張ってんな」と小太郎の話になった。

「あー、そうですね、スタジオ周りの段取りもうばっちりですし、やっぱ地頭がええんやなって思います」

最初に渡した自己流マニュアルはＡ４で十枚以上あったのに、その日のオンエアから忠実にフィードバックされていた。あの後、ろくに睡眠も取らず頭に叩き込んだんじゃないだろうか。

「本人、褒められたら『名和田さんの教え方がいいからです』って言うらしいぞー」

「さすが社会人採用は処世術を分かってますねー」

もちろん、小太郎が深におもねる必要などない。向こうは局員こちらは下請け、五年もすれば小太郎の指示を仰ぐ関係になる。だから本心で言ってくれているのは分かるが、照れくささくてそう茶化した。

「恵見とったら、俺なんか全然もの覚えも悪くてどんくさかったなーって思います」

「新卒だと皆そんなもんだろ」

「それを差し引いても。けど、いっぱいつまずいてきたおかげで、自分の後に入ってきたやつがつまずくかもしれへんとこも、つまずいた時の気持ちも、分かってやれるから……数々の黒歴史も、あれはあれでよかったんかなって気になれました」

「分かる。自分の下が入ってきたことによって初めて報われる苦労って結構あるんだよな」

「はい」

すこし昔の深は、新人をがっつりつけられたりしたら、自信がない以前にいやがっただろう。自分が勉強したいことといくらでもあんのに、何で人の面倒なんか見なあかんねん、と。進歩を自覚する機会はそうそうないが、ほんのわずかでも視野が広がった証拠なら嬉しい。

「名和田さん」

「お、きたよ、うわさの一番弟子が」

「子分らしいです、設楽さん公認の」

子分は片手にクリアファイルを持ってやってきた。

「これ、さっきのロケで、面白い回答してくれた人のリストです。英語と日本語訳、大体のタイムコードと尺もついてます」

「え、もう？　早いな」

「ほんとは全部起こそうと思ったんですが、オンエア準備にかかってしまうので、とりあえず。終わってからちゃんとします」

こいつ、あっという間に俺を追い越していくんちゃうやろな、と深はひそかに危惧した。立場じゃなく実力が。さすがに、それをよしとできるほどには老成していないが表に出すほど子どもでもないので「お疲れやったな」と小太郎をねぎらった。

「ONピックアップするだけやったら、こんだけで十分ですよね？」

小太郎のメモを見せてDに確認する。

「うん、使って四人ぐらいだから。オンエア来週で割と余裕あるし」

「やから、起こしはもうええよ。あ、Vの素材な、自由に使って編集の自主トレしてええで。恵のフォルダ作ってあるから、そこにコピーし」

「はい」

「無理せんと、空き時間で好きなようにつないでみ。いつでも俺が見たるし」

「ほんとですか？　頑張ります」

小太郎はぱっと顔を輝かせる。いい年の男なのに、むしょうにいじらしく見え、さっきのせこい考えを反省した。すくなくとも今のうちは、深の基準で仕事の良し悪しが決まり、小太郎はそれを信じている。ならば、頑張らなくてはいけないのはこっちだ。深は、深の「親分」を尊敬しすぎて憧れすぎてただ盲信し、結果的に追い詰めてしまった。時々思い出しては苦い気持ちがこみ上げてくるけれど、駆け出しだった頃の深が、こんなふうに新しい刺激になっていた瞬間だってあったのかもしれない。勝手な想像だが、これも、下がきて報われるもののひとつだろうか。

「おう、頑張れ」

小太郎に向けて、自分に向けて深は笑顔で言った。

竜起の友達も交えた飲み会は、正直なところ気後れも大きかった。しかし実際に顔を出してみると皆気のいい連中で、深が知らない昔話で盛り上がる時も、さりげなく説明や補足をしてくれた。あいつ結婚するらしい、あいつ会社辞めたってよ、というような話題になった時、深はふと口にした。

「恵小太郎って知っとる？　最近、旭テレビに転職してきたんやけど」

すると、予想以上に座が沸いた。

「コタ！」

「生きてた！」

「つかまじでー!?」

「竜起追っかけて!?」

「そこまでは知らんけど……」

ああ、野望ある言うてたよな。でも皆川がターゲットやったらアナウンサーちゃうんか？

「竜起、呼べよ」

「いーけど」

竜起がＬＩＮＥしている間に、ほかのメンバーに尋ねた。

「皆川と恵って、いったい何があったん？」

「んー……何ってことはないよな」

「一方的にコタが張り合ってるだけ」

「竜起、女取ったりしたっけ？」

「えーしてないよー……返事きた。『仕事中に邪魔すんじゃねえボケ!!』だって。disりスタンプも十個ぐらいついてる」

「でも即レスなんだな」

「安定のコタだな」

「皆川、恵に何したん？」

痴情のもつれなら正直聞きたくないから本人には突っ込まなかったが、そうでもないらしいので安心した。

「いやまじで心当たりないし。気づいたら向こうがけんけんしてきてたんだもん。あ、そこのローストビーフ食べないんならちょうだい」

「女取ってはいないけど、コタが惚れた女がことごとく竜起のこと好きだったっていうのはあった」

「そーそー、小五の神原、中二の遠藤、高二の棚橋」

「え、知らないそんなの」

「お前が忘れてんだよ、当時言ってたって」

「そうだっけ？」

要するに、年季の入った空回りライバルキャラってことか。

「ほな、恵が皆川に勝てるもんってないん？」

「やーそんなことはない」

竜起の旧友は一様にかぶりを振った。

「ゲームみたいにパラメータで示せるもんじゃないっしょ、人間って。顔で言ったらコタだってイケメンだし、好みの問題じゃん」

「そうそう、こいつなんか声でけーしうるせーし」

「未だになす食えねーし」

「食えないんじゃなくて興味がないんだってば」

「何、謎の意地張ってんだよ……勉強だって、コタのほうがずっとよくできてた」

「でもおんなし高校なんやろ？」

飲み食いに飽きたのか、座卓を離れて壁にもたれる竜起に話しかける。

「受験の時、併願(へいがん)の私立受かったから、もうここでいいやと思って公立は記念のつもりでランク上げたんだよねー。したらヤマ張ったとこ出まくってまさかの合格」

ものすごく竜起っぽいエピソードだと思った。

「入学式で、コタ驚愕してたよな」

「まさかいるとは思わなかったんだろうな」

「でもそんなのさー、俺関係なくね？　一方的にライバル視されても、あいつとそんなややこしい感じになりたくねーし。今すでにめんどくさいけど……トイレ行ってくる」

竜起が席を外すと、誰かがぼそっと「あの調子だからな」とつぶやいた。

「竜起、負けず嫌いだけど、引きずらないじゃん。楽しけりゃそれでいいみたいな。ああいうとこがコタにはムカつくんじゃね。対等じゃない感じが」

「こっちはライバルだと思ってんのに、向こうは普通の友達感覚って悔しいかもな」

「あー、普通の失恋よりやりきれない感？」

「ほんなら恵は、一体何部門で皆川に勝ったら満足できんねやろ？」

深の問いには全員が「さあ」と首をひねる。

「もうね、勉強とかスポーツとか、ジャンルごとの星取り表の問題じゃないような気がする」

「あいつがタイムリーヒットなら竜起はホームランなんだよ。二点タイムリーのほうがソロホームランより得だけど、ホームランは特別でしょ、一発当てたらめちゃめちゃ盛り上がる、あの感じってホームランにしかない」

「えっと、同じ芦屋（あしや）でも阪急沿線と阪神沿線みたいな？」

「ごめんその喩（たと）え関東民には分かんね」

「まあ、タレント性とかキャラとか、そういう感じでしょ。生まれもっての。今だって竜起がアナウンサーでコタが普通の社員？　もう結論出てるじゃん。上下じゃなくて単なる違い」

「コタも分かってるけど、分かってるから悔しくて竜起にぴりぴりしちゃうんじゃね」

なるほど。手が届きそうで届かへん感じがもどかしいんかな、と深は解釈した。同時に、竜起につっけんどんではあるが憎んでいるとまでは言い切れない、という小太郎の微妙な心情がすこし分かった気がする。そういうたらあいつ、土曜日の夜まで仕事しよって、注意せな。

『ひょっとして会社おったりする？　あしたもロケあるし、急ぎちゃう仕事しとったらあかんで』

そうLINEを送ると竜起が戻ってきて、飲み会はいったんお開きになったが、「もうちょっとだけ飲みたい」とねだられてふたりでバーに行った。

「アナウンサーの新人研修ってどんな感じ？」

カウンターのスツールに並んで座り、尋ねる。

「ベテランのアナウンサーが教官役についてみっちりって感じ。俺はね、スポーツやってる桧垣さんだった」

「マラソンの実況とかやってはる人？」

「そうそう」

「厳しかった？」

まあそれなりに、と竜起は枝つきのレーズンをむしる。

「でもアナウンスって、感覚の部分も大きいじゃん？　敬語とアクセントはともかく、読みのスピードとか間の取り方とか、その教官次第って感じでさ。デビューしてから、アナ部のほかの先輩に読みが速いとか遅いとか言われて……それが皆ばらっばらなの！」

「いちばん困るな」

「そー。だから新人の頃ニュース読む時には、アナ部の誰が報道フロアにいるか確認して、速めに読んだりゆっくり読んだり、ダメ出しされないように合わせてた。視聴者じゃなくて身内気にしてどうすんだって話だけど、うるさいからさー」

「そっかー」

やっぱ教える人間の存在って重要なんやな、と深は再認識した。

「何でそんなこと訊くの？」

「や、別に。それより、きょう楽しかった、誘ってくれてありがとう」

「そ？　よかった」

「……でも」

「うん？」

模様のように水滴をまとったタンブラーに触れていると、すぐ指先が冷える。

「あの人らも、皆川のこと、生まれつき何やかやうまいこといく子みたいに思ってるんやなあって」

「そう？」

「うん、そんな感じやった」

打席に立たせてもらえるまで、ホームランを打つまで、そのたった一本をたぐり寄せるために、何百回何千回の素振りを繰り返すイメージを、竜起に重ねるのが難しいのかもしれない。

「まあ、苦労してると思われて特別にいいこともなさそうじゃん」

本人もこんな調子だし。

「――俺はちゃんと分かってるから」

気楽なムードの店内は結構にぎやかで、深はすこしだけ声を張る。竜起にちゃんと届くように。

「自分が、頑張ってるとか言わんで頑張ってんのも、悔しさ噛み殺して耐える時かってあんのも、俺はちゃんと知ってるよ」

深よりずっと長いつき合いの友達が知らなくても。

「知ってる」

まん丸い氷の浮いたウイスキーグラスを手に、竜起は言った。

「なっちゃんが知っててくれてること、俺も知ってる。だからいいんだ」

もっと「ありがとー」的に軽く返されるかも、と思っていたので、らしくもなく落ち着いた口調に、内心でうろたえた。あかん、ここでときめきまくったらあかん。いろんなもんがダダ漏れしそう。

ＬＩＮＥの通知で携帯が鳴ったのは、自分の気を散らすためにありがたかった。

「誰から？」

「恵やわ。さっき、休みの日に仕事すんなって送ったから」

「なっちゃんなんかしょっちゅうじゃん」

「あいつ局員やもん、労務管理うるさいから働かせすぎたら設楽さんに迷惑かかる」

「で、どんな内容？」

竜起が液晶を覗き込んでくる。

「こら！」

『すみません、もう帰ります。編集機面白くてつい夢中になってました。自分なりにつないでみたりしたんで、また今度見て下さい』

「……ふーん」

バックライトに照らされた竜起の顔が、一瞬ものすごく無表情に見えた。

「ふーんて何やねん」

「仕事すんなって言った割に嬉しそうな顔してたから」

「そら、自主的に機嫌よお取り組んでくれたらそれに越したことないもん」

「先生みたい」

「そんなええもんちゃう」

苦笑して、携帯をジーンズのポケットにしまう。するとその手を取られ、カウンターの下でぎゅっと握られた。

「……あかんて」

厳しく制したいのに、注目を集めるのが怖くて抗議も小声になる。またこんな時だけ竜起は

「えっ何が？」とご陽気なひまわりモードになるし。

「何がとちゃうわ、やめーやこんなとこで」

「誰も見てないよ」

「あかんゆーてるやろ」

「じゃあ、この後うちに来るって言ってくれたらやめる」

「それもあかん。……あしたロケで朝早いから。家でロケスケ確認しときたいし」

その言葉を疑っているわけではないだろうが、じっと見つめてくるので非常に居心地が悪い。表情はまだしも、紅潮を制御できる気がしない。男前の自覚くらいあるんだろうに、勘弁してくれと心底思った。

「……しょーがないなー」

それでも（ものすごく頑張って）視線を逸らさずにいたら、放免という感じで手を離してくれた。

「んじゃ、なっちゃんの家まで送ってお別れする」

「ええよそんなん、女の子ちゃうし」

「すみません、会計お願いします」

竜起はさっさと金を払い店を出ると、半地下の店から地上の雑踏に続く短い階段のところで深を見下ろし「そーゆーことじゃないっしょ」と言った。肩や髪の線が街明かりを背負ってうっすら光り、深はまぶしいわけでもないのに目を細めてしまう。

「ちょっとでも長く会ってたいからだよ」

「ほんなら、俺が皆川送る」

「いやいや、あした仕事だからっつー話じゃん。時間ロスしたら意味ない」

「あ、そっか。……ごめん」

「謝んなくていいよ。行こう」

階段を三、四段、ほんの短い間だったのに、手をつなげば指がじんわり熱くなる。電車に乗って深のマンションまでたどり着くと、竜起は狭苦しい玄関先で深を抱きしめた。

「なっちゃん、キスだけしてもいい？」

「うん」

唇が触れると、じんとした。

「……ちょっとつめたいね」

錫のタンブラーがぱきぱきに冷えていたせいだろう。冷感を吸い上げるように竜起は何度もついばみ、それからふかく合わせて舌を差し込む。

「ん――」

初めてこんなキスをされたのは竜起の家の玄関だったから、どうしても記憶と今が二重写しになり相乗で高まってしまう。口唇をふさがれて息苦しいし、密着した身体からアルコールと興奮が立ち昇ってくるのか、たちまちくらくらと平衡を危うくした。竜起にぎゅっとしがみつくと交歓は濃くなり、酒のせいでいつもより甘い舌に口腔を舐め回された。

「ちょ、ストップ……」

声さえ搦め捕られそうになりながら訴えると、今度は耳元にくちづけが移動する。首すじ、顎の裏とたて続けに吸いつかれていよいよまっすぐ立てなくなってきた。軽くふらついた身体を、竜起がそっと壁に預ける。

「こ、濃いわ、あほ……」

「ついね」

確実に、最初からする気満々だった顔で答える。

「でも、ちゃんとキスだけだったでしょ？」

おまけみたいなキスをほっぺたにくっつけ「お邪魔しました」とドアノブに手を掛ける。深はとっさに服の裾を摑んだ。

「ん？」

なあに？　って無邪気に振り返りやがって、むかつくな。

「寝るだけやけど……泊まってく？」

「んー……また寝込み襲っちゃいそうで自信ないから帰る。おやすみなっちゃん。仕事あるのに二軒目つき合ってくれてありがと」

竜起が帰ってから、風呂にも入らず火照りの引かない身体をベッドに転がした。あーもう、あいつたち悪いな。こんなんじゃ結局仕事にならないし眠れない。いろいろ、竜起がうまいのか自分がちょろいのか、単につき合いたてとはそういう時期なのか。いちばん最後やったら、いつか落ち着いてまうんやろか、と思う。ずっと初めのテンションでいられっこないという理屈は初心者にも理解できるのだが、自分が竜起に飽きる気がしない。だって仕事でもほぼ毎日見ているのにいつでも楽しい。そして、皆川はどうなんやろ、と考えてしまうのは、怖かった。

眠れない身体を無理やり浅く寝つかせて日曜のロケを終えると、編集室で小太郎がつないだ素材を見た。

「あーここ、リップずれとんな」

「リップ?」

「リップシンクのこと」

これこれ、と人差し指でとんとん唇を示すと、小太郎はなぜかさっと目を逸らした。

「おいどこ見とんねん、聞いてんのか?」

「あ、はい、すいません、何ですか」

「やから、唇の動きとしゃべりが微妙にずれてるわ。音と画(え)、別々にいじった? 五十三秒のとこからよお見てみ」

「あ……ほんとだ、じっと見てると気持ち悪くなってきますね」

「普通に見とったらあんま気づかんねんけどな。そのままオンエア乗ってる時もあるし」

「気をつけます」

「でも、初めてにしたらよおまとまってると思うで。つなぎも自然やし」

「ありがとうございます」

小太郎は、はにかむと少年みたいになる。深が童顔で年下に見られるのとは違って、雰囲気年齢が一気に下がるというか。だから指導役の立場もあるが、妙にかわいく思えるのだった。

「あの、今週の土曜日、ＡＤの皆さんが内輪で歓迎会ひらいてくれるそうなんですが」

「へえ」

本当なら番組全体で行うべきだが、仮配属の身だし、秋改編でばたばたしているから、誰かが気を利かせてくれたのだろう。

「ごめんな、気ぃつかんで。俺が企画するべきやったな」

「いえ、そんな。名和田さんは来てくれますか？」

おずおずと問いかけられた。

「そら行くよ、当たり前やん」

「よかった……」

「何や大げさやな」

日本が久しぶりで、飲みに行く連れもおらんねやろか、と思った。竜起の友人たちとも連絡を絶っていたようだし。まあ、おいおい人間関係もできていくだろう。ＶＴＲのチェックに専念する。

「――あ、ここな、オバケカットいうて、」

「えっ⁉」

椅子をふたつ並べればいっぱいの狭い編集室で、真横にいた小太郎が急にがばっと抱きついてきた。身長差があるので覆いかぶさられた体勢になり、割とびびる。

「は？　なに、どないしてん」

「すっ、すいません……」

すぐに身を離し（といってもそんなには離れないのだが）、激しく目を泳がせて謝る。

「ちょっと虫が」

「え、どこ？」

「――いたような気がして」

「何やそら」

「お騒がせしました」

「……自分まさか、寝不足で幻覚見てんちゃうやろな。あかんでそれは、俺もまだ見たことないで」

「いえ、大丈夫です！　続けて下さい」

「ほんまかな……このカップルな、ここで歩いてる時は男が左で女が右やん、でも次のカットで左右入れ替わってもうてるやろ」

「あー……」

「こういう細かいとこ、気ぃつけてな。例えば泊まりで何ヵ所か回る時は、Vの構成に合わせて服装とかも整合性持たせなあかんし」

「なるほど……ん？」

頷いていた小太郎の視線が、ふと後方に流れ、固定される。今度は何や、と深も振り返ると、扉のガラス面の向こうに竜起の姿が見えた。

「お取り込み中失礼しまーす！」

わざとらしく大声を上げて引き戸を開け放つと、ただでさえ窮屈なところに押し入ってくる。

「何や、きょう仕事やったん？」

「ラジオの収録……コタ、これ」

一枚の紙を小太郎に押しつけた。

「何だよ」

「草野球チームのユニフォーム注文票。オーダーメイドだから、そこの表どおりに採寸してあしたじゅうに俺に返して」

「いや入るとか言ってねーし」

「フルセットで九九八〇円、税抜き」

「たっか！　やんねーよバカ」

「背番号は希望聞くから」

「55」

「やんのかい」と深は突っ込んだ。

「はい残念でした～55は俺がもらってます～」

「はあ？　図々しいんだよ松井(まつい)の番号とか！」

「おめーもだろ」

「……51」

「イチローもすでにいまーす」

「くっ……」

草野球だし、背番号くらいかぶってても別にいいんじゃないかと思うのだが、小太郎は真剣に悔しそうだった。

「時間かかりそうやし、きょうはもうお開きにしよか」

「えっ、あ、すみません、続けて下さい！　皆川邪魔すんじゃねーよ」

深と竜起で、面白いほど表情が変わる。器用やな。

「いや、もうあしたにしよ。働きすぎはあかん言うてるやろ。編集室片づけて帰り」

「……はい」

それから、もの言いたげな竜起に手招かれ、自販機のあるリフレッシュスペースに行った。カレンダーの赤い日とは無関係な職場だが、それでも土日は人がすくない。竜起は窓際に歩み寄り、なぜかブラインドを指でぺきりと折り曲げ外を窺う。

「七曲署(ななまがりしょ)?」

「なっちゃん君」

「は、はい」

「君はさっき密室でコタに抱きつかれていた、そうだね?」

「誰なんそのキャラ」

「答えたまえ」

「虫がおったと思ったんやて」

「え～!!」

竜起が素に戻って振り返る。

「ほんとに～?」

「いや何で嘘つくねん。前触れなかったし、めっちゃびびってる感じやったで。見間違いらしいけどどんな虫やったんやろな」

「ふーん……」

「どないしたん」

「何でもない！」

「めっちゃ口とんがってるやん」

「CGだよ」

「どんな言い訳……」

「あと、俺きょう食事会あるんだよね。映画の配給会社のお偉いさんで、モデルとかそのへんの女の人も連れてくると思うけど、単なる会食だから」

「あ、うん、分かった」

竜起は、こうしてまめに予定を申告してくる。自分からはあれこれ詮索できない、深の臆病さを汲み取ってくれているのだろう。公私取り混ぜてさまざまな交流に顔を出すのは本人の性質や職業を考えれば当然で、深もそのいちいちを気に留めはしないが、「わざわざ教えてくれんでええ」とも言えない。律儀な報告に対して「ありがとう」と返せばいいのか「気ぃ遣わしてごめんな」と返せばいいのかも分からない。都度、自分の面倒くささに軽くため息をつくだけだ。今までつき合ってた子にはどうしてたんやろ、とこだわってしまう狭量さとか。こんなに大事にしてもらっているのに、ばちが当たる。

「なっちゃん、どしたの」

「え？」

「難しい顔してる」

「……何でもない」

正確には、何でもないことにするしかない。過去をすべて聞き出せばすっきりするわけじゃないのは確実だから。誠実に対処してくれている相手に対して、昔の交際をねちねちこだわるのは、恩を仇(あだ)で返す——違うか。とにかく、竜起に申し訳ないので。ならばやはり「ごめんな」なのか。四六時中いじいじしているわけではないが、時々、自分自身の考えが蔓(つる)のように足に巻きついてくる。

不安を自分だけのものだと思うな、と前に竜起は言った。その言葉を疑ってはいない。でもいつでも向き合えるように並んで歩きたいのに、気後れが足取りをにぶくする。背中越しの横顔だけ窺ってひとりよがりに満足する自分には、戻りたくないのに。

待ち合わせに向かった竜起と別れ、ひとりでスタッフルームへ戻ると、小太郎が帰り支度をしているところだった。机の上には竜起が渡した採寸表がちゃんとあり、ついいたずら心がわいて手を伸ばす。

「いらんねやったら捨てといたろか?」

「あっ……、あの、大丈夫です、家でちゃんと燃やします!」

あまりのリアクションに笑ってしまい、「何すか」と不満げに問われる。ふだんの仕事ぶりは落ち着いてあぶなげなく、日に日に任せられることが増える優秀さなのに、竜起ネタでいじった時のアホの子加減ときたら。笑ったおかげで無駄な空気がふしゅっと抜けたのか、すこし気分が上向いた。

「いや……恵は、皆川のことほんまに嫌いなん？」

「はい」

曇り(くも)なき即答。

「でも、あいつのアナウンス聞いとったらわくわくせえへん？　俺、ここにくるまでスポーツに全然興味なかったし、今も正直よお知らんけど、皆川のスポーツコーナーは楽しい。回しのうまいへたとかは、自分にはまだ分かれへんやろけど、スタジオおったら楽しない？」

小太郎はむすっと黙りこくる。あえて答えを促さ(うなが)ずにこちらも静観していると、紙切れを乱雑に折りたたんでかばんに突っ込んだ。

「……だから嫌いなんです」

ぼそっとつぶやいてから、自分の発言を打ち消そうとするように「お先に失礼します」と声を張り上げる。

「お疲れ。あ、家にメジャーある？　ここのん借りて帰ってもええで」

「違います燃やしますから採寸しませんから！」

はいはいはい。

小太郎はできる子だったが、そこはやはり新人なので、ミスもあるにはある。小太郎のミスと言い切ってしまうのは少々気の毒ながら、スポーツコーナーのフラッシュニュースでのことだった。

——それでは、その他のスポーツをまとめてどうぞ。

ＶＴＲが流れ、竜起が原稿を読み上げる。二本目、三本目と順調に進んでいたのだが、四本目の最中で、テーブルをごそごそ探る動きをし始めた。

やばい、ひょっとして次の原稿ないんちゃうか。フロアＤとしてスタジオの真ん中でプロンプを出していた深は、手近にいた小太郎に「五本目の原稿！」と指示を出したが、一本あたりの尺が短いので到底間に合いそうにない。けれど当の竜起は焦るようすもなく、軽く片手を上げて深に「大丈夫」と合図するとモニターを見ながらそらでしゃべり出した。

——男子ゴルフのユアナビオープンはきのう最終日を迎え、４アンダーでトップに立った杉山秀樹がこの日も華麗なショットで観客を魅了しました。圧巻は16ホールでの、このチップインバーディ！　難しいコースをあっさりと沈め、トータル６アンダーで初優勝を飾りました。

編集が押したので読み合わせもできず、初見のはずだが、画とテロップを頼りに手ぶらで読み切ってみせ、放送としては何の問題もなかった。アドリブで読むのに慣れているとはいえ、想定外への対応力と度胸には毎度舌を巻く。

「ごめん、原稿なかった？」

ＣＭ中に近寄ると「俺が前室の机に忘れてきたみたい」とけろっと答える。

「恵(めぐみ)、直前に確認するようにしてな」

「はい、すみませんでした」

と、小太郎はその場ではおとなしく頭を下げたが、オンエア後、スタッフだけがスタジオで反省会をしている時に抗議してきた。

「俺は、皆川(みながわ)には確認しました。フラッシュニュースの原稿そろってますかって。そしたら『あるある』って言うから……」

「あいつ適当やからな。訊くだけやったらあかんで、手元の原稿こっちでチェックしたって」

「そこまでいちいちやらなきゃいけないんですか？　自分が読む原稿、自分で管理しとくのは当たり前じゃないですか。麻生(あそう)さんや国江田(くにえだ)さんにそんなことしませんよね？」

ＭＣの麻生圭一(けいいち)とニュース担当の国江田計(けい)の名前を出されたが、このふたりはあらゆる意味で別格に有能だから、比較しても仕方がない。

「いちいちって、大した手間ちゃうやろ」

「そうですよ、だから本人が責任を持つべきだ。ＡＤって召使いじゃないですよね」

「そんな台詞は、ＡＤ完ぺきにできるようになってから言え！」

深は厳しい声を出した。

「俺らの仕事は、演者をサポートしてオンエアを成功させることやろが。結果として原稿が渡ってへんのに『僕はちゃんとやりました』は通用せえへんねん。そら几帳面な演者もおれば、抜けてる演者もおるよ。けど抜けてるとこをシメんのも仕事なら、そこをフォローすんのも仕事やろ？　俺はそれを召使いとは思わへん。何より、演者の敵に回るな。絶対に、絶対に味方でおれ」

小太郎の言い分はもちろん理解できる。竜起も悪い。でも自己責任を追及し始めたら番組全体がぎすぎすするし、今後外部のタレントと接するようになれば、もっと理不尽な局面はいくらでもある。

「……はい、分かりました」

小太郎はうなだれてちいさく答えた。

「あと、ニュースのコーナー中、国江田さんがリード読んでる最中にインカムでしゃべったやろ。あれもあかんで。読み手の声が聞こえにくいと、副調整室でＶ走らすタイミングが分からん」

「はい」

スタジオからスタッフルームに引き上げる途中で、ほかのＡＤに冷やかされた。

「なっちゃんが怒るとこ初めて見たよ」

「まあ、いっつも怒られるほうやし……うん、でも、言う立場もしんどいな。言われるほうが楽やわ。こっちもテンパって、たたみかけるようにダメ出ししてもうたし」

後からつけ足した注意は、せめてもうちょっと時間を置いてからこっそり指摘してやればよかった、という後悔がある。間違ったことは言っていないのだが、最初に見た社内報の写真みたいに、唇を引き結んだ小太郎の顔を思い出すと後ろめたかった。

「頭いいから、なっちゃんの気持ちはちゃんと分かってると思うよ。この業界って、よくも悪くも独特だからさ、アメリカでは、こう、領分のはっきりした仕事の仕方だったんじゃない？」

「そうかも」

「結局、能力よりも合うか合わないかなんだよね」

と、自分に言い聞かせるようにつぶやく。

「むかーし、急に来なくなってそのまま辞めちゃった後輩いてさ。自分なりにいろいろ面倒見てたつもりなんだけど、もう無理です、私には向いてませんって……結構センスいい子だったから、今でも、どうにかできなかったのかなーって思う」

「そっか……」

「――あ、そうだ、あした出てもらう畑中(はたなか)先生だけど」

湿っぽい空気がいやだったのか、からっと口調を変え、ちょくちょく出演するニュースコメンテーターの名前を出した。

「誕生日なんだよね。お花とケーキの手配、コタくんに任せてもいいかな？」

「ええんちゃう」

「誕生日祝いが仕事ですか？　なーんてごねたら？」

「俺がしばく」

「ま、言わないと思うけど」

スタッフルームに戻るともう竜起は帰った後で話す機会はなかったのだが、ＬＩＮＥがきた。

『俺のせいでコタがなっちゃんにキレられたってまじ？』

『恵に何か言われた？』

『コタはそーゆーことは言ってこないよ。風の噂で聞いた』

『風が届くん早すぎやろ。皆川のせいではない』

『俺もスタジオ残ってればよかった。なっちゃんのマジギレって見たことないし』

え、と記憶を遡(さかのぼ)れば確かにそうかもしれない。呆れたり焦(あせ)ったり小言を言ったりは日常茶飯事だが、本気で激する場面はなかった。だってアナウンサーとしての竜起に深から叱咤(しった)などしようがないし、プライベートは……いや、あんま考えんとこ、まだ会社やし。邪念が湧いてまう。「見せもんちゃうわ」と返信すると「そんなんじゃないよー」と返ってきた。

『なっちゃんはコタをかわいがってんなーって』

『設楽さんに直々に頼まれたんやもん、そらちゃんとせな。あ、ユニフォームの注文票、もらった?』

『LINEで画像送ってきたよ。紙は燃やしたって、イミフな主張とともに』

やっぱりな。

花とケーキについて、小太郎から質問がなかったので深もあえて確認しなかった。ADの共有フォルダを覗けばいつも依頼している花屋もケーキ屋もすぐ分かるから、予算と希望を伝えるだけの簡単なお仕事だ。分からなければ誰かに訊けばいいし、小太郎ならちゃんとやってくれるはずだと思った。

しかし心のどこかでは大丈夫かな、という不安がちらつく。「はじめてのおつかい」のスタッフもこんな気持ちだろうか。もちろん小太郎は立派に成人した男で、社会人経験もあって頭も回る。なのにものの十日程度で保護者めいた情が湧くのは我ながらおかしな話だった。

心配をよそに、翌日の夕方、小太郎はきっちり花束とケーキの箱を引き取ってきて、オンエア後にささやかなセレモニーが行われた。

「いやあ、還暦過ぎてもこうしてお祝いしてもらえるなんて嬉しいねえ」

カメラの前では鉄面皮で、思い切りのいい強めのコメントをする大学教授が、恥ずかしそうに相好を崩しているところを見ると、深は準備してよかったと思う。ものでご機嫌を取るとか、そういう次元のことじゃなく、縁あって番組に来てくれているのだから、一緒に仕事をするのが楽しい、ここにいる人間は信頼できる、と思ってほしい。裏方の資質なんて、結局、心からそう思えるかどうかにかかっている。

花束を抱え、畑中先生は設楽に嬉しそうに話した。

「ピンクのばら、うちの女房が大好きでね、持って帰ったらきっと喜びます、ありがとう」

「そうですか、それはよかった」

「もらったんじゃなくて自分で買ったことにしようかな、いや、すぐばれるんだろうな……」

そのやり取りを聞き、深は小太郎の背中に呼びかけた。

「恵」

「はい」

まだ、若干ばつ悪そうに振り返る。

「花束、あえてピンクのばらにしたん？」

「はい。畑中先生のブログを読んでいたら、奥さまが好きな花だと書いてあったので。こういうのって、身近な女性の好みに合わせたほうが間違いがないかと」

正直、六十代の男にはかわいらしすぎるんじゃないかと思ったのだが、これでよかった。深が用意する時は、予算と、相手の年齢性別を伝えて後はお任せだった。でも小太郎はもう一歩踏み込んで細かくリサーチをした。

じわじわっと笑いがこみ上げてくる。自分が、仕事で何か手応えを感じた時よりもいい気分だった。

「やるやん」

小太郎の背中をばしっと叩く。

「てっ」

「俺より自分のほうが、ちゃんと考えててんなあ」

「全然ですよ。あの……名和田さん」

「うん？」

「きのうはほんと、すいませんでした。……俺、わざと原稿渡さなかったって思われたらどうしようって、焦ったんです。皆川だったから……それで、ついむきになりました」

褒められたばかりなのに、悄然として打ち明ける。

「何やそれ、そんなん思うわけないやん、アホやな」

深は杞憂を笑い飛ばした。

「好き嫌いを仕事に持ち込むなって、俺が最初に言うたやろ？　そんで自分、そんなつもりないってはっきり否定したやん。いらん心配せんでええよ」

「よかった」

ようやく小太郎も安堵したのか緊張をほどく。しかし竜起が近づいてくるとまた眉間にむっとしわを寄せた。もはや様式美の趣(おもむき)がある。

「仲直りしちゃった？」

「は？　うるせーし、お前に関係ねーだろ」

「え、だってコタ、俺のせいで怒られたんだろーごめんね？」

「だから関係ねーつってんだろ！」

そうだお前の確認がずさんだから、と責めてもよさそうなものなのに、そこは曲げないらしい。「そーゆーことは言ってこない」と断言した竜起は、相手にしていないようでいて小太郎をよく見ている。腐れ縁のたまものだろうか。

「そういえばあした歓迎会してもらうんだっけ？　よかったね～俺も行こうかな、なっちゃん店教えて」

「ええけど」

「来んな!!」

スタジオを片づけながら、小太郎は何度も「来ませんよね」と深に確かめた。

「うん、あんなん言うてたけど、実際けえへんと思うわ」

「……えっ」

「ＡＤ主催のＡＤ飲み会やから、仕事の愚痴(ぐち)も出てくるやろ。演者の自分がおったら話しにくいこともあるって、皆川は空気読むから」

単純に週末なので、ほかの予定を入れたいだけという可能性もあるが。

「そう……ですか……」

「残念？」

「いえちっとも！　……ていうか」

「ん？」

「名和田さんて、やっぱあいつのことよく分かってるんですね」

深は答えず、「さっきのケーキ、皆で食べてええらしいから、切り分けてキープしとき」とはぐらかした。


土曜日の歓迎会は、メンバーの仕事の都合もあり、午後十時という遅いスタートになった。案の定竜起は現れず、予定を教えてくれるでもなかったから、たまには家でゆっくりしているのかもしれない。

「もう二週間だっけ？　コタくん、だいぶ仕事慣れたんじゃない」

「そうですね、名和田さんが親切に教えてくださるので」

ジョッキ片手に小太郎が答える。

「名和田チルドレンだ～」

「名和田派閥が誕生したな」

「ひとりだけやん」

「来週からフロアの研修だっけ？　早いなー」

「設楽さん、できるとこまで経験させたいらしいから……再来週にはもうオンエアDの勉強かもしらんな」

「それも名和田さんに教えてもらえるんですか？」

「俺、オンエアDなんかやったことないし」

「じゃあ一緒に研修しましょう」

「何でやねん、オンエアDて基本社員の仕事やで。番組全体仕切んねんから、もしやらしてもらえることになったら今以上に頑張りや」

「名和田さんがそう言うんなら……」

やや不満げに頷く、そのようすに周囲は笑った。

「あれだねえ、何か、猫が大型犬の赤ちゃん育ててるみたい。たまにテレビとかで見るじゃん。身体おっきくなってもずっと猫に甘えてるの」

「分かるー」

「勘弁してーや」

自分でも若干、そういう心持ちがないでもないから、ことさらにうんざりした顔をつくった。ていうか、そこまで大きさ違わんやろ。小太郎は何もリアクションしなかった。

「コタくん、彼女いるの？」

女子組が興味津々に迫ると、すこし困った顔になって「いました」と過去形で認める。

「アメリカに？　日本人？」

「はい。でも、俺がこっち戻ることにしたんで、まあ、そういう話に。彼女はあっちで永住したがってましたから」

「コタくんはそのつもりじゃなかったの？」

「それも悪くないなって思ってましたけど……」

「じゃあ、何で彼女捨ててまで帰ってきたの？」

上司も先輩もいない下っ端だけの気楽な酒の席、無礼講がだいぶ進行してきた。

「捨てて……人聞き悪いこと言わないでくださいよ」

「だって君が方針転換したわけでしょ。あ、そういえば目標あるって言ってたよね、初日に。ぶっちゃけ何なの？」

「もう二週間経つから突っ込んでもいいよね」

「いや早いやろ……」

いっせいに詰め寄られた小太郎は、助けを求めるような眼差しを深に向けつつ口ごもる。高みの見物を決め込んで酎ハイを飲んでいると、携帯に着信があった。「ザ・ニュース」のDからだ。

「あ、電話入った」

席を立ってなるべく静かな場所で「はい」と出る。

『お疲れ、なっちゃん今家?』

「いや、局の近辺で飲んでますけど」

『ごめん！　ちょっと頼まれてくんない？　ライブラリーから資料映像出してきてほしいんだけど。俺今別件で千葉だから、朝そっちに戻った時にすぐ編集始められるようにしたい』

「分かりました。何本か出して、ワークテープに落としといたらいいですか?」

『そうしてくれると助かる。渋谷のスクランブルの画が欲しい。できれば季節と時間織り交ぜて、ここ五年以内で。テープは俺の机に置いといて』

「分かりました」

電話を切るとテーブルに戻り、「ごめん、一件仕事」と中座を告げた。

「五千円で足りる?　ほな、もう出るわ」

「おう、お疲れー」

店を出て、五分も歩けば局に着く。夜間出入り口の前でかばんの中から入館証を探っていると、声をかけられた。

「名和田さん」

振り返れば、小太郎が軽く息を切らしている。

「何や恵、どないしてん。忘れもんか？」

「手伝います」

「え、それで抜けてきたん？　あかんやん、主役がそんなんしたら。大した用事でもないのに」

「ちゃんと、皆さんには許可を取ってきました」

「せやけど」

「俺は、名和田チルドレンなんで」

冗談に過ぎないと、本人だって分かっているだろうに、小太郎は妙に誇らしげに笑う。そんな顔をされたら追い返せなくなってしまう。

「……しゃーないな」

ため息をついて了承し、一緒にスタッフルームに上がると、データベースから必要なＶＴＲをいくつかピックアップして貸出申請書をプリントアウトした。

「このリストのＶ、十三階のライブラリーから借りてきて」

「え……」

用紙を差し出すと、さあっと小太郎の顔が変わった。さっきまでの晴れやかさはどこへやら、一天にわかにかき曇り、という急変ぶりだ。

「資料映像の借り方教えたやろ？　午後七時以降は受付の人がいてはらへんから、警備でテープ庫の鍵借りて、棚からこのＩＤどおりのテープ持ってきて欲しいねん。全部で十本な」

「えっと……」

「何や、どないしてん」

「いえ……」

大した難易度でも労力でもないはずだが、目が不自然に泳ぎまくっている。

「飲み会戻りたなった？　そんならそれでええけど」

「違います!!」

今度は猛然と首を振って否定する。

「その……テレビ局って……っていう噂を……」

「は？」

あまりに小声だったので、二回聞き直してようやく分かったのは「出る」という言葉だった。出るっていう噂。

「あー、幽霊ってこと？」

「名和田さん！」

さっきから、言い淀んだと思えば不意に大声を張り上げるのでびっくりする。

「何やねん」

「駄目ですよそんなずばり言ったら！　話してたら寄ってくるんですから！」

「え〜……ん？　そういうたら……」

先週末、編集室でのできごとを思い出した。小太郎が急に抱きついてきた、あれは。

「自分もしかして『オバケカット』に反応してたん？」

「何か映り込んでたのかと思って」

「ほな、最初の日に仮眠室行かへんかったんは？」

「初めての場所で真っ暗なのはちょっと」

「恵」

「はい」

「アホか」

深は笑顔で一蹴した。

「何でですか！」

「よおそんなんで外国で暮らせとったな」

「アメリカにはゾンビしか出ないんです、国民性の問題で」

真顔で言うな。

「俺はそっちのほうがいややわ」

「だってゾンビだったら物理攻撃が利くじゃないですか、手斧持参でショッピングモールに立てこもればいいじゃないですか」

「まあゾンビは置いとこ」

ライブラリーのフロアは無人だから当然真っ暗、空調を効かせているので真夏でも肌寒いそこに鍵を開けて入って電気をつけてひっそりと並ぶ――今にも物陰から何かが現れそうな――保管棚の間を行き来してテープを探して持ってくる、というミッションを、怖くてやりおおせる自信がない、という話だった。「十三って不吉だし」とまで主張する。

「出えへんよ」と深は言った。確かにテレビ局といえば心霊スポットの定番らしく、建ってから十年と経(た)たないこの社屋にもいわくつきの場所はいくつかあるが、真偽は非常に怪しい。

「俺見たことないし、ていうか出てもええやん、テープ探すん手伝ってもらい」

「何て恐ろしいこと言うんですか⁉」

「自分の形相(ぎょうそう)のほうが怖いわ。お守りとかお札(ふだ)でも持ち歩いたら？」

「そういうのは素人(しろうと)が手を出すと却(かえ)ってリスクが高いんです」

「はあ……」

埒(らち)が明かないので結局十三階まで同行した。はっきり言って、自力でやったほうがはるかにスムーズだ。エレベーターを降りると深は立ち止まる。

「俺ここで待ってるから、テープ取ってきて」

「え」

テープ庫の鍵を押しつけると、小太郎は「話が違うじゃないですか！」とうろたえた。

「つきっきりなんて言うてへんやん。ひとりでやらなあかん時は絶対あんねんから、慣れとかな」

ぐっと言葉に詰まる小太郎の腕をなだめるように軽く叩く。

「ここにおるから。何かあっても大声出したら届くし」

「いや、でも」

「皆川は平気やと思うな～」

意地悪ではあったが、その名前を口にすると小太郎は大きく息を呑み、「行ってきます」と悲愴な（本当に）面持ちで宣言した。

そしてほんとにいて下さいよ、冗談でも隠れたりしないで下さいよ、と何度も念を押し、三歩ごとに深を振り返りながら廊下を進んでいった。まじで「はじめてのおつかい」っぽいな……と思いつつそれを見守る。時刻は午前一時過ぎ、総務や経理といった事務系のエリアだから本当に人っこひとりおらず、かろうじてついている廊下の明かりも何だか心細い。確かに深も、うす気味悪いなとは思う。ふだん意識すらしない、非常口の緑のピクトグラムも何かに追われて必死に逃げている印象に変わるからふしぎだ。

そろりそろりと角を曲がり、とうとう小太郎の姿が見えなくなった。心配というか若干かわいそうではあるが、致し方ない。心を鬼に、と言い聞かせつつ、一方で唇の端から笑みがこぼれてしまう。オバケ怖い、て、まじか。澄ました顔を保っていれば、ちょっと寄りつきがたい印象の男前なのに、竜起と違った意味で人間味にあふれまくっている。どんなに竜起に突っかかっても憎めないのはそのせいだろう。隙だらけともいうが。

一応、万が一にも悲鳴などが聞こえてこないかと耳を澄ませていると、静まりかえったエレベーターホールに、携帯の着信音が響き渡る。不意を突かれてちょっとびびってしまった。竜起からだと分かると、ほっと息をつく。

『歓迎会終わった?』

「途中で抜けて、局で雑用」

『そっか。俺、言い忘れてたんだけど、きょう昼から高校ん時の友達の結婚式行ってくんね』

司会ではなく、普通にゲストとして出席するらしい。

『仕事、早く終わったらうち来て』

「うん。でももうちょいかかるかもしれんから、寝とってな」

『了解』

携帯をジーンズにしまうと、今度はものすごい足音が近づいてきた。床はじゅうたん敷きだし、まだ姿は見えないのに、分かる。

「おっ」

テープを両手に抱えた小太郎が、コーナーを回って猛然とダッシュしてくる。深の存在を視認した瞬間、瞳が安堵の色で満杯になったのが、離れていてもはっきり分かった。そしてエレベーターホールで急ブレーキをかけ、ぜえぜえ息をつく。

「も、持ってきました……！」

「おかえり、早かったな。ごくろうさん」

やればできる、とテープを半分持ってやる。

「何も出えへんかったやろ？」

「出てたら窓破って飛び出してたと思います」

自ら(みずか)オバケに寄せにいってどうする。

「ひとつ克服したやろ？　ほんならちゃんとできた子にはこれあげよ、手ぇ出し」

パーカーのポケットから飴(あめ)の小袋を取り出し、手のひらに落とした。

「え、何すかこれ」

「飲み屋行く時、不動産屋のチラシと一緒に配っとってん」

だから何の元手もかかっていないのだが、小太郎はぎゅっとそれを握り込んで、「ありがとうございます」と言う。

編集室でダビング作業をすませテープをスタッフルームに持ち帰ると、深は「さて」と切り出した。

「このテープ、今度は返しに行かなあかんねんけど」

「えっ……」

いちいちこの世の終わりみたいな顔をしないでほしい。

「まあええわ、それは俺がやったる。今回だけやで」

立ち上がり、財布を出して小太郎に投げた。

「待ってる間に自販機でコーヒー買ってきといて。ブラックな。あと、自分も走って喉渇いたやろ、好きなん買っていいで」

「いえそんな」

「これもきょうだけ、頑張ったご褒美。高給取りやねんから、出世して返してや」

「……はい、絶対」

相変わらず、冗談にきっちり反応する。

テープと鍵の返却をすませた頃には飲み会組もお開きになったらしく、ADのグループLINEに「解散しまーす」と流れてきた。

「『コタくん、あの話の続き、今度教えてよ!』……やて」

同じメッセージが小太郎の携帯にも届いているはずだが、コーヒー片手に読み上げた。

「あの話?」

「何でわざわざここにきたんかいう話ちゃう？」

「ああ」

「まあ、どうせ皆川絡（がら）みなんやろけど」

「何で分かったんですか？」

「いや全員分かってると思うで。だって自分、皆川のこと大好きやもんな」

あ、つい口が滑（すべ）ってもた。小太郎はものすごい勢いで「冗談じゃないですよ！」と否定する。

「嫌いなんです気に食わないんですへこませてやりたいんです!!　何すか大好きって、気持ち悪い」

「うーん、そういう気持ちがこじれまくってる大ファンにしか見えへんねんけど」

「ちょっ……やめてくださいよ人のアイデンティティを反転させるのは」

「ほら、それって、皆川ありきの僕ですー、言うてるようなもんやん」

「そんな……」

真剣に衝撃を受けているらしい小太郎に、自覚なかったんかいと呆れたが、わざわざ気づかせてやる必要もなかったのにと軽口を後悔した。あの、竜起への関心が今度は恋愛のベクトルに向かったりして……と想像すると、それはだいぶかなりとってもいやだ。うっかりするとこっちが個人的な感情を仕事に持ち込んでしまいかねない。

小太郎はペットボトルの緑茶を飲み干し、ソファから手を伸ばしてごみ箱に投入すると長い息を吐いた。

「……小学校一年で、初めて同じクラスになったんです」

「へえ」

「入学式の日、出席番号順に自己紹介することになって、『みながわ』の次が『めぐみ』」

それはまた、いかにも恋が生まれそうなシチュエーションやないか、と思ったが黙って聞いていた。

「そしたらあいつ……立ち上がって堂々と『たっくんです』って」

「あー、竜起でたっくんな」

親や友達に呼ばれているニックネームがとっさに出てしまったのだろう、かわいらしいほのぼのエピソードのはずだが、小太郎は膝の間でぎゅっと指を握り合わせた。

「え、何があかんの」

「実は俺も、ものごころついた時から『たっくん』だったんです」

「しょーもな！」

重々しい口調と内容との、あまりのギャップに深はさくっと言い放った。

「俺、帰ってええかな？」

腰を浮かせると、小太郎が慌てて腕を掴む。

「まだ続きがありますよ！」

「もう全カットでええわあ」

「何でですか一大事ですよ六歳児には！　あだ名かぶってる、どうしようって思いながら自分も名乗ったら、皆川が振り向いて『小太郎だからコタって呼ぶな！』って勝手に決めてもうそれでクラスじゅうに定着ですよ、協議の余地なしですよ、しまいにうちの家族まで『コタ』に移行ですよそんなことってあります？」

「ありますぅ？　言われてもな……そもそも『竜起』と『小太郎』やったら、竜起のほうが『たっくん』感あるし」

「うっ……」

「ほら、自分でもほんまはそう思ってたやろ？」

「そ、そんなことないですよ！」

「ほんなら、俺だけは『たっくん』て呼んだろか？」

竜起を「たっくん」なんて呼ぶ人間はもう誰もいない（と思う）し、奪われたと勝手に思っている小太郎の愛称を深だけでも復活させてやろうという親切のつもりだったのだが、小太郎はあっという間に真っ赤になって「いいです」と怒ったように言った。バカにしてるつもりはなかってんけど。

「そんなのはきっかけに過ぎなくて、何だよこいつって気にしてたら、やることなすことむかつくっていうか……分かってます、視界に入れなきゃいいんです」

深の表情から言いたいことを察したらしく、小太郎は「俺が空回ってるだけです」と素直に認めた。よかった、その程度の自覚はあるらしい。

「向こうは俺のこと意識してないのも分かってます。引きずらないし、浅く広く、誰とでも仲よくなっちゃうやつですから……だから、大学からアメリカに行ったんです。もう断ち切ろうと思って、SNSもやらずに、日本の情報一切遮断(しゃだん)して、あいつがどこで何してるかなんてまったく知らないまま過ごして、本当に忘れられてたんです」

この台詞だけ切り取ったら、誰もが失恋の話だと思うに違いない。

「それで、それなりにうまく、楽しく暮らしてたのに……ある日、何気なくつけたテレビに、いたんです」

「え、BSか何か？」

「いえ」

小太郎は深の腕を摑んだままだった。だから、指にぎゅっと力がこもったのが分かった。なぜか、離せと言えなかった。

「メジャーリーガーの密着もので、日本のテレビ局も取材に来たっていうくだりでした。俺が必死でチケット取って、ヤンキースタジアムの四階席から豆粒ぐらいのサイズでもわくわくしながら見てた選手に、皆川が堂々と『I'm Japanese famous sports caster!』って」

目に浮かぶ。

「全然英語しゃべれないくせに妙に意気投合してて、今度は俺が日本に行くぜとか、フロリダの別荘に来いよとか言われて、その意味もすごさも分からずあいつはへらへらYESばっか……テレビの前で立ち尽くしてる時、ほんとに自分の中でぷちっと何かが切れた感じがあって」

だんだん目が据わってきて、深は軽くびびった。しかし、ますます強く腕を捕らえて小太郎は続ける。

「どこに逃げてもあいつの情報が流れてくる、だったらもう悪あがきはやめてこっちから飛び込んでいくことにしたんです」

「……で、旭テレビ？」

「そうです」

「せやけどアナウンサーではなく？」

「俺も学習したんで、完全に同じ土俵に上がるのはやめました。ここで出世してプロデューサーなりになって、キャスティングを握れる立場になったら上に立てますから。アナウンサーは自分で仕事を選べない、あいつを使うも干すも俺次第です」

「それって学習なんかなー、守りに入ってない？」

「いいんです、とにかく、一度でもいい、絶対的な優位に立ってみたいんです！　ラジオニュースか深夜の通販番組でしか露出できなくしてやる」

その瞬間、深は小太郎の手を力いっぱいほどいて立ち上がり、脳天にげんこつを振り下ろした。

「いたっ!!」

「ふざけんな!!」

「な、名和田さん？」

両手のこぶしがぶるぶるふるえていた。こんなに腹を立てた記憶をほかに呼び出そうとしても思い当たらなかった。

「お前にラジオニュースの原稿が書けるんか？　通販番組の仕切りができるんか？　お前にいろいろ教えてくれたり、お前のために歓迎会開いてくれた皆もそういう仕事してるかもしれへんとは思わへんのか？　情けないこと言いやがってボケ、どんな番組でも人の手がかかって、人が見たり聞いたりしてんねん、島流しみたいな扱いされてええもんちゃうねん！」

深の剣幕に、頭を押さえて呆然としていた小太郎は、そう突きつけられてはっと表情を変えた。

「どんな理由で入ってこようが自由や、試験受けて採用されたんやしな。けどなあ、放送を見くびるやつが放送局で働くな!!」

看板と呼ばれる番組があれば、看板の陰に隠れてひっそりと流れる番組がある。時間帯や予算や出演者の顔ぶれに、シビアに反映される。平等じゃない、そんなのは当たり前だ。だからこそ、内側にいる人間が見上げたり見下げたりしちゃいけない。

いくらでも言いたいことはあったし、もう何も言いたくなかった。文句をうまく組み立てられず、このアホアホアホと百回くらいぶつけてしまいそうだったから。くるっと身を翻して立ち去ろうとすると「名和田さん」と慌てた声が追いかけてくる。深は一度だけ立ち止まって、言った。

「……皆川は、他人の仕事に上下つけて軽んじたりせえへんぞ」

小太郎が言葉を失ったのが、何となく気配で分かった。下りエレベーターの中で袖をまくって腕を見ると、指のかたちに白くなっている。バカ力で握りやがって、とごしごしこすって憎たらしい痕跡を消した。

局の前でタクシーに飛び乗り、まっすぐ竜起のマンションに向かう。置き私物の部屋着に着替えてベッドに潜り込むと、眠っていた竜起が気づいた。

「あーなっちゃん……おかえり」

「ただいま、遅なってごめんな」

「んーん、何かトラブルあった？」

半分夢の中らしく、うとうとと途切れがちの声にほっとする。まだ、感情の整理がついていない。こんなにむかついていても、小太郎の悪いところを竜起に話すのはかわいそうだ、というブレーキがどこかでかかっている。

ぎゅうっと竜起に抱きついて、息苦しさにも構わずすっかり顔を埋めてしまう。

「なっちゃん、息熱いって」

竜起は最初笑い交じりだったが、微動だにしない深に何かを察したらしく、「どうしたの」と尋ねる。

「何もない」

深はくぐもった声を竜起のTシャツに洩らす。

「何もないから……このまま寝かして」

「いいけど」

竜起はそれ以上訊こうとはせず頭を撫で、背中をさすってくれた。

目覚めると陽はもう高く、竜起の姿はなかった。劇的に沸騰(ふっとう)した反動なのか、相当熟睡してしまったらしい。いったん自宅に戻り掃除や洗濯を一気に片づけると、また竜起の部屋に引き返してやっぱり掃除と洗濯をした。頼まれたわけではないが、外食すると大概(たいがい)竜起が払ってしまうので、たまにこうして深なりのバランスを取る。

あっという間に日が暮れ、見るともなしにテレビを見ていると、一件、制作会社から電話がかかってきた。

『名和田ごめん、東洋(とうよう)テレビについてる秋山がバイクで事故っちゃってさ、両手ねんざしたんだ。しばらくヘルプ入ってやってくんないかな。ロケと編集、再来週いっぱいまで』

「いいすよ」

『悪いな、帯ついてんのに。設楽さんにはこっちからも融通利かせてもらえるようお願いしとくから』

あしたから忙しくなりそうだ。でも、小太郎と関わらない言い訳ができるのはほっとした。とはいえフロアDの研修があるから、仕事はがっちり仕込まねばならないのだが。

日付が変わる直前に竜起は帰ってきた。

「ただいまー。あ、掃除してくれた？　ありがとー」

「うん」

引き出物やらが入った紙袋を置いてネクタイをほどくと、ソファの隣に座るやいなや「きょうさ」と切り出した。

「ん？」

「新郎友人で出たんだけど、そいつ、俺よりはむしろコタと仲よかったんだよね。だからコタにLINEしたんだ。二次会からでも来てほしがってるぞって」

「……うん」

コタ、の二文字に湧き上がる動揺を押し隠して頷く。

「で、二次会には来たんだけど、みょーに元気ないの、心ここに在らずっていうか。俺がいじってもいじっても反応鈍（にぶ）いし」

「へ、へえ」

「なっちゃん、ゆうべ会社にコタといた？」

自分の演技力やアドリブ力を真剣に勘案（かんあん）したが、これはごまかしきれないという結論にすぐ達したので深は「おったよ」と認めた。

「そんで……口論っぽくなったから、元気ないとしたらそのせいかもしらん……口論いうか、俺が怒って、あいつどついて、ガー言うて」

「何で？」

そこでバカ正直に口ごもると、あっさり「俺関係？」と核心にたどり着かれてしまう。

「……そう」

「コタ、俺の悪口でも言ってた？　別に気にしないけど」

「いや、ちゃうくて」

むしろ熱烈なラブコールだったと言える。竜起に罪はないけど罪作りだ。

「じゃあなに？」

「えっと」

まだブラインドを下ろしていなかった。窓の外にすいっと目を向けると、両頰を挟んで「なに？」とたたみかけてくる。酒を飲んだせいか、竜起の目は貝殻の裏を張りつけたようにつやつやちかちか光っていた。瞳のずっと奥で色のモザイクが揺れる、虹彩。甘い眺めなのに、逸らしたりはぐらかしたりするのを許さない眼差しでもあった。

「……今はまだ、言いたない、かも」

目玉同士が糸で引かれるみたいに、逃げられない。

「何で」

「皆川に言うたら、恵の悪口になってまいそう——や、あいつはあかんこと言うたし、俺が怒ったんは間違ってないって思ってるけど」

「ならいいんじゃないの」

「……自分が聞いたら、恵をかばうと思う」

深は一生懸命頭の中で言葉を整理し、言いたいことをまとめようとする。

「俺、そんなに優しくないけど」

「かばう、いうか、フォローみたいな。だって皆川は、人のこと悪く取れへんやん」

バカだなーコタは、でも言葉のあやってやつ、一発殴ったんならチャラにしてあげれば……竜起はきっと、そんなふうに言う。そして深は、竜起に言われたら、そうかな、とこの憤りを鎮めてしまう。失言には違いないが、まだ業界で日の浅い小太郎は「皆川を閑職に追いやる」という目的を、ああいうニュアンスでしか表現できなかったのだ。深に怒られたからではなく、きっと今頃は本気で反省している。頭では分かっている。

「でも俺は、まだ怒ってたいねん」

「えー、疲れない？」

「疲れるけど……まだ、すんだ話にしてやるつもりないから」

「ふーん」

竜起はぱっと手を離し、しょうがないなあというふうに笑う。

「コタは幸せだね、なっちゃんにかわいがられて」

「へ？」

「何があったのか知んないけど、仕事がらみでしょ、そんでなっちゃんがそんなに腹立てんのは、コタに目ぇかけていろいろ教えてあげてたからこそでしょ」

「目ぇかける、いうほど大層(たいそう)ちゃうやん、俺なんか」

竜起の言うとおり、単なる義務感以上の思い入れを抱いていたのは確かだ。真剣に仕事を教えるという経験が初めてだったし、小太郎は飲み込みが早くて、深のアドバイスをみるみる吸収し、打てば響く張り合いを感じさせてくれた。編集機を触るのが楽しいとも言ってくれた。何もかもを嘘にされた気がして、猛然と悔しかったのだと、ようやく気づいた。

「あー……」

竜起の腕に両腕を絡め、ぽてっと肩に頭を乗せる。

「空回ってんのは俺かも」

「なに、怒り収まってきた？」

「いや、思い出したらやっぱむかむかしてくる」

「複雑だねー。きょうはずっとむかむかコタのこと考えてたの？」

「別にそーゆーわけでは……」

何をしていてもしていなくても、もやっとしたフィルターが自分の全体にかかっていたのは確かだけれど。

「あいつ、旭テレビでえらなって、皆川を窓際に追いやりたいらしいで。……あらまし言うてもうてるな」

「え、まじそんな動機で転職してきてんの？　バカがやばいね、面白いけど」

ほら、竜起はこんなふうに寛容だ。しかし、そこで「何だと？」と腹を立ててくれたほうが、小太郎も不毛にねじれた片想いにもがかずにすんだだろう。

片想いにもいろいろある。深は、深の「親分」に片想いしていた。そこに恋愛的な要素があるような気が自分でもしていて、結局はそうじゃなかったものの、それでもやっぱり片想いだった。才能に惚れたとは実に陳腐な言葉だが、あんなふうになりたくて、あんなふうにしかなりたくなくて、焦がれた。ぺこぺこ崇拝するだけだったけれど、自分に小太郎みたいなガッツがあれば何かは違っていただろうか。相手にされなくても、かなわないと何度思い知らされても食らいついていく小太郎の愚かさを、深は嫌いになれない。絶対にだ。だからこんなにむかつくんだと思う。

「なっちゃん、それで怒ってんの？」

「ちゃう」

「違うのかよ」

「だって、皆川は干されたりせえへんし、もし恵がほんまにえらなっても、干したりできへんと思うし。だってあいつ――」

皆川のこと大好きやん、てはっきり言うてもたら、どないなるんやろ。えー、とか、ないわー、とか？　もしさらっと「うん知ってた」と笑顔で言われたら、苦しい。竜起の中に恋がみじんもなくてもいやだ。

「――小心者だしね」

深の途切れた言葉を、竜起はそう引き受けた。察しがついていてとぼけているのか、ただそう思っただけなのか確かめたくて顔を上げると、キスが降ってきた。

「……コタの話は、もういいや」

唇で触れたばかりの唇の、弾力を改めて確かめるように指先でぷにぷに押しながら言った。

「エッチしよ、なっちゃん」

「え」

「んな意外そうな顔しないでよ」

「ちゃうくて、あんな、俺、あしたから二週間ぐらい仕事詰まりそうで」

「だめ？」

「ううん」

首を振ったら軽く接したままだった指の腹が唇にこすれ、それだけでも髪の毛の先までざわざわ騒ぐ。

「か、軽めにして、もらえると……」

目を伏せがちに言うと、竜起は「分かった」と耳の上の生え際にくちづけた。

「じゃあ挿れないから、服脱いでこっちきて」

ブラインドを下ろし、裸になって竜起の脚をまたいだ。

「お、俺だけ脱ぐん、おかしない？」

「俺、脱いだらブレーキかかんなくなっちゃうし」

両膝をたたんで腰を落とす。深のほうがすこし目線が高い。見下ろすと、竜起のまつげが濃くて長いのや、鼻すじがまっすぐ通っているのがよく分かった。肩に腕を置いて身体を安定させると、いつもと異なる高低差のキスをする。竜起は何度も深の下唇を甘噛みしてから舌先で歯列をなぞった。

「ん――」

そのまま口蓋を強く、弱く撫でながら両手は胸を撫でる。外側からの刺激と、内側にそそがれる興奮ですぐにかすかな芽がふたつ吹いた。竜起は口腔の息も体温もたっぷり舌でかき混ぜながら、指先で尖りの密度を確かなものにしていく。

「んっ……ぁ、っ」

くっと押し込まれると体内に性感が埋まり、そしてまた弾力をもって立ち上がり、愛撫をほしがった。

「……俺の、して」

口唇をほどき合う恍惚の中でささやかれ、深は片手を下ろして竜起のベルトに触れた。もどかしい手つきで外し、前を開ける。不慣れさがおかしいのか、喉奥から洩れた竜起のかすかな笑いが、深の唇をふるわせた。

「……何笑ってんねん」

「笑ってないよー」

「嘘……あっ！」

これ以上なく（けれどやっぱりちいさく）膨らんだ乳首を上下に弾くように弄ぶと、片手の指を深の口に差し入れた。

「ん」

発情で温められた唾液や、口内の粘膜をねっとりまさぐり、舌の戯れを誘う。深は舐めたり噛んだり吸ったりしながら下着の中でぐんぐん大きくなっていくものにぎこちなく施した。竜起の手も、向かいにある同じ部位をこする。過敏な箇所に触れられると、ついくわえている指に軽く歯を立てたり強く唇で絞ったりしてしまうので、竜起はそこをますます強く刺激した。

「あ——あ……んっ……」

どうしても、触られる感覚ばかりに気を取られてうまく手が動かない。申し訳ない気持ちで竜起の顔を窺うと、分かってるよと言いたげに裏側のラインをなぞり上げられた。

「んん……っ！」

上の口をたっぷり翻弄した指が出ていくと、勝手に揺れる腰の後ろを唾液で掃くようにひと撫でしてからそのもっと奥にまで進もうとする。

「や！　そっち、何で」

「挿れないよ、触るだけ。早くいったほうがなっちゃん疲れないっしょ」

「あぁっ……」

そこで感じることを、言葉や身体で思い知らされる羞恥には慣れられそうにない。これも男の生理の一部ではあるらしいが、普通のセックスではまず覚えない味だろう。普通のセックス、なんてものを深は定義できないけれど。どこまでが普通でどこからが違うのか。余分に気持ちよくなることは余分に浅ましい気がして、だからこそ身体は覚えた快感を手放そうとしない。

前を扱く、後ろに挿し込む。同じリズムで、あるいはすこし時間差と緩急をつけて。双方から与えられる性感は性器でも内臓でもないどこかにどんどん溜まっていく。

「やや……あ、っん、あ……っ」

浅い場所を穿ち、無用に分け入ってこない指一本の行いはもどかしく、けれどもっと奥が疼き出さないよう気を逸らすため、深はゆるゆると覚束ない動作で竜起の昂ぶりをこすった。これに、挿ってきてほしいなんて考え始めてはいけない。熱や硬さや鼓動を恋しがってはいけない。

「みな、がわ……あ、あぁっ！」

最後は、ぱりっと硬いワイシャツの生地がふにゃふにゃに湿りそうなくらい、声を息を吐き出した。精液と一緒に。

「……ゆ、ゆび、早よ抜いて」

「はいはい」

「んっ……」

わずかな空虚に粘膜がふるえる。焦って拒むみたいに言ってしまったと、反省する。

「あんな、ちゃうねんで、指、いややったわけとちゃうくて、あ、あんまされたら、俺が我慢できんくなるから……」

「分かってるよそんなの」

鎖骨を吸い上げて竜起は言った。

「つか、そんなのわざわざ告白されたら、こっちが我慢できなくなるじゃん……」

続き、してよ、とまだ敏感な素肌に吹き込まれる。深は、うんと膨らんだ竜起の性器を手で包んで、上下に摩擦した。自分は達した後だから、向かい合う男の表情や反応を観察する余裕が常よりあった。竜起は目を閉じ、眼球のカーブをぴったり覆ううすいまぶたをさらしている。まつげに沿う二重（ふたえ）の線がきれいだと思った。

「ん……」

そこに唇を押し当てると、弾けた昂ぶりからぴゅるっと体液が飛び出す。うすい膜で張り詰めた、とろりとかたちのない生き物を殺してしまったような気分になる。背徳とないまぜの達成感に充（み）たされ、深はもう片方のまぶたにもくちづけた。

月曜日からは小太郎のフロアD研修が始まった。もちろん、仕事は仕事としてきっちり教えたが、もの言いたげな視線には気づかないふりで、ふたりきりになる機会は極力つくらないようにした。そうでなくても同僚のカバーをしなければならず、旭テレビにオンエアの四、五時間前に駆け込んでオンエア後には片づけもそこそこに飛び出していくありさまだったので、意識せずとも接する時間は減る。

一週間は後ろにつかせてフロアのやり方を見せ、次の週は小太郎にやらせた。ADの時よりは手こずっているのが明らかだった。生放送のフロアDのもっとも重要な役割は「巻いてるから伸ばして」「押してるから巻いて」のふたつを確実に伝える、これに尽きる。最悪、この指示さえ通れば何とかなるのだが、そこに当然演者側との暗黙の駆け引きが発生する。

手順や、カメラに見切れない身体のさばき方を覚えるのはそう難しくない。その日のネタや演者のテンションに合わせて身振り手振りアイコンタクトで交渉をし、スタジオの空気をつくってまとめる、これはなかなかできるものじゃなく、キャリア数ヵ月の深もまだまだと自覚があるから、付け焼き刃の小太郎が苦戦しないほうがおかしい。もちろん都度細かいアドバイスはするものの、根本的には番組に慣れてなじんでいくしかない。

二週間目が終わった金曜日、設楽がスタジオで小太郎を呼びとめた。

「恵、お疲れ。めまぐるしくて悪いんだけど、来週からはオンエアDの研修についてもらうから、浅野(あさの)に段取り聞いといて。スタジオ周りのお勉強はこれでおしまいね」

「えっ」

予想どおりなので深は特に驚かなかったが、小太郎はちいさく声を上げるとスケッチブックを持ったまま返事をしなかった。何や、飲み会の時も言うてたのに。

「ん？　どした？」

「――あの、設楽さん」

意を決したように口を開く。

「ADもそうなんですが、まだ全然フロアができていなくて……申し訳ないんですが、もうしばらくやらせてもらえないでしょうか」

「駄目」

にべもない、とはこのことだ。設楽はごくたまに、とりつく島もない。軽く寒気を覚えるような冷徹さで瞳を底光りさせて。それは、「今から厳しいことを言わなければならない」と決意しているからだと思う。無自覚にきつい言葉を吐かない。

「全然できないのなんか当たり前だよ、そんなの言い出したらきりがない。俺が今の恵に要求してるのは、テレビの現場の上澄みを何となくすくっていくことだけ。たかだか二ヵ月じゃ、それがやっとだと思う。もっと極めてみたい、なんて自己満足のための職人魂を発揮されたら却って迷惑。本配属で現場に行くかどうかも分かんないんだから、俺たちは何でも屋でなきゃ」

「それじゃ、やる気出して頑張る意味はないってことですか」

「違うね。エキスパートにならなくていい、旭テレビの名前で流す放送が、多くのエキスパートに支えられていることを社員として知っておきなさいと言ってる。どうしても立場上、裸の王さまになりがちだから」

それから、何となくはらはらなりゆきを静観していた深に、打って変わってくだけた口調で「名和田」と話しかけた。

「きょうもまだ、別件の仕事あるんだろ?」

「あ、はい、この後会社で編集を」

「じゃあもう出ていいよ」
「すいません、ありがとうございます」

後ろ髪引かれる気持ちはあったが、自分に何が言ってやれるでもなし、小太郎へのわだかまりも残ったままだったので、振り切るように走って出て行った。

旭テレビから数駅離れた自社の編集室で作業を行い、明け方に仮編まで終わったので、テープに吐き出して上がることにした。後は、来週から復帰するという同僚に任せる。

疲れた目をこすりつつ通用口から外に出ると、もう早朝の空気はぴしっとつめたい。でもそれより深の眠気を吹き飛ばしたのは、目の前に立っている小太郎の存在だった。

「恵……」

会社の場所くらい、スタッフに訊けばすぐ分かるだろう。問題は、何のために何時間ここで待ちぼうけていたのか。

「どないしてん」

いや、分かっている。自分と話がしたかったから。でもこの二週間、別に完無視していたわけでもないのに、ここまでしなくても、と思った。

「……今週、フロアしながら、思ってたんです」

小太郎がつぶやいた。

「名和田さんがフロアしてると、俺とは全然違う。何となくスタジオの空気がやわらかくて、皆がやりやすそうにしてる。やってることは変わらないはずなのに……何が悪いのか分からないまま、一週間があっという間で……設楽さんに言われたことと、名和田さんに怒られたことを、考えました」

そして、深に向かってふかく頭を下げる。

「失礼なことを言って本当にすみませんでした。バカにしてるつもりはなかったけど、そう思われて当然です。でも、名和田さんに教えてもらいたいことがまだたくさんあるんです。来週からスタジオ担当じゃなくなりますけど、それでも。心入れ替えて頑張ります。許してくれなんて言いません、これからの俺を見ててくれませんか、お願いします」

深は、自分でもどうしてだか分からないのだが、目の前できれいに渦巻く小太郎のつむじを指先でつついた。

「えっ⁉」

小太郎が片手で頭を押さえて二歩下がった。その慌てた顔を見ていると、自然に笑えてきた。

「はは」

「なっ、何すか⁉」

「いや何となく。そういうたら、オバケ――」

「ええっ⁉」

「――怖(こわ)なかったんかなと思って」

裏通りはひと気も街灯もすくないし、すぐ側(そば)には緑のふかい公園があり、深も、真夜中に出入りする時は足早になった。おっかないのは心霊現象より強盗や引ったくりのたぐいだが。

「正直怖かったです、けど、俺にはお守りがあるんで」

「そういうん、却ってあかん言うとったやん」

「これです」

小太郎がひらいてみせた手のひらには、深がやった飴があった。

「……アホやなあ」

その時兆(きざ)した感情にはいろんな色がついていた。驚きや呆れやくすぐったさや――嬉しさや。

「アホ」という汎用性(はんようせい)の高い単語でまとめられるのはありがたい。

「心入れ替えんでも、恵は、頑張ってるよ。そんなん、俺がいちばんよお知ってる」

深は言った。

「やからこそ腹立ったいうか……俺もな、めっちゃ憧れてるディレクターがおって、その人の下で働きたくて、この業界入ってん。自分と似たような動機やな」

「その夢、叶ったんですか？」

「うん。でもいろいろあって、その人も身体壊したりして、今は現場におらへん」

深の顔には、まだうっすら笑みが残っていたと思う。でも小太郎は、腹のあたりを殴られたみたいに鈍く顔を歪（ゆが）めた。

「それはもう、全部終わったことで、今、俺は『ザ・ニュース』に打ち込んでて、楽しい。でも、消えへん後悔がある」

今でも夢に見る。もう解体され、ごみになっただろうセット、局内で顔を合わせれば雑談くらいはするけれど、濃く激しい番組づくりの時間を共有することのないスタッフやタレントたち。あの空間で、彼らと、そして何より深のたったひとりの「親分」と収録している夢を。観覧席も沸（わ）いて、皆が笑顔で、深も楽しくてたまらない。でも目の前の背中が音を立てずゆっくり傾（かし）いで、手も伸ばせないまま床に倒れる寸前でいつも目が覚めた。

「自分なりに一生懸命やったつもりやったけど、全然届いてなくてひとりよがりやった。だから、恵のことも……また、俺だけかって。期待したり、頼られて嬉しかった自分をアホみたいに思った」

「そんなこと――」

何か言いかけた小太郎の胸をノックするように、握った手の甲を軽く押しつけた。

「いっこだけ、約束してくれへん？」

「はい、します」

早いわ。

「いや中身聞いてや……皆川と関係なく、この仕事を好きになってくれ――すくなくとも、好きになろうとしてくれ。せっかく入ったんやから、な」

「はい」

と、小太郎は改めて頷いた。

「約束します、絶対」

「……ありがとう、恵」

すると、タイミングがすごくいいのか悪いのか、伸ばした手のやや下、小太郎の腹からぎゅうっという音がした。

「何や、自分腹減っとんの」

「あっ……す、すいません!! 緊張から解き放たれたら、急に……」

ひと晩、立って張り込んでいたら無理もない。深は笑って「めし食いに行こか」と誘った。

もう空は白み、小太郎も怖くない明るさになっている。

近くの定食屋に入り、食事のついでにビールまで頼んだ。

「朝っぱらから酒出す店って、誰の需要があるんだろうと思ってたんですけど、まさか自分が飲むようになるとは思いませんでした」

「徹夜明けの朝酒、めっちゃうまいで。寿命縮めてそうやけど」

「そうすね、動悸やばいです」

平常時より回りが早いアルコールのせいか、みぞれおろしカツ定食をぱくぱく食べる小太郎が無邪気な動物みたいに見えていたずら心が差したのか、深は頬づえをついておもむろに尋ねた。

「自分、好きになった子がことごとく皆川のこと好きやってんて？」

「なっ……何すかいきなり」

「いや風の噂で聞いて」

小太郎はごくんと口の中のものを飲み下すと「さすがに全員じゃないです」と渋々答えた。

「その子らは、結局皆川とつき合ったん？」

「告って振られたり、そん時あいつに彼女いて諦めたりですね。そういえば、うまくいった子いなかったな……」

「それやったら、俺にせえ言うて頑張ってもよかったんちゃう？　別に皆川と比べて遜色ないし」

スペックやパラメータで人を好きになるわけではない、それはもちろんだが、小太郎に想われていやがる女の子はそうそういないだろう。

「んー……どうすかね。ちょっと失礼します」

お代わり自由のごはんとみそ汁をついで戻ってくると「もういいや、って気分になるんです」と言った。

「皆川のこと好きだって言われたり分かったりしたら、ああそうかお前もか、みたいな」

「ややこしいなー。好みが一緒やからうまくいったんちゃうん」

「好みとか言うのやめてもらっていいですか？」

「はいはい、すまんすまん」

「……名和田さんも、だいぶ俺の話適当に聞くようになりましたよね」

名和田さん「も」、な。ハムエッグ定食のキャベツをつつきながら深は思う。皆川が基準になっとるやん。

「こういう言い方は失礼ですけど、ショーケースの中の宝石に指紋がついてるの見えたら買う気失くすじゃないですか、それと一緒です」

「皆川が手ぇつけたわけちゃうんやろ？」

「それでも」

「アメリカでできた彼女は、一切指紋ついてへんのに、結局皆川を選んで別れたようなもんやけど、そのへんどうなん」

「どうって……以前から、すれ違いとか価値観の相違はいろいろあったんで、彼女も思ってたでしょうし、解散！　って感じで、修羅場ってはいませんよ」

「ふーん、まあ、どの子のこともそんなに好きちゃうかったんかもな」

むきになって否定してくるかと思ったが、小太郎は「そうかもしんないです」と答えた。ビビリなくせして、こういう時だけ相応に恋愛してきた男の貌（かお）になるのが妙にむかつく。

「もう一本ビール飲んでいいですか」

「ええけど」

自販機で食券を買い、店員に手渡す。セルフの定食屋だから汗をかいた缶のままで無造作にやってくる。小太郎はプルトップを起こし、これがきょう最初の水分みたいにごくごく喉を鳴らすと「何でそんなこと訊くんですか」と言った。

「別に……単純な興味」

小太郎を見ていると、忘れられない片想いの痛みがよみがえる。同時に「自分を好きじゃない相手を好きになる」経験なら、竜起にもあった、それを思い出した。

男がいる男を好きだった、とまだつき合う前に、教えてもらった。失恋さえも竜起らしい話というか、湿っぽさも未練もまったく窺えなかったが、その後長らく恋愛する気分にならなかったというからには、竜起なりの熱量があったのだろう。深はその相手について「面白かった」という雑な描写でしか聞かされていないのだが、今になって、あの時もっと突っ込んで聞き出しておけばよかったという後悔と、何ひとつ知りたくなかったのにという後悔が交錯(こうさく)する。

どんな人を、どんなふうに好きやったん？

愛情を疑うつもりはないが、怖くて訊けない。だから小太郎はどうだったのかと、参考までに知りたかったのだ。やはり竜起ありきが過ぎて参考にはならなかったが。

「興味って、どっちにですか」

「どういうこと」

「俺か、皆川」

何やまた、鋭いような的外れのような。箸(はし)の先に破かれた目玉焼きの黄身がとろりと流れ出す。

「……全体的に？」

「意味分かんないすよ」

「自分の質問のほうが意味不明やわ」

「えー……じゃあ、さっきの話……憧れてたディレクターって、男ですか、女ですか」

「男やけど、それ訊いてどないすんの」

「単純な興味です」

さっきの深と同じ言葉を返し、さらに「全体的に」とつけ加えた。それから、大きなあくびも。

「……おい、目ぇ閉じてきてんで」

「すいません、腹いっぱいになったら、眠気が」

「立て続けに二本も飲むからや」

今にもテーブルに顔から突っ込みそうな（幼児か）小太郎をせっついて何とか食べ終えさせると、腕を摑んで店の外に引っ張り出した。

「おい、落ちんな、お前背負ったりできへんぞ」

「あ、大丈夫っす、帰れます」

まったく信用できないのでタクシーを拾って放り込むつもりだったが、なかなか見つからない。電話して呼んでも、待っている間にダウンしてしまいそうだ。深はやむなく歩きながら器用に船を漕ぐ小太郎を追い立てるようにして、徒歩圏内の自宅まで連れて帰った。牛飼いか俺は。

「ほら、靴脱げ」

「はーい……」

「歩いて歩いて、はい、ベッド着いたー。もう寝てええぞ」

狭い1Kでよかった。寝床に倒れ込んだ小太郎は、本当にひと呼吸ですうっと意識を手放したように見えた。悩みが解決したら途端に腹が減って、胃が満たされたら今度は眠たくなるなんて、つくづく単純な。別にこいつのためではないが、掃除しておいてよかった。深も急激に眠気を感じ、毛布と折りたたみのマットレスをクローゼットから引っ張り出して広げると、横になって目を閉じた。

きょうは、昔の夢いややな、と思う。疲れた時に見てしまう。そして、竜起が傍にいる時に限って、見ない。一緒に寝ている夜なら、目覚めても寂しくならないのに。もし竜起が起きていたらきっと「どしたのなっちゃん」と訊いてくれるから、「悲しい夢見た」と言えるのに。

――悲しい夢って？

――……編集データ全部吹っ飛んだ夢？

きっと本当の話はしない。竜起が笑って「夢だよ」と抱きしめてくれればそれでいいから。

――大丈夫だよ、なっちゃん。

――うん。

頭の中の竜起に頷き、両腕で自分の身体を抱き込むようにして眠る。

――……なっちゃん。

皆川？

――なっちゃんただいま、起きて。

お帰り、でも今無理や、めっちゃ眠たいねん。

――起きないと、またいたずらしちゃうよ。

あかんよ。

――……ほら。

くすぐったいわ。

――なっちゃん首弱いもんね。こーゆーのは？

こら。

文句を言っているつもりなのに、うまく声が出ない。うなじにやわらかく温かい風が吹き、息だと思った次の瞬間には覚えのある感触が這わされ、深は思わず身じろいだ。

「――皆川、あかんて……」

覚醒からはほど遠くもつれた自分の声で、はっと目が覚めた。そして、違う、という直感が現実より先に頭の中で響き渡る。皆川のわけない。だってここにおるはずないねんから。

今、ここには。

深はばっと起き上がり、マットレスの外まで後ずさって距離を取った。ベッドで熟睡していたはずの小太郎が枕元にいる。

「――今、何した？」

「――今、何て言いました？」

ふたつの問いが同時にかち合う。

ハブとマングース、はたまた格闘家のガチバトル、さながらそんな特殊な緊張感でもって深と小太郎は真っ向から見つめ合っていた。鏡に映したように、同じ驚きと焦燥を浮かべているに違いない。眼差しのエネルギーがふたりの中間地点でぶつかり合って押し引きしているさままで目に見えるような気がした。

均衡を破ったのは、小太郎が発した一文字だ。

「……ば、」

「ば？」

こんなにも、「ば」という音を重々しく発したのは生まれて初めてだ。たぶん、小太郎も。

「番組内恋愛禁止って言われてるじゃないですか……」

何それ？　ああ、設楽さんが言うてはったやつ？　やっぱ「皆川」ってヒアリングされてたよな、こいつが聞き逃すはずないよな……想定外の糾弾に目玉が蚊取り線香状になりそうなほどめまぐるしく考えを巡らせ、深は言い返した。

「お、俺の片想いやから！　願望が口に出ただけやから！」

途端、脱力したように小太郎の首が前に折れる。

「かたおもい」

「そう」

この言い訳がいいのか悪いのかなんて考える余裕はなかった。とにかく何もかもを知られてはいけない、半分だけでも隠さなければ、それだけで頭がいっぱいだった。起きた瞬間にうまくごまかせず動揺してしまったのは自分のせいだから、この「一方通行」の設定は何としてでも死守すると決めた。

「名和田さんが、片想い」

「……そう」

「皆川に、片想い」

「しつこいな自分、どんだけ片想い言いたいねん」

深がいらっとするのと同時に、小太郎は「あー！」と叫んでマットレスにうずくまった。

「おい、人んちででかい声出すな！」

深が叱りつけてもお構いなしで「Ｓｈｉｔ！」と吐き捨てる。たったひと言でも、しゃべれるやつの発音はやっぱちゃうよな、と妙な感心をした。

「何で、何でまた皆川なんだよー！　いっつもいっつもいっつも……」

「いっつもいっつもて、お前何言うてんねん」

「え」

小太郎が怪訝そうに頭を上げる。

「ていうか俺の質問に答えてへんよな、何しとってん」

「何って……ふと目を覚ましたら、名和田さんが寝てて、うなじが色っぽかったんでついふらふら引き寄せられて、指で触ったら思いのほかエロい声を出されたんでつい唇で」

「もうええわ‼」

さっき上がったばかりの頭を平手ではたいた。

「いたっ……自分で訊いといて⁉」

「そんなモロに言うな、こっちが恥ずかしい！　ていうか『寝てて』以降の意味がさっぱり分からん！」

「好きです」

小太郎は言った。

「はっ……？」

一瞬固まった深の手首を摑んでぐぐっと身を乗り出してくる。

「名和田さん好きです、本気です」

冗談ですて言うてくれ。

「いや、俺男やで。自分、女が好きなんやろ」

「自分でも驚いてますけど、そうとしか思えないんです、ていうかそうなんです」

「お前な」

深は小太郎をにらみつけ、手をほどこうとするが錠のようにびくともしない。

「皆川に対抗意識こじらすんも大概にせーや、俺を巻き込まんとってくれ」

「名和田さんが名前呼ぶ前に襲ってたんだから違いますよ」

「ドヤ顔で言うことか！」

「好きです」

「もう分かったて」

「ご理解頂けたと」

「ちゃうわ！　あんな、何勘違いしてんのか知らんけど、俺、お前に特別な感情はゼロやで。ある程度面倒見てきたんは、それが仕事やからや。恵やからってえこひいきはしてへん」

「分かってます。俺が一方的にのぼせ上がっただけです、名和田さんは何も悪くない」

「そ、そーゆー、同情引く感じで言うな……」

人の告白をお断りした経験がないので、後ろめたい。

「同情してくれるんですか」

「そらかわいそうやわ、仮に本気でも振るしかないし」

「そんなさっくり言います？」

「当たり前や、ほらもう手ぇ離せて」

「いやだ」

「おい、いい加減にせなまじで怒るで」

「怒られてもいいです、殴られてもいいです」

「恵」

反対の手まで取られて、身動きできなくなった。こうなったら、言葉で説得するしかない。

「まだ酔うてんねやろ」

「とっくに覚めましたよ、ビール二本ぐらい」

「えっと……オッ、オバケ！　お前の後ろに！」

「何子どもみたいなこと言ってんですか」

「なっ……ちょっと明るいからって調子乗りやがって！　アホー！」

もう、恥をかいてもいいから隣近所の皆さんが通報してくれないだろうか。

「名和田さんちょっと落ち着いて下さい」

「お前ががっちり捕まえるからやろが」

「離しても逃げませんか」

「ここは俺んち!!」

「あ、そうか」

あっさりと両手を解放された。深は即座に「出てけ！」と枕を投げつける。

「はい」

「えっ」

「いていいんですか」

「いやよくないけど」

テンションの高低差についていけない。小太郎はすっと立ち上がり、警戒心を剝き出しにする深をよそに、丁寧にベッドを直してから玄関に向かった。

「寝込みを襲ってしまったことは謝ります、すいませんでした。でも俺、本気ですから。今までなら、名和田さんが皆川の名前出した瞬間にさっと感情が引いてったと思います。ああそうかよって……でも、名和田さんは違う。悔しくて、絶対に負けたくないって、今までのどんな時より思いました。名和田さんが呼んだのが、皆川じゃなくても一緒です」

「俺は好きちゃうし」

そう言うしかなかった。

「お前を好きにはならん」

「はい」

「ほんまやぞ」

あれ、何で俺のほうが必死になっとんねん。小太郎は腰を屈めて靴を履き、つま先をとんとん押し込む。

「……仕事に好き嫌い持ち込むなって言ったの、名和田さんですよね。俺が告ったからって避けたりしないで下さいね。来週からもよろしくお願いします。じゃ、お邪魔しました。鍵、ちゃんとかけといて下さいよ」

と言われても、床から動けなかった。天井を仰いで放心し、一連のやり取りを反復した。脳内再生が終わるとこてんとマットレスに転がる。自分の処理能力を超えてしまったのか、この先何をどうしようという考えがちっとも起こらない。かといって眠れるわけもない。

「あ〜もおお……」

頭を抱えて煩悶する。

何やっちゅーねん、まじで。

恋愛対象じゃない相手から告白され、お断りしたが諦めてくれない場合の対処法って何があるだろう。そのような状況に陥るのも初めてなら、「自分から告白する」「振られても折れない」といった根性も持ち合わせていない深には想像の難易度が高すぎた。しかも、アドバイスをくれそうな心当たりの筆頭は竜起、無理無理無理絶対言えない。

思い浮かんだ選択肢は①夢かな？②放置③嫌われるよう振る舞う④説得を試みる——で、土日の二日間、ほとんど家から出ずにどれがベターな対応なのか考えていた。①……現実逃避してる場合じゃない。②が自分的には楽だが「竜起には片想い」という大嘘をついてしまっているので、今後小太郎が竜起と接触するうち真実に触れてしまわないかが心配だった。③は、職場が一緒だから気まずい雰囲気を出すと周りに勘繰られてしまう。よって消去法で④……いっちゃん自信ないな。しかし、竜起に妙なことを言わないよう釘を刺しておくためにも、一度はサシで話し合わねばならない。

率直に言うと面倒くさい。せっかくの週末、なぜやつのために時間と精神力を費やさなければならないのか、と、青信号を渡っていて車にぶつかってこられたような理不尽な気持ちも、こっちは一生懸命仕事教えただけやのに、と恩を仇で返された気持ちも、ある。好きですと言われて、すこしも嬉しくなかった。でも、小太郎を嫌いになったかと言われればそれも違う。恋愛感情はいらないけれど、小太郎ごと切り捨ててもいいとまでは思いきれない。

はあ、と週末何度繰り返したか分からないため息がこぼれる。竜起には「疲れたから土日は家でのんびりする」とLINEしてしていた。すこし頭を冷やさなければすぐにぼろを出してしまいそうだから、ひとりで考えたかった。「ゆっくり休めよー」なんて返信を見返しては胸がずきずきしてしまう。仕事が立て込んでいて疲れたのは別に嘘じゃないが、ひとつの嘘を守るためには複数の嘘が必要になっていく、という真理をまさに体感しているところだった。

ごめんな、と竜起のアイコンに謝り、また小太郎に腹が立つ。お前さえへんなこと言わんかったら、へんなことせんかったら。それは、半無意識下とはいえ不用意に竜起の名前を口走ってしまった自分への怒りでもある。

そしてやっぱり、小太郎を嫌いになれない、というところに進み、再び振り出しに戻る。脳みそを洗濯機の中でごうんごうん回され続けているみたいで、めまいがしてくる。

予定どおり、月曜以降小太郎はオンエアDの研修に入り、放送準備からまったく違う動線になったので、顔をつき合わせずにすむのはほっとした。大人としてさらっと「おはようございます」をかわすと後は別々の作業、本番中はスタジオと副調整室(サブ)に分かれた。副調整室からはモニターでスタジオが見えるが、スタジオにいる深には副調整室のようすは分からない。インカムを通じた音声のみのやり取りで、さすがに初日は小太郎の声が入ってくることはなかった。たぶん、きょうのところは後ろで見学、くらいの内容だろう。

床にうずくまり、スケッチブックにVTR明けの演出を書き込んでいる時、視界の端っこで、カメラケーブルがもたっとうねっているのが見えた。

あれ、さばいて。

振り返り、とっさにアイコンタクトを送る相手――小太郎を探していた。いないことにはすぐ気づいて、ケーブルはカメアシが巻き取ってくれた。なのでまたスケッチブックに向かったが、水性マーカーを握った右手がちょっとだけ動揺していた。ほかにもADはいるのに、いのいちばんに小太郎を思い浮かべた自分に。おらん、ちゅーねん。分かっとったやろ。

もし小太郎がいたら、すぐに察して対応しただろう。だって深が仕事を教えたのだから、深のやりやすいように動くのなんか当然だ。こっちのセオリーを把握してくれているし、立場的にも使いやすいから楽、それ以上の意味なんてない、と自分に言い聞かせる。

オンエアとスタジオでの反省会後に、深から話しかけた。

「恵(めぐみ)」

「お疲れさまです」

しれっとしてやがってむかつく、と思ったが、あからさまにキョドられたりしてもこっちが困るわけで、いったい自分は小太郎にどうしてほしいのだろう。いや、諦めてほしい、これに尽きるけれど。

「この後何か仕事ある?」

「いえ」

「ほな、ちょっと話あんねんけど、ええ? 俺んちの場所覚えたよな」

「はい」

「0時半に来て。タクシー代払うから、領収書もらっといてな」

「分かりました」

約束を取りつけて背中を向けると、ほっと息が洩れそうになる。せやから何で俺が緊張せなあかんねん。片づけをすませて廊下に出ると、携帯がLINEを受信した。

『階段のとこで待ってる』

皆がスタッフルームに向かうルートの反対からぐるっと回り込んで非常階段の扉を開け、中に入るとワンフロア下の踊り場から竜起が手を振っていた。早くも私服に着替えてかばんを手にし、いつでも帰れますよの態勢だ。

「もう出るん？」

「うん。こないだの配給会社の社長に何か気に入られて、会員制のガールズバーに連れてってやる！って言われたからさー。これから銀座出て飲むのとか正直たるいんだけど」

「地下鉄ですぐやん」

「そうだけど〜……あ、なっちゃん、きょうさ」

「うん？」

不意に笑っていない目でまじまじと見つめられどきっとしたが、竜起はすぐに視線をゆるめ「やっぱいいや」と言った。

「何やねん」

「あんま疲れ取れてない顔してんなーって思っただけ」

「別にそんなことは……」

「そう？」

深の手を引いて壁に背中を押しつけると、覆いかぶさるようにくちづけた。ものの数秒だったが、昂揚とは違う鋭さで心臓が鳴って痛かった。

「……局ですんなて」

もし誰かに見られたら、とびびっているくせして、ろくに抵抗もせず、文句だけ言う自分はずるい。失うものが圧倒的に多いのは、竜起のほうなのに。

「ちょっと元気を補給していこうと思って」

当の竜起はけろっとして、「じゃ、先に行ってるね」と鉄扉を引いて出て行った。時間差をつくるため、深は手すりに寄りかかってぼんやり下を眺める。ちいさくなりながら続く四角いらせんを目で追っているとまたくらくらしてきた。しっかりせえ、と自分を叱咤し、頭を打ち振る。

午前0時半、オンタイムで小太郎がやってきた。茶を出してもてなしはしないが、いきなり本題を切り出すのも気が引けて、というか切り出し方をシミュレーションしていなかったので、家に上げると「オンエアDどうやった？」と無難に仕事の話など振ってしまった。

「んー……まだ何ともですね、きょうは浅野さんの後ろで指示の出し方とか見てただけなんで」

「そうか」

「でも、スタジオでインカム越しに声だけ聞いてるのよりずっと、副調整室って殺気立ってますね。Vきてないとかテロップどうなってるとか……めちゃめちゃぴりぴりしてて、テレビの現場って感じしました」

「まあ、副調整室のぴりぴりを演者に悟らせへんのがスタジオの役割やし」

危機感はそれなりに共有してもらわなければならないが、演者を動揺させてもいけない。何があってもカバーしますから、という信頼関係をいかに築くかがスタジオ仕事の肝だと思っている。

「きょう、スタジオは大丈夫でした？」

小太郎の問いに深は「は？」と返した。

「大丈夫、てなんなん。お前ひとりおらんかったら回らんかもってか？　いつからそんな大黒柱になってん」

「えっ、ち、違いますよ、そんなえらそうなつもりはなくて、一応の戦力が、単純に1減じゃないですか」

「そもそも自分がおらん状態で回しとってんから、1増になってたんが戻っただけやん」

「そっすか……」

あ、しまった、いらん子みたいに言うてもたとすぐ反省した。呼び出しておいて、意地悪なもの言いをしてしまった。だから「大丈夫やったけど」と発言の軌道修正を試みる。

「——本番中、ちょっとだけ、探してもうたかな。でも一回だけやで」

すると、フローリングにあぐらをかいていた小太郎が両手でがばっと頭を抱えた。前々から思っていたが、挙動に前触れがなさすぎてこっちはいちいちびくっとしてしまう。

「あ〜!!」

「な、何やねん」

「こっちの台詞ですよ、何なんすかそのツンからのデレ！　ツンからのデレ!!」

「ツンとかデレとかそーゆー見方すんな！」

「大体、名和田さんちょっとおかしい、ていうかうかつなんじゃないですか」

「何が」

「土曜日告られたばっかなのに、月曜日その相手を深夜家に呼び出します？　無防備すぎ」

「局とか店でする話ちゃうやろ」

「……ひょっとして、まだ本気にしてくれてないんですか？」

小太郎は床に手をつき、差し向かいに座った深へと身を乗り出してくる。しまった、テーブルか何か挟むべきやったな。

「この状況、襲われたって無理ないと思いますけど。名和田さんが悪い」

「んなわけあるか！」

と小太郎の頭を叩いた。

「振られた相手と密室でふたりっきりやったら襲ってもええんか？　何やねんその理論、人間のクズやないか。力で勝るもんが、劣るもんに対して自衛せえへんのがあかんみたいな卑怯な言い方、俺は大っ嫌いや。へんなことしよったら全力で文句言うし殴るし蹴るし噛むぞ、何やったら刃物とか出すぞ」

「名和田さん好きです」

「人の話を聞けっ!!」

「聞いてます」

小太郎は真剣な表情で訴えた。

「名和田さんが怒る時って、いつも一生懸命で、筋が通ってて……何か、たまんない気持ちになるんです」

ぎゅっと、床の木目の上で指が折りたたまれる。その仕草ひとつで、ちっとも嘘じゃないのが分かってしまう。

「……別にそんな、特別なことは言うてへんで」

「でも、名和田さんにしか言えないことだと思います」

「欲目や……ていうか、まじで、何で俺なん？　知り合ってから一ヵ月ぐらいしか経ってへんやろ」

「名和田さんは、皆川と知り合ってどのぐらいで惚れたんですか」

「え」

あれ、やっぱ一ヵ月ぐらい……？　訊かれるまま、脳内で出会いからをリプレイしてしまい、それらの場面には当然、今でもどぎまぎしてしまう要素が散りばめられているわけで。

「ちょっと！　何赤くなってんすか!!」

「お前がへんなこと言うからや！　……大体俺は、昔っから男が好きやもん。自分はちゃうやろ」

「今までそうじゃなかったらこれからも一生変わらないんですか？　そんなのおかしい、俺を好きじゃないのは名和田さんの勝手ですけど、好きだって思うのも俺の勝手だ。子どもじゃないんだから恋愛感情と尊敬の区別ぐらいつきますよ。何で気持ちの存在ごと否定されなきゃならないんですか。名和田さんにだってそんな権利ないすよ、失礼じゃないすか。キモい寄るなって言われたほうがまだましだ」

「『キモい寄るな』」

復唱すると小太郎は「あーっ!!」と再び叫んだ。

「まじで言います!?　鬼？　鬼ですか!?」

「言え言うから」

「言ってねーし！」

「分かった分かった、俺が悪かったからちょお黙れ、真夜中やで」

小太郎のまっすぐさを、そんなふうにはぐらかすしかなかった。臆病で嘘つきな自分よりよっぽど筋が通っていると思う。

「えーと、何言おうとして呼び出したんやっけ……せや、えっと」

額に手を当て、微妙に目を逸らしながらようやく本題に触れた。そんなに理不尽な要求ではないはずだが。

「俺のこととかお前のこととか……ややこしい方面の話、皆川にせんといてな」

「はい？」

「やから……す、好きとかそーゆーん……お前がいらんこと言うて気まずなったら恨むからな」

と、若干の脅しも含めておくと小太郎は「分かりました」と頷いたので、ほっとした。

「ありがとう。そんならタクシー代やな。全部で五千円で足りる？　自分ちどこやったっけ」

すると今度はかぶりを振った。

「いえ。タクシー代はいいので、めしつき合ってもらえませんか。腹が減りました」

「え、また？」

「口止め料代わりに」

「お前、俺を脅す気か？」

「今回だけですから」

「……絶対やぞ」

仕事終わりに呼びつけ、用件だけ伝えてほなさいなら、というのも悪いなとは思っていたので、深は立ち上がってパーカーを羽織った。連れ立って近所の居酒屋に入ると、小太郎は旺盛にあれやこれやとオーダーする。

「おい、俺、言うてもそんな食えへんで」

「大丈夫っす、自分で責任持ちます」

何時であろうと食欲を全開にするのは竜起も同じだから、ちょっと笑った。

「きょう、皆川ってどうしてんですか。すぐ消えてましたけど」

とりあえずのビールが届くと小太郎が尋ねた。

「何や、その探りが入れたかったん？」

「違いますよ！」

「配給会社の社長さんに呼ばれて、何や銀座の会員制のガールズバー行かなあかん言うてたけど」

「ああ、燈宝でしょ」

几帳面に、割り箸の袋で箸置きを折りながら答える。ここは竜起と全然違う。

「女優の卵とか駆け出しとか雇ってる店があるらしいすよ。その辺のキャバとかで働かれて、売れた後で週刊誌に書かれるより安全だって」

「へー、詳しいな」

「同期が番宣に仮配属されたんで、そーゆー情報はちょこちょこ……燈宝のお抱えだけあって女の子が超ハイレベルって噂ですよ」

「ふーん」

相づちのトーンを特に下げたつもりもないのに、小太郎は急にかしこまって「すいません」

と謝った。

「は？」

「今のは無神経な発言だったなと思って……あっ、でも、店外とかお触りとかはＮＧらしいんで！」

「何やねんそのフォローは」

深は思わず噴き出した。

「別にいちいち気にせーへんわ。仕事のつき合いで思い悩んどったらきりない」

俺は断りますよ、と小太郎は生意気にも主張した。

「もし名和田さんとつき合えたら、飲み会なんか全部断ります」

「アホかい」

「まじすよ」

「皆川追っかけて彼女捨てた男に言われてもな……」

「だからそれは違いますって」

「ええから」

小太郎の頬にうすく霜をまとったビールジョッキを押しつけて黙らせる。心の中だけで、そんなん皆川やって一緒や、と反論しながら。深がいやだ、行ってほしくないと言えばきっと聞き入れてくれる。でも、誰からも好かれていろんなところへ出て行く竜起を好きになったし、そんな竜起だから、深を見つけて手を引っ張ってくれた。

竜起の話題を打ち切り、小太郎の三分の一くらいのペースでまったりと飲み食いしているうち、あることに気づいた。

「何や自分、目の下うっすら隈(くま)できてんで」

「ああ、はい」

「いや、こすっても落ちへんから。土日忙しかったんか？　ごめんな」

「いえ、たぶんきのうの夢見が微妙で熟睡できなかったせいで」

「それ、疲れてる証拠ちゃう？」

「そうじゃないんです」

ちいさな鉄板でやってきたバターコーンを、せっせと白ごはんに盛りつけながら言う。

「名和田さんが皆川とエロいことしてる夢を見てしまいました」

「はっ……はああ⁉」

口にものが入ってなくてよかった、この状況のいいところといえばそれくらいだった。何やねんその申告は。

「自分の割れるような歯ぎしりで目が覚めまして。でもびっくりしました、鬱勃起(うつぼっき)ってほんとにあるんすね、絶望と興奮が一緒くたみたいな……いてっ」

丸めたおしぼりをハリセン代わりに、頭をはたく。

「それ以上ひと言でも続けたら俺帰るからな‼」

「人の夢に出てきたくせに……」

「しばくぞ、どんだけ言いがかりやねん」

でも、と性懲りもなく小太郎は続ける。

「男の身体だからやっぱ無理、ていうのは全然なかったです」

そら、しょせん夢は夢やからな——うっかり言うたら「現実で試しましょう」とか主張しそうやな。ちゅうか、まじでどんな夢見とんねん。夢は夢、だが、現実に竜起と「エロいこと」をしてしまっているので、こいつ生き霊飛ばしてへんやろな、と突飛な妄想もよぎる。

「お前、ほんま最悪……」

ジョッキで、今度は自分の頬を冷やさなければならなかった。

「すいません」

「思ってへんやろ」

「真っ赤になってるのがかわいいんで得したとは思ってます」

「もうええから黙れ」

「まじな話、俺にしとくって選択肢はないですか」

こんなふうに、すっと真顔を差し挟んでくるギャップというか緩急は、小太郎の素なのだろうか。それとも恋愛に必要な駆け引きというやつなのか。竜起なら分かるかもしれないが深には判別できず、だからただ「ない」と短く答えた。

「遜色ないって言ってくれたのに？」

「一般論やん。俺にとっては遜色あるもん」

「例えばどのぐらい？」

「どのぐらいて……」

視線を泳がせ、とりあえず目についたもので喩えてみた。

「……え、えっと、恵がコーンなら、皆川はジャイアントコーン？　ぐらい？」

すると、小太郎は机に顔を伏せて笑いを噛み殺す。

「大差ねえ……」

「何でや！　全然大きさちゃうやん！」

「そこはもうコーンと黄金ぐらいは言っとかないと」

「じゃあそれで」

「じゃあって……やばい、名和田さん面白い」

涙まで出てきたのか何度も目尻を拭っていたが、落ち着くと、目の前の食べものをぐわっとかっ込んで完食し「ごちそうさまでした」と両手を合わせた。

「遅くまでつき合ってくれてありがとうございました」

ほら、また。食い下がったかと思えばあっさり引く。もの足りない、わけはないが調子が狂って「お、おう」と戸惑う深に小太郎はまた笑う。さっきよりずっと静かで、いつの間にかつま先からしみてくる水のような笑顔だった。

「一応、あんましつこくして嫌われたら怖いって気持ちはありますよ」

「……ふーん」

つまらない、取りようによっては思わせぶりな相づちしか打てなかった。しつこくされたらうっとうしいし、怒る。それでも、嫌いにはなれないだろう——というのは、不実か、裏切りか。そんなのは竜起が決めることだ。ならば、言えずに黙っている現時点でアウトか。あかん、またぐらぐらしてきた。頭の中でルーレットが回っている。いや、あれはダーツの的か。いろいろ書いてあるやつ。「ハズレ」「十万円」「ハワイ旅行」「たわし」。投げた矢がどこに刺さったのか、回転中は分からない。

「アウト」と「セーフ」どちらのゾーンなのか。

「——名和田さん」

「え？」

小太郎の声で、的はいきなり静止した。真っ白で、何も書かれていなかった。

「誤解のないように言っときたいんですけど、俺は、名和田さんが男好きだからって、」

「誰が男好きじゃい！」

と、自分のテリトリー内の居酒屋なのに大声で突っ込んでしまった。

「あ、すいません、『男が好き』です、ちょっとまだ日本語の勘が……」

「わざとやろ」

「誤解ですよ。えーと、何が言いたかったかって言うと、自分に都合よく、ちょろいとか落とせるとか、名和田さんをそういうふうには思ってないってことです」

「……お前の誠実度で、俺の答えが変わるわけちゃうから」

「はい」

分かってます、と小太郎はまっすぐに深を見て頷いた。何で怯まへんねん、と思う。面と向かってこんなん言われたらいややろ、しんどいやろ、傷つくやろ。俺はもし皆川に言われたら立ち直られへん。

深は伝票を掴んで立ち上がった。支払いをすませ先に店を出て、小太郎に「名和田さん」と呼びかけられた時、どんな顔を向ければいいのか分からず、背中を見せたまま「何や」と応じた。

「あの、大変申し上げにくいんですが……俺がタクシー乗るまで見守っててもらえませんか」

「はっ？」

思いっきり眉をひそめて振り返ってしまった。

「ほら、午前二時台って、ゴールデンタイムじゃないですか……」

何のって、アレ。いや、分かるけれども。深ははーっと脱力したが、この場の空気がゆるんで助かったと思うのも事実。ありがとうオバケ。

「あ、ちょうど空車来たやん。生きてる運転手さんかどうか知らんけど」

「そーゆーのまじでやめてくださいよ!!」

一応、車が見えなくなるまで見送った。やめ時が分からずにずっと手を振っていたので、傍から見れば深のほうが怖かったかもしれない。テールランプはぐんぐんちいさくなって闇夜に溶けた。

竜起からは「やっと終わったー」とＬＩＮＥがきていて、ちょっと迷ったが電話をかけた。

「お疲れ。今もう家?」

『んーん、帰りのタクシーん中』

「飲み会、どやった?」

『高いお酒いっぱい飲ませてもらったー』

何だかんだ楽しんだらしい竜起の声は上機嫌だった。

「……女の子、きれかった?」

『え? んー、いや、そりゃー美人だけど、髪と服と化粧キメたら皆美人じゃね? そもそも俺、プロの女の人って、あー頑張って働いてんなーお疲れさまっす、って目線で見ちゃうからあんま意識したことない』

明快で竜起らしい答えだ。

『どしたの、なっちゃん』

「え、何が？」

『出かけた先で女の子がどうこうとか、今まで訊いたことなかったのに』

「別に、何となく……ただ、」

『ただ？』

「ただ、の、嫉妬」

わあ言うてもた。でも竜起にはそれくらいずっとお見通しに決まってると思っていたのだが、「えっまじで？」なんて訊かれた。

「そんなん、知ってるからどこ行くとかいちいち教えてくれるんちゃうん」

『なっちゃんがはっきり言ってくれたからびっくりした』

「うん。ごめん……重たいの、分かってんねんけど」

『ねーねー運転手さん聞いて、俺今、好きな子にもててるよ！』

いやいや何で報告すんねん、と焦った。しかも「えーほんとに？　じゃあおにーさん、今から会いに行っちゃう？」とノリのいい声が聞こえてくる。

『あーそうしよっかな？』

「いや、来んでええから！」

男だとばれてはいけないので精いっぱい押し殺した声でとどめる。

『え〜、またそうやって男心弄ぶよね〜』

「あと半日もしたらまた会うやろ」

『会社で会うなっちゃんは俺だけのものじゃないし』

よお言う、と深は思う。俺のほうが百倍は痛感させられてる。

『なっちゃんは何してた？』

「テ」

レビ見てた——と言いかけた時、トラックが派手にクラクションを鳴らしながら通り過ぎた。

『ん？　何て？　今、外？』

「うん」

やば、と悪い意味でどきどきした。俺、今、ナチュラルに嘘つこうとしてへんかった？　あかん、隠しごとに慣れるな。

「……さっきまで恵とめし食ってて、別れた帰り」

『あ、そーなんだ』

意に介したふうもないのにほっとしたが、まだ動悸は収まらない。こんなのが続いたらどうなるんだろう。取るに足らない嘘やごまかしが降り積もって、いつかそのつけを支払うはめになるんじゃないのか？　だからといって、竜起と小太郎の両方にすべて打ち明けて、という想像も、同じくらい先が見えずおそろしい。もう、ほんまいややこんなん、神経が保たへん。

『……でね、なっちゃん、聞いてる？』

「あ、ごめん、ぼけっとしてもた。なに？」

『こないだ一緒に飲んだ面子にコタも入れてまた会おうって。今週土曜の夜空いてる？』

「空いてる」

ついさっきの後ろめたさの反動で即答してしまったが、気が乗らない、というか、無駄に緊張を強いられそうな集まりだ。

「……けど、俺おっても邪魔ちゃう？」

『え、全然。あいつらのほうからなっちゃん呼んでーって言ってきたし。たぶんコタをいじり倒したいだけだし』

ほんの一週間前なら、深だってそれを面白そうだと思えたはずなのに。

『あ、家に着きそう。じゃ、またＬＩＮＥすんね、おやすみ』

「うん、おやすみ」

どないしよ、とばっかりここ数日は考えている気がする。お断りしても竜起は気にしないだろうが、ほかのメンバーがいるとはいえ、自分不在のプライベートな場で小太郎と同席させると、何を洩らされるやら不安だった。釘を刺したばかりだし、小太郎を信じていないわけじゃないが、やつは時々とんでもなく抜けていて、逆にここぞという場面で抜け目ないのが竜起だから。参加するのもしないのもひやひやするなら、腹を括るべきか。迷いながら家に向かっていると、さっそく竜起からＬＩＮＥがあった。

『夜は寒いね。早くうち帰んなよ』

うん、と思わず返事をする。好きな相手に好かれて、優しくされて、幸せだ。多少の横やりなんか無視して、竜起のことだけ考えていればいいはずなのに、小太郎なんかちっとも好きじゃないのに、どうしてこんなに苦しいのか分からなかった。

「片想いって、誰にでも経験があると思います」

小太郎が言った。

「うまくいかなくて何度も切ない気持ちになるけど、最後は幸せになれる」

「いやあかんやろ」

深は口を挟む。

「え」

「だってそれ、ネタバレやん」

「んーでも……」

小太郎は目の前のモニターに流れる映像と原稿を見比べる。

「ここ使うってなってるんですよね」

「ほなええけど」

「ひとりでも幸せとか、別の人と幸せとか、まあ解釈のしようはあるんじゃないですか」

「ふーん」

恋愛映画の、インタビューのVだった。画はつないであるので、ここに焼き込むテロップを作成すべく、会話のやり取りを書き留める作業の真っ最中——何でよりにもよって今、こいつとこんなテーマのものを。もちろん仕事だからに違いない、がタイミングが悪すぎる。

「女優さんの発言、書体ちょっと変えたほうがいいですか」

「うん、スキップにしとこか。ピンクで、白いエッジつけてぼかしてもらって」

「はい」

パソコンに文字や指定を打ち込んで、オンラインで発注すると、ほどなくCG部からメッセージが届いた。小太郎が読み上げる。

「今、手空いてるんで二時間ぐらいでできるそうです」

「ほんま？　珍しいな、いっつも仮眠してはる時間やのに。ほなこのまま焼いてまおか」

「あ、じゃあそれまで三脚の整理しててていいすか。新しいの買ってくれるらしいんで、古いのは処分しようかと」

「あ、せやったな。頼むわ」

もう、深があれせえこれせえと指示するまでもなく、小太郎はいくらでもやることを見つけて（本当にいくらでもある）ぱっぱと動き、時には先回りで完了させている。ほんま、こないだ来たばっかやのに。成長を、ただ目を細めて喜んでいたかった。

しかし、油断しているとぶっ込んでくる。

「名和田さんは、皆川に告らないんですか」

雑用をあれこれ消化してテロップができ上がる頃合い、さあさくさく焼き込みましょうかと編集室に戻った途端この発言だ。時刻は「ゴールデンタイム」の深夜二時、またオバケネタで脅かしてやろうかとも思ったが狭い密室なのでいろいろ身の危険を感じ「アホちゃうか」と一蹴するに留めた。奇しくもモニターの中は映画のワンシーン、ヒロインが「あなたが好きです」と雨の中で絶叫告白する場面だった。

――あなたが、私のことを好きじゃなくったって。

「何でですか」

「言うか、そんなもん。うまいこといくわけない」

「そうすか？」

「ひょっとして俺にわざと玉砕させようとしてんの？」

「いえ！　……なるほどそういう手もありましたか」

「ないわ！」

「ですよね」

小太郎は淀みない手つきでマウスを操作し、テロップのデータを該当部分に組み込んでいく。このへんの手順も、すっかりマスターした。

「もし皆川に振られたからって、じゃあ俺って話にはならないことぐらい、分かってますから。でも、見た感じ、うまくいくような気もするから、言わないのかなって」

「せやからいくわけないやろ。あいつが愛想ええのなんか、誰にでもやぞ」

「知ってますけど、名和田さんはとりわけって感じがして」

「ないっちゅうねん」

核心に迫られそうでひやひやする。そして、嘘のはずなのに、否定し続けていると竜起を貶めた気分になるし、自分に自信もなくなってくる。せやな、普通に考えてないよな、と。言霊というやつだろうか。

「皆川、案外ハードルひくいですよ。知ってました？」

「……さあ」

「そん時フリーで、気の合いそうな子だったら『つき合おっかー』て感じ……ああ、でも、何か振られたようなこと言ってましたね」

「えっ」

話題を流そうとしていたはずなのに、つい反応してしまった。

「こないだ行った結婚式の二次会で、そんな話に。失恋したから合コンはいいやーとか」

「ああ……」

昔の話、な。二年も前で、しかも相手が男だと知ったら小太郎はどんな顔をするのだろうか。

「失恋とか、らしくもねーこと言いやがって……」

マウスをかちかち言わせながら小太郎はひとりごちた。

「なに、皆川が振られるなんてありえへんって思ってんの？　どんだけファンなん」

途端、むきになって反論してくる。

「ちーがーいーまーす！　駄目なら、はい次ーってタイプのくせにって意味ですよ！」

それがそうでもなかったらしいのを、深は知っている。すくなくとも深と出会うまで、「失恋」は口実じゃなかった。いやな感じが胸に兆す。自分の嘘、竜起の嘘、嫉妬、知らない過去、それぞれは細い糸でしかないのに、いろんなもやもやが絡まり合うとひとつの塊をつくってしまう。マリモかこれ。真っ黒な。

「……どーせ、つき合ったって長続きしないんだし」

あ、もう無理。深は小太郎の椅子の脚をがんっと蹴りつけた。

「えっ!?」

「口より手ぇ動かせ！」

「……動かしてますよ」

「そーか、ほんなら後任せるわ。朝には音声編集さんとこ持ってけるようにしといてや。無駄

「口叩いといておもんなかったらしばくで」

「使うとこは俺が決めたんじゃないすよ！」

無視して編集室を出て行くと、ウインドブレーカーを羽織ってスタッフルームのソファで丸くなった。そんなん、お前に言われんかて分かってるわ。竜起が何につけても前向きすぎるほどの性格だから、おかげでつき合えるようになった。だって深から告白なんて、絶対にできない。自覚しようが期待しようが、怖くて言えなかっただろう。楽しいことが大好きで、どんどん前に踏み出していく竜起。深と出会うまでの途上で何を経てきたかなんて、こだわっても意味がない。でも、これからはこれからで、先の見えなさにわくわくする余裕もない。一度は成立した恋が終わる、というプロセスを知らないから。どうやって保ち、防げばいいのか。始まったばかりでこんなことを考えてしまうのは、小太郎のせいじゃない。自分が弱いせいだ。

「名和田さん」

小太郎が慌てて追ってきた。

「え、あの、どうしたんですか、急に。何がいけなかったんですか」

数日前はガールズバーの話題を普通に聞き流していたのだから、困惑ももっともだった。それでも、懇切丁寧にNGラインの説明などしてやるつもりはない。

「五時まで寝るから話しかけんな」

「怒ってるんですか」

「うっさい、話しかけんな言うてるやろ」

ソファの背もたれに向かい、ぎゅっと身体を縮める。

「もお、お前、嫌いや……」

「えっ」

そのまま口をきかずにいると、すっと離れる気配がした。しかし、すこし身体の緊張をほどいたらまた足音が近づいてきて、ふわっとやわらかいもので深を覆った。

「すみません、名和田さんのロッカー勝手に開けて毛布取ってきました」

何で俺、息殺してんねやろ、と思いながら黙っていると、小太郎はつぶやいた。

「嫌いって言われてもかわいいの、何なんでしょうね」

「お前ほんまアホちゃうか！」

ソファに向かって発した声は、自分に跳ね返ってくる。

「アホです」

静かな答えが聞こえた。

「たぶん、自分で思ってたよりずっと、アホなんですね」

深は何も言わない。固く目を閉じ、無視して寝る無視して寝る無視して寝る……と自分に言い聞かせるのだが、逆にどんどん視覚以外が冴えていく気がした。

「八時ぐらいまで寝てて下さい。俺がやっとくんで、最終チェックだけお願いします」

小太郎の声とか、背中にふっと手が伸びてきて空気が動く感覚とか、いやになるほどクリアに感知してしまう。

「……また無防備に寝ようとして」

それが、毛布に触れる寸前ですっと引っ込められた感覚とか。おやすみなさい、と小太郎は編集室に戻っていった。

九時過ぎ、できあがったテープをＭＡの担当に託して解散した。カットのつなぎやテロップの入れ方、細かいエフェクトも丁寧で、深が手を入れるところはほとんどなかった。というか、単純に深の好みだった。どっちでもええけどやってるほうが好き、とか、自己満足で視聴者には分かれへんやろけどちゃんとしときたい、という隠し味的なツボがことごとく合っている。深が教えたから当たり前、のレベルには収まらない小太郎の努力が痛いほど分かる。ＶＴＲは嘘をつかない。人間と違って。

この時間だと遅い朝か早めの昼か分からないが、会社の近所のベーカリーで適当にパンを買い込んで竜起のマンションに行く。仮眠の間に携帯の電池が切れ、アポなし訪問となってしまったので、エントランスでインターホンを鳴らした。

『あれ、なっちゃん、どしたの？　鍵忘れた？』

「いや、急に来たから、邪魔やったらこのまま帰るし」

『何で、上がってよ』

あつかましいかな、と若干びくびくしていたので、竜起の気安い反応にほっとした。と同時に、試してみたかったのかもしれない、とも思う。いきなり突撃して、受け容れられるのかどうか。ああもう、めっちゃ重たいやん、俺。

部屋に入ると、洗面所から「おはよー」と声がした。覗き込むと、身支度の真っ最中だ。大抵はラフな私服で出勤して放送前に衣装のスーツに着替えるのに、きょうはかっちりシャツを着て髪の毛を整えている。

「ごめん、出るとこ?」

「うん、ちょっと一件取材あって。でもまだ大丈夫」

「パン持ってきたけど、冷蔵庫入れとく?」

「あ、会社で食べるー」

「ほなテーブル置いとくな」

鏡に向かってヘアセットを終えた竜起が、くるりと振り返る。後はネクタイを締めてスーツの上を着ればどこにでもいるサラリーマン……なわけないな。どこにでもおってたまるか、こんなん。

「なっちゃんも今から?」

「いや、編集終わったその足で」

「また徹夜して」

「ほとんど上がり待ってただけで、寝てた」

「ふーん。ところで何か、急ぎで用事あった？」

夕方にはまた顔を合わせるので、もっともな質問だった。

「や……用事は別に……ないねんけど……」

竜起のシャツの、ぱりっと硬い袖口(そでぐち)を指で掴んでうつむく。心許(こころもと)ない時、ちょっとだけ触っていたくなる。

「か、顔が見たかった、から……」

「あ、ちょっと待って」

「へっ？」

竜起はなぜかまじめな顔つきでストップをかけると、深を置き去りに洗面所を出て、そしてすぐ携帯を手に戻ってきた。

「はい、もっかいどーぞ、さん、にー、いち、」

キュー、の手つきで促(うなが)されたが、言えるか。

「……何で撮ろうとしてんの？」

「音だけ音だけ。さっきのひと言をアラームに設定したらすぐ起きられそうだから。お願いしま－す」

「いやや」

「じゃあ今度から萌えること言う時は事前に教えて」

「無茶言うな」

「え～。まあいいや。それより、ね、ねっ」

「な、何やねん」

「ささ、こちらへ……」

「え？　え？」

がっしり、捕獲と言っていい力強さで深の腰に腕を回し、ぐいぐいベッドに導こうとするので焦った。

「こらこらこら！　自分、何しようとしてる？」

「大丈夫、ギリあと二十分ぐらいあるから」

「せやから何が⁉」

がっちり身体の側面を捕らえる手の甲をぺしぺし叩いたりつねったりしても一向に効き目がなく、割と本気でシーツの上に押し倒された。

「あかんて！　仕事やろ？」

「だからまだ大丈夫だって。なっちゃんが協力してくれたら」

「協力？」

「シャツにしがみついてしわができないようにとか、俺が二回目したくなったらさすがに間に合わないから、あんまりかわいい顔しないようにとか」

「アホか――わっ！」

ジッパーを閉めていなかったぶかぶかのモッズコートをがばっと左右に開かれれば、上半身は長袖のTシャツ一枚で、それすら本当に一瞬で鎖骨(さこつ)までたくし上げられてしまう。

「早い早い！」

「え、そーでもないでしょ、いっつも結構頑張ってんじゃん？」

「そっちの話ちゃうわ！　いや、ちゃうこともないけど」

手際のよさに赤い警戒ランプが点(とも)り、必死で竜起の肩を押し返す。

「やめろゆーねん！」

「いきなりやってきてあんなこと言われたら誰だってスイッチ入るじゃん、なっちゃんが悪い」

おかしい。つい最近、小太郎にも似たような似ていないような主張をされ、一喝(いっかつ)したはずだ。なのに今、竜起を制する言葉が何も浮かんでこない。

「……いや？」

ふっと、煮溶けそうに甘い顔で覗き込まれると頭の中まで心臓の音でいっぱいになる。

「ずるい……」

「俺もよく、なっちゃんに思うよ」

「濡れ衣（ぬれぎぬ）や」

はやばやと陥落（かんらく）した深の眼差しと、攻略を信じて疑わない竜起の眼差しが距離を縮める。もうすこしで互いのまぶたが下りる、その寸前、竜起の瞳に映る自分が見えた。きらきらの虹彩（こうさい）にぐるりと囲まれていて、瞬間、なぜか小太郎の言葉がくっきりと耳によみがえってきた。

——失恋とか、らしくもねーこと言いやがって……。

皆が「らしくない」と思う竜起なら、割と知っている、でも、その「らしくなさ」をまだ知らない。

「——ん？」

ほとんど添えるだけになっていた手に力を込め、肩を摑んだ。

「どしたの？」

「急用、あった」

「え？」

まっすぐ竜起を見上げて言った。

「皆川が、昔好きで、振られた人のこと、知りたい」

しん、と部屋が一気に静まりかえったのと、竜起が枕元に投げていた携帯が鳴るのが、ほとんど同時だった。

「ごめん、出るね――もしもし?」

『もしもしじゃねーよ竜起!』

怒鳴り声は、ハンズフリーにしなくても深まで聞こえてきた。

『今どこだ? 九時半集合つっただろ、過ぎてんぞ!』

「え、十時半じゃなかったですっけ?」

『ちげーよバカ! すぐ来い!』

「はいはいはい!」

電話を切ると、竜起は「ごめん!」と片手で手刀を切る仕草をするなりベッドから降り、ネクタイと上着とかばん、それにちゃっかりパンも抱えて飛び出していった。行ってきます、の語尾は閉じたドアに遮られて不自然にちいさくなった。

深は呆然と天井を眺める。

渡りに舟、とかは思いたくないけれど、深の言葉を聞いて、竜起の虹彩がわずかにぶれた気がした。動揺、困惑、そんなような――とにかく、竜起「らしくない」反応で。

何で? 訊いたらあかんことやった? でも前は「さっくり振られちゃって」てあっさり話してくれたやん。つき合ってへんから言えたけど今はもうあかんいうこと? それは何で? いや俺も緊張してたし、全部気のせいなんかも……あーもう分からん、全然分からん。

好きだという確信も、好かれているという信頼もあるのに、どうしてこんなにもやもやするのか。

ひとつ、確かに言えるのは、乱された着衣を自分で直すのは結構侘しい、ということだった。

「せめて戻していけ、アホ……」

起き上がってもそもそ服を戻す。無駄に冷やされたせいか、くしゃみがひとつ出た。

それが木曜午前中の話で、土曜夜の飲み会まではあっという間だった。竜起の、謎の片想い相手についてじっくり問い質す機会はなかった。つくろうと思えばできたはずだが、勢いとタイミングを一度逃すと切り出すのは難しく、竜起のほうから「あの件だけど」と振ってもこなかった。ということは、やはり積極的にしゃべりたくないのだろう。もしかしてまだ未練が……なんて疑いはなくとも、深に話したよりもっと修羅場だったとか泥沼だったとか、「らしくない」けど可能性がないわけじゃない。隠されるとますます知りたくて、そして知りたくなるほどますます訊きにくかった。

過去は過去だから、蒸し返すの自体がマナー違反で、竜起をいやな気持ちにさせたのかもしれない。うっとおしいて思われたんかも、と考えると悲しい。あんなん、言わんかったらよかったんかな。どうしてあの時、口をついて出てしまったのか。

「名和田さん」

突然、耳のすぐ近くで名前を呼ばれてぱっと振り返ると、肩の触れる距離に小太郎が立っていた。

「あ、すいません、何度か声かけたんですが気づいてない感じだったんで」

「……お前のせいや」

「はい？」

「……いや、何でもない」

あたりは居酒屋の呼び込みやキャッチで騒がしく、深が思わずこぼした理不尽（だとはもちろん分かっている）な非難は幸い届かなかったようなので「店、こっちやんな」と再び歩き出した。

「きょう、名和田さんも来るって思いませんでした」

「旧交(きゅうこう)温める邪魔するつもりないから、気にせんでええよ」

「いえ、俺は全然嬉しいんですけど」

とてらいもなく、聞こえるようにはっきり言ってくる。

「声でかいわ。てか、皆おる時にそーゆーこと絶対言うなよ！」

「皆っていうか、皆川ですよね」

どんなに足を速めてもコンパスの差は絶対的で、むかつくことにすぐ追いつかれてしまう。

「見張ってないと、俺があいつに何かしゃべるって思いました？」

図星だったから、強く否定する。

「ちゃうわ、何でも自分が原因やと思うな、自意識過剰やな」

告られて袖にしているのはこっちなのに、この悔しさは何だろう。そしてまた嘘をついた。

もう、どこまでが必要な嘘でどこからが余計な嘘なのか、判然としない。

けど竜起だって、深に嘘をついているのかもしれない。走り出さんばかりに前のめりに歩を進めていると、ビルとビルの間から竜起の声が聞こえた。

「なっちゃん」

慌てて急ブレーキをかける。

「店の入り口この奥なんだ、分かりにくいから立ってた」

「ありがとう」

「んーん。コタも一緒だったんだ？　ちょうどよかった」

「そこで一緒になっただけだよ」

相変わらず突如(とつじょ)ぶっきらぼうになりつつ、小太郎はちゃんと事実を申告した。

「ふーん……こっち」

居酒屋には以前会った竜起の友人たちが待っていて、コタを見ると「来たー!!」と歓声を上げた。

「人気者やな」

「ネタにされてるだけですよ」

「小太郎くーん上座来てー」

「二次会からは竜起とふたりっきりにしてやるからー」

「え、やだよそんなの、帰るよ」

実にあっさり竜起が拒否すると「俺だってだよ！」とさっそく小太郎が噛みついた。

「つうか俺のほうがいやだから！　な！」

「はいはい」

「あー懐かしー、これこれ……」

「コタは少年の心失ってねーなー」

もっぱら小太郎が肴にされるばかりで、深の心配などはまったくの杞憂だった。いうてもこいつも愛されキャラやな、と実感した。竜起とはまた違う毛色の。きりっとした美形なのに、いちいちマジレスっぷりが面白いのだろう。

そして二軒目からはどうぞおふたりで……ということは別になく、誰かが「近くに卓球バーあるから行こうぜ！」と提案し、全員で移動した。卓球台が四台置いてあって飲みの合間にどうぞ、な読んで字のごとくの店で、球もラケットも無料で貸してくれるらしい。いろんな業態があるものだ。

「竜起、せっかくだからコタとやるだろ？」

「え、ダブルスじゃなく？」

「お前らの運動神経についてけねーもん」

「もう結構飲んだんですけど……しょーがねーな、ちょっとだけだぞコタ」

「何で俺が相手してもらうていになってんだよ⁉」

「いやもうめっちゃラケット吟味してるやん」

かくして一セットのみの卓球マッチが開催される運びとなった。

「なっちゃんコート持ってて。……おし、やろっか、コタ」

「おう」

台の両端に分かれ、ぐっと腰を落とした瞬間、もう双方の目つきが変わった。竜起のサーブから始まる。

深を含めたギャラリーはバーカウンターにもたれてラリーを見守っていたが、「ついていけない」という言葉にすぐ納得した。

「……え、ふたりとも経験者？」

「いや、どっちも違うはず」

「センスだよなー」

ピンポン、なんてかわいい語感と無縁の、ちいさな球の攻防。かんかん跳ねる音はほかのどの台より鋭く澄んで、速いテンポで店内に響いていた。顔を左右に動かして追っているとたちまち酔いそうだ。素人とは思えない——いや、観客も素人やけど——スピードと迫力で、ゲームは進行していく。

「こうして見てるとほんと甲乙つけがたいんだけどな」

「何だろな、コタのあの必死感は」

「片想いだからじゃね」

深は、テレビ的な悪癖とでもいうのだろうか、どうしても「使える」場面に目がいってしまう。このワンセットマッチを撮影編集してVTRを作るとしたらどのカットを盛り込みたいか。答えは明白だった。ひいき目を抜きにしても、竜起ばかりでつないでしまう。無駄なアクションを極力絞り、粘り強く球を返してチャンスを逃さず点を重ねる小太郎が優勢だったが、見ていて楽しいのは竜起の、完全なまぐれのサービスやいちかばちかのスマッシュや、いたずらを思いついた顔で仕掛けるフェイントなのだ。そして、点を取れば「やったー！」と跳ね、取られれば「くっそー！」と天井を仰ぐ、豊かな挙動のすべてが絵になるから、今カメラを持っていないのが悔しいほどだった。「小太郎がタイムリーヒットなら竜起はホームラン」という旧友の評は的のど真ん中を射ている。

竜起だって相当に負けず嫌いではあるが、遊びに真剣な小太郎と、真剣に遊んでいる竜起の差が浮き彫りだった。だって小太郎はルール上の勝ちをもぎ取るのに必死で、すこしも楽しそうじゃない。

おい、そんなんでええんか、と言ってやりたくなる。このままつないだら出番ないで自分。本気でやるにしても、もっと肩の力抜いてええやんか。

一瞬、小太郎と目が合った気がした。そして声を聞いた気がした。

——そんなこと、分かってます。

——それでも、俺は。

——こんなふうにしか、追いかけられない。

小太郎が思いきり振り抜いたラケットから放たれた球は台の端っこぎりぎりで弾（はじ）けるように跳ね、竜起のラケットを掠（かす）め、後方にてんてんと転がる。

「はいー、コタの勝ち、ゲームセット！」

15—13。審判役が小太郎に手のひらを向けると、店じゅうから拍手が沸いた。

「あーちくしょう、負けたー！」

竜起がぐいっと額の汗を拭い「コタ、やるじゃん」とそれはもう何の屈託（くったく）もなく笑った。小太郎は喜びもせず、眉根をぎゅっと寄せて竜起のラケットを引ったくるように奪うと背中を向けた。

「返してくる」

見ていただけの深のほうが、何だかもどかしかった。恵、皆川にかって、ちゃんとあんねんで。負けた、かなわへん、って思い知らされて、腹立って悔しいてたまらん気持ちの時が。で

もそれは、こういう場面では絶対にないし、お前相手でもない。いや、そんなんちゃんと分かってんのかな、分かっててもどうしようもないんが片想いやもんな。

「なっちゃん、上着ありがと」

「あ、うん」

ぼんやりしていると、竜起がすぐ目の前にいた。「お疲れ」とよく分からない銘柄のビールの小瓶を手渡すと軽く呷って「あー！」と思いきり息を吐いた。そして口元をこすり、耳の近くでささやく。

「……さっき、どっち見てた？」

「え」

両方、と普通に答えるには、竜起の目つきに意味深な引っかかりを感じた。ディレクター視点で細かくチェックしたのは竜起、個人として思い入れてしまったのは笑顔を見せない小太郎だけど——。

「おーい、あっちで座ってゆっくりしゃべればいいじゃん」

「立ってんのだりーよー」

という呼びかけで中断され、ほっとしてしまった時点で駄目な気がする。テーブル席に腰を落ち着けて飲み直そうとすると、今度は竜起が別の飲み客に囲まれてしまった。

「あのー、旭テレビの皆川さんですか？」

「いつもテレビ見てます！」

「あ、どーもどーも」

皆川アナが深たちから離れて愛想よく応対している時、ひとりが口をひらいた。

「あいつ、普通に元気そうじゃん、よかった」

「えっ？」

メニューから顔を上げると、ちょうど向かいにいた小太郎はいかにも気まずげな表情になり「おい、やめろよ」と口を挟んだ。しかし別のメンバーが「え、なになに」と食いつく。

「あーお前、こないだサトケンの二次会来てなかったもんな」

「若干修羅場っぽくなってさー」

「まじでー？　竜起が何かした？」

「いや、俺らも一応責任感じてるんだけど」

「やめろって」

小太郎の制止にも構わず、話し続ける。

「合コンしようぜーとか盛り上がってたら、竜起が、失恋したから今はいいやーとか言って、したら、新婦分かる？」

「ぐっちゃんだろ、俺も竜起も同中だったし」

「ああ、そうだっけ。ぐっちゃんが聞いてて『何それ』ってやってきたわけ。『今フリーなら私が立候補したかったのに！』って」

「うっわー……やばいやつじゃん」

「だろ？　でも結構酒入ってたし、まああって宥めて流したんだけど」

「ぐっちゃんはずっと竜起が好きだったのに、常に彼女いるから言えなかったらしい」

「吹っ切ったつもりが、未練出ちゃったんだろうな」

「竜起はそれ知ってたの？」

「んー、本人に訊いてないけど、うすうすって感じ？　まあそこは知らんふりするしかないし。でもあん時はさすがに固まってたから――」

突然、小太郎が立ち上がった。唐突さと勢いに、話が中断する。

「悪い」

「何だコタ、トイレか？」

「いや」

携帯を取り出し「仕事でトラブった」と言うなり、テーブルを回り込んで深の手を取る。

「すいません名和田さん、手伝ってもらっていいですか」

「えっ？」

そのまま強引に立たされ、壁のフックに掛けていたコートを押しつけられた。

「金、今度払うから」

「おー、大変だな業界人」

「頑張れよー」

「竜起にお別れのあいさつしとかなくていいのかー？」

そのからかいには反応せず、小太郎は深の手を摑んだまま店を出る。卓球台はすべて使用中だったが、どこからも、さっきのふたりみたいな激しい音はしてこなかった。

「おい、恵！」

ぐいぐい深を引っ張り、雑踏をかき分けていく背中。こんなふうに、繁華街で竜起に手を引かれたことがあった。まだ、アナウンサーとただのスタッフでしかなかった時。後ろ姿も中身も全然似ていないのに、どうして今、そんなことを思い出すのだろう。

手の力強さだけが一緒だからか。

振り向かない背中と、歩幅の違いを考慮しない早足が不意に怖くなる。このままどこに連れてかれんねやろ、と思った。だから必死で足を踏ん張り、喧噪にかき消されないよう声を張り上げる。

「——恵、待てって！」

するとようやく小太郎ははっと立ち止まり、手を離した。

「あ……」

振り向いた顔はいつもと同じだったから気が抜けて、それから猛然と腹が立ってきた。

「もー！　何やねんお前は！　手ぇ痛いし！　寒いからコートも着たいし！　アホ!!」

「すみません」

「何でちょっと嬉しそうやねんアホ！」

人混みを滞留させると迷惑なので、近くのコンビニの軒先でコートに袖を通す。握られていた左手首は、まだ小太郎の指のかたちにひりひりして、低温火傷したみたいだった。両手をポケットに突っ込み「さっきの、嘘やろ」と質す。

「仕事とか……」

はい、と小太郎はあっさり認める。

「何なん」

今さら、「一瞬で解決しました」なんて取り繕って店に戻れる気もしない。竜起の雑談は、終わっただろうか。

「皆川の話、聞きたくないんじゃないかと思ったので。この間、俺が無神経にべらべらしゃべっていやな思いさせたばっかかですし」

アホ、と深はちいさくつぶやいた。すぐ近くの灰皿にはサラリーマンが群れていて、煙草の煙と、次どこ行きますー？なんて雑談が流れてくる。

「そんなん……どうでもええわ。あいつが誰に好かれてるとか」

竜起は、何も言わなかった。二次会に関する報告は「コタが元気ない」それだけ、別にいい。

新婦が俺に惚れてて、なんて打ち明けられても困るし、隠しごとのうちに入らない。深にとっての問題は、竜起が誰を好きだったのか、だ。

「余計なことしてすいませんでした」

「ほんまや」

背中に感じるコンビニの照明は、テレビのセットに負けないくらい明るい。クリスマスケーキの予約をおすすめする店内放送も聞こえる。もうすぐ冬なんや、と思う。竜起と初めて会ったのは夏で、暑い昼と夜、そして涼しすぎるスタジオの日々を重ねて好きになった。ポケットの中で拳(こぶし)を握る。何だか、竜起といる時に小太郎のことを考えるより、小太郎といる時に竜起を思うほうが、罪な気がした。

「……自分、新郎と仲よかったんやろ？」

「え？　あ、サトケンですか？　そうすね」

「どないなってんの、その後。まさか皆川が原因で離婚とか」

「それはないみたいです」

と小太郎は答えた。

「マリッジブルーとか、酒の勢いとか、いろいろあったみたいで、嫁のほうも何で口走ったのか分かんないって反省してるらしいですし、水に流すってことで」

「できた人やな」

「そうすね。俺は好きだから――……って言ってました」

「妙な溜めつくんな」

「本心は彼女にしか分からないけど、これから人生長いし、そのうちに竜起じゃなくて俺と結婚してよかったって思ってくれたらそれでいいよって」

「ふーん」

見習いたい、その前向きさ。

「名和田さんは、そういうの、どう思いますか」

「どうて別に……本人たちがええんやったらええんちゃう、としか言いようないわ」

「俺は正直、ありえない派でした」

「え」

しまった。顔を見ないよう、酔っ払いや店のネオンや行き交う頭に視線を泳がせていたのに、つい目を合わせてしまった。でも、何が「しまった」なのか。

「ほかのやつに心残されたまま手に入れたってみじめだし、半端に片想いで傍にいるなんて却ってつらいって、思ったでしょうね。……日本に戻る前の俺なら」

小太郎の両手も、コートのポケットにある。すこし膨らんでいるのは、何かをこらえるようにぎゅっと握っているせいだ。

「でも、今はいいなあって思います。現状は自分がいちばんじゃなくても、これからがある

――すくなくとも努力が許される立場にいるあいつが、俺はものすごくうらやましい」

「お前の話なんか聞いてへんわ」

こんなこと、言いたくない。胸がきりきりする。小太郎がみじんも傷ついた表情を見せないのがいっそう。つめたくしたくなんかない。むしろ優しくしたい。こんな気持ちも、裏切りかもしれない。自分が悪者になりたくない、という卑怯さの側面でしかないのかもしれない。お前は時々アホやけどええやつで、一緒に働いてて信頼できて、せやから局の外でも普通に楽しく話したいのに、お前とおったら俺はどんどんやなやつになる気がする。

何で好きとか言うねん、アホ。

「……帰る」

そう宣言して見知らぬ他人の行き来に紛れようとしても「名和田さん」のひと言で足を止めてしまう。

「まだ何かあるんか」

「さっき卓球してた時、一瞬だけですけど、名和田さんと心通じ合った気がしました」

「めっちゃ気のせい」

「そうかな……アホやなって目で、俺のこと見てませんでした？」

「大体いっつもそう」

「ああ、そっか」

深は、振り返ったらあかん、と思った。小太郎がどんな顔をしているのか見たくない。焼きついてしまいそうで怖い。

「……嬉しいです」

ドアホ、と言い捨てて、スニーカーを地面から引き剝がすようにその場を立ち去った。ずんずん歩こうにも、ごった返す人口密度がもどかしい。何でやねん、とその場でじたじた足踏みしたい気持ちをこらえて唇を嚙む。

ちょろいとは思っていない、と言った割に、ぐいぐいきてやしないか、どういうことだ。再三断ってるつもりやねんけど、いけそうなんか、俺。そんな隙だらけか。やっぱり俺が悪いんかな。深は告白した経験がない、だから断られた経験もない。でも、断られたからって、はいそうですか、と気持ちをあっさり取り下げられないことくらい、分かる。

小太郎は、追ってはこなかった。家に帰ると、風呂にも入らずコートだけ脱いでベッドに直行し、ふとんをかぶって丸くなった。何だか疲れた。今週はずっと疲れていた気がする。何も考えんと眠りたい。編集やスイッチングのミスで真っ黒な画面を放送してしまうのは「黒みが出た」と言って忌み嫌われる放送事故だが、今はその、黒みみたいな眠りが欲しかった。いい夢も悪い夢も見たくない。

――名和田さん、名和田さん。

……何や恵、どないしてん。

――「黒みが出た」って言われたんです、怖いからトイレについてきてください。

アホか、黒みってオバケとちゃうわ。

――そうなんですか？　てっきり、真っ黒くろすけ的なものかと……。

真っ黒くろすけは別に怖ないし。自分、ほんまアホやなあ。

思わず、ふっと笑った。すると耳に温かい息がかかり、突然の生々しい感覚にぞくっとした。

手足がやけにもったりと動きにくいのだが、それでも必死で腕を振り上げ、声を荒らげた。この感じ、記憶に新しい。

「――アホ、恵、お前また……」

「え？」

しかし、宙に浮いた腕の向こうにいるのは、竜起だった。

「……今、何つった？　なっちゃん」

ああ、おんなしこと言いよる、と一気に覚醒した反動でまたすうっと遠のきそうな意識の隅っこで思う。

「……えっと」

小太郎の時みたいな張り詰めた沈黙だけは回避したくて、深は身体を起こすととっさに口を開いた。電気を点けっぱなしにしていたのは、この場合よかったのか悪かったのか。驚きの次の表情を考えあぐねているように、竜起の顔は奇妙に穏やかだった。反対に、こちらの動揺はおそらく表に出まくっているだろう。

「……ごめん」

「何が？」

やっとのことで謝罪を絞り出すと、即座に突っ込まれた。

「間違えたから」

「何で？」

「ちょうど、恵の夢見てて」

「でも『また』って言ったよね、どーゆー意味？」

「それは──」

ベッドから下りようとしたら、竜起のほうが逆に乗り上げてきて両腕を壁に突っ張り、深を囲い込んだ。逆光で、顔全体が影になる。

「――……あいつが、前、オバケにびびって抱きついてきた時あったから」

「ほんとに？」

どのくらいの確信が竜起の中にあったのか知らない。単なる揺さぶりだった可能性もあるが、味も素っ気もない口調に、深はすぐ白旗を揚げた。

「ほんまごめん」

「だから、何？」

「……前に、朝めしの最中で恵が寝落ちしそうになったからうちに連れてきて、そんで、俺も寝て――一緒にとちゃうで――気ぃついたら、首んとこに……」

うなじに手を当てて言い淀むと、竜起は容赦なく「首んとこに？」と促す。

「え、こ、こう……唇が」

「キスされたんだ」

「キスてそんな」

「キスじゃん、どう違うの」

「……ごめん、でも絶対にそれ以上のことないから――」

「は？」

初めて、竜起の声がはっきりと剣呑さを帯びた。

「それ以上？　あってたまるか。つうか現時点でもじゅうぶんありえねーから」

深の手を首すじから強引に取り上げ、固く握る。深がかすかに顔をしかめたのに気づかないのか構っていられないのか、「あいつ、何て?」とほぼ尋問の質問を続ける。

「寝ぼけましたとか?　なっちゃんみたいに誰かと間違えましたとか?」

「……好きです、って」

白状しても、特に意外そうではなかった。ああやっぱり、と納得したふうにさえ見えた。

「それで、なっちゃんは?」

「断ったよ、当たり前やん」

「俺の話した?」

「せえへんよ!」

ぶんぶんかぶりを振って否定した。

「言えるわけないやんか」

「んで、コタは?」

「分かりました、て」

「諦めますって?」

「……微妙」

大きなため息。呆れと憤りの入り交じったそれは竜起らしくないもので、自分が原因なのだと思うといたたまれなかった。

「……前っていつ？　あいつ、ここに来てからそんな時間経ってないんだけど？」

「先週の土曜日」

「はあ？」

竜起が、片方の拳の側面で壁をどんっと叩いた。短時間で二種の壁ドンをされてしまったが、どっちもときめくどころの話じゃない。

「一週間しか経ってないじゃん！　そんで、距離置くでもなく、仲よくめし食い行ったり、仲よく飲み会に現れたり仲よく消えたりしてんの？」

「そんなんとちゃう」

「何が？　現に今週だって、スタジオでコタのこと探してたよね？　視線がさまよってたばれてた――いや、違う、そこは別に責められるとこちゃう。

「一緒に働いてりゃ頼りにする時もあるやろ、めし食うのもそうやんか。皆川が、つき合いでガールズバーとか行くんと俺にとっては変わらへん！」

「じゃあきょうのは？」

「やから、行きはたまたまで……」

「コタが仕事でトラブったってなっちゃん連れ出したって聞いてるけど、ほんとに仕事？」

「……嘘」

「おい」

一気に二段階くらいトーンがひくくなった。

「どんだけだよ」

「何もないって！」

こんな声を聞きたくない、こんならしくなさは見たくない、と焦って言い募る深は、竜起の目に疑わしく映っているかもしれない。でも気にする余裕はなかった。

「仕事口実に抜けたんは悪かったけど、結局ちょっとしゃべっただけで解散したし――……なあ、お願いやから恵に怒ったりせんといてや、あいつほんま何も知らんねんから。俺ももっときっちり線引くようにするけど、職場が一緒なんはしゃあないやんか」

「あいつが名和田さん名和田さんって尻尾振ってついてくの、にこにこ見守ってろって？」

「仕事や」

尻尾なんか深には見えないし、小太郎の懸命さは別に深の歓心を買うためじゃない。下心がゼロではないにせよ、「仕事を好きになろうとしてくれ」という願いを真剣に受け止めてくれた。それを深も大切に思うのは、アウトなのか。反発心が表情や声に出たのだろう、竜起は不機嫌そうに顔をしかめて「信用できない」と言い切った。

「なっちゃんこんな大事なこと黙ってた。さっきぼろ出して俺が問い詰めなかったらずっと隠してるつもりだった？　断ったからええやろって？　ひどくない？」

「自分かって！」

深は思わず言い返した。俺かって悩んでたのに。両天秤で浮かれる余裕はかけらもなくて、ずっと苦しかったのに。

「俺？」

「……む、昔好きやった人のこと、ごまかして、教えてくれへんくせに……」

すると、竜起はまたため息をついた。今度は、ただ疲労が濃かった。

「それ、今持ち出すかな〜……」

そうだ、問い詰められるプレッシャーに耐えかねて言ってしまったけれど、卑怯だ。ごめん、と言おうと思うのに、言葉が出てこない。竜起はそっと深の手を放し、顔を覗き込んでくる。その瞳は暗がりに沈み、色ガラスの破片を散りばめたような、深の大好きな虹彩を確かめることはできなかった。

「俺のこと、信じられない？」

弱々しく、首を横に振る。

「俺のこと、怖い？」

もう一度、同じ返答。竜起は、深の頰をそっと撫でた。

「……嘘つき」

どっちに対してなのか、分からなかった。身体は泥を詰め込まれたみたいにだるく、竜起が出て行くのを、言葉でも行動でも引き留められなかった。

これは、けんかなのだろうか。それとも一方的に怒られて愛想をつかされただけか？　ついー週間前と同じく、日曜日は何の生産性もないもの思いのうちに過ぎていった。人のいやがることをしてはいけません、悪いことをしたらすぐに謝って仲直りしましょう――そんな、小学生レベルの「人間関係の心得」しか浮かんでこない。ごめんなさい、もうしません、という類の謝罪ならもうした。ここからどうやって修復すればいいのだろうか。ＬＩＮＥをしても電話をしても顔を見て話しても、同じ言葉の繰り返しになりそうだった。

竜起が好きだ。竜起だけが好きだ。じゃあ、周りからどう思われようと職場の空気を悪くしようと、もういっさい小太郎に話しかけず手を引けば、竜起は許してくれるのだろうか――いや、ちゃうな。どうしたいとかどうしてほしいとか、実は竜起にもないのかもしれない。深と同じく、ただ安心したい、でも具体的な方策なんて思いつかない、そんな心境なのかも。携帯が鳴るたび心臓が骨を打つかと思うほど膨らんだが、業務連絡のＬＩＮＥばかりで、竜起からのコンタクトはとうとうなかった。

好きな相手と同じ職場なのも良し悪しだ。月曜日の午後には何が何でも顔を合わせなければならないのは、荒療治として良しなのか、冷却期間が足りなくて悪しなのか。

いつもどおりに出勤し、「おはようございまーす」とスタッフルームに入ったが竜起の姿はなかった。まだアナ部にいるのか、どこかでスポーツ班と打ち合わせしているのかもしれない。ほっとしたし、注射の時間がちょっと後ろに延びただけ、みたいに、却って緊張が持続させられてしんどくもある。集中、と自分に言い聞かせてロッカーにかばんとコートをしまった。しゃっきりするためにコーヒーでも買おうと、廊下に続く扉を開けるとちょうど竜起が入ってくるところだった。

「あ、なっちゃん、おはよー」

「……おはよう」

あっけらかんとした、いつもの竜起がいた。あれ、ひょっとして夢やったんかな？ そんなはずがないのにそう思ってしまいそうなほど。そして、深がぎこちなくあいさつを返すと「どしたの？ 元気ないねー」と気さくに肩を叩いてさえみせる。演技、やんな。それとも、流してお互いノータッチにしたいってこと？

「朝まで夜遊びしてたんじゃないのー？」

「何でやねん、自分とちゃうし」

つられていつもの調子で突っ込むと、竜起は明るく笑って「そーそー」と言った。

「その調子」

深の耳元に顔を寄せ、ちいさくささやく。

「仕事は仕事、だもんね？ 普通にしてないと」

あ、あかんわこれ、全然怒ってるやん。甘い見通しを抱きかけた矢先だったのでなおさら、皮膚の内側に風が通っていったように膝から下がすうっと涼しくなる。

「竜起くーん」

深が固まっていると女の声がした。確か、竜起よりひとつ先輩の女子アナだ。当然のごとく大学時代は有名大のミスキャンパス、バラエティやクイズ番組のアシスタントで結構売れっ子だった。

「あ、お疲れさまっすー」

「きのうは楽しかったねー、ありがとー」

「いえいえこちらこそ」

「そーだ竜起くん、うちにマフラー忘れていったでしょ?」

「あ、やべ、すいません」

「ううん、私も、きょう持ってこようと思って忘れてたー。今度取りに来る?」

「あー、どうしよっかなー……平日は遅くなっちゃうんで」

「いいよ別に」

「いやいや」

この程度のやり取りを見聞きするのは、さして珍しくない。「普通」ならスルーできる。でもきょうは堪(こた)えた。きのう、俺はひとりでぐるぐるしとったのに遊びに行っとったんや、とか、女の子交えた飲みの時は絶対前もって教えてくれたのに、とか、家飲みでサシ飲みやったんかもしれへん、とかあれこれ思いながら浅く呼吸していると肺がどす黒くなりそうだ。竜起にはとっくにばれているだろう、顔の強張(こわば)りをこれ以上さらしていたくなくてきびすを返すと、今度は反対方向から小太郎がやってきた。

「あ、名和田さんすみません、音源サーバーから楽曲DLしたいんですけど、USBって私用のでいいんでしたっけ？」

何やねんこのタイミング、と思ったが、純粋に業務連絡だったのでこの場を離れる言い訳ができてほっとした。もちろん、普通にしろって言われたもん、と仕返しみたいな思考がよぎる自分に嫌気は差している。

「ちゃう、専用のあるやろ。机の引き出し。こっち来て」

「すいません、ありがとうございます。あと、そろそろマーカーの替えインク切れそうなんで注文しますけど、ほかに足りないものありましたっけ？」

「えーっと、ガムテープと、クッション封筒と、修正テープと……」

備品のリストを頭の中でさらいつつ指を折っているところへ、小太郎がぼそっと言う。

「土曜日は、すみませんでした」

ぴたっと指が止まる。軽く膝蹴(ひざげ)りを入れて「アホ」と怒った。

「仕事と関係ない話すんな、忘れてもうたわ」

「すみません」

謝ってばっかやな、と思う。俺も皆川に謝ってばっかやったけど。お前のせいでえらいことなってるわ、と言いたい放題罵(のの)しれたら束(つか)の間溜飲(りゅういん)が下がるかもしれないが、自己嫌悪の沼をふかくするだけだし、何の解決にもならない。

仕事で悩む時も仕事以外で悩む時も、深の対処法はひとつだ。仕事に没頭(ぼっとう)する、のみ。対処というより現実逃避なのかもしれないが、ぐっと身をひくくして向かい風に対峙(たいじ)するように、ただ目の前のことにのめり込むしかない。たとえ解決しなくても、そうしているうちに自分の上を過ぎ去ってくれる。悩みがちいさかろうと大きかろうとまたぶり返そうと選択は同じ、とりわけ器用でも優秀でもない深は、そういうふうにして今まで何とかやってきた。

「名和田ー、きょうの昼めしなにー？」

ロケに向かう車両の中で、カメラマンがそう言った。母親に晩のおかずを尋ねるのと同じ、本当に「あって当たり前のもの」についてさらりと。でも、そのひと言は深の肝(きも)を一瞬でひやした。

「え……？」

昼めし、そうだ、ロケ台本に昼食の時間をちゃんと取ってある。周囲に飲食店もコンビニもない現場だから、ちゃんと手配しておかないと、とも思っていて……思っていただけだった。何で、と自分が分からない。こんな基本中の基本の段取りがすっぽ抜けるなんて初めてだった。「クルーを飢(う)えさせるな」とはロケの鉄則で、どんな時でも食べものの確保は交通手段と同じくらい重要だからおろそかにするな、と口を酸(す)っぱくして教えられ、実践してきたのに。単純かつ初歩的すぎるミスに、リカバリも思いつかず頭が真っ白になってしまう。

「おーい名和田、どうした?」

「えと、あの、」

その時、助手席から小太郎の声がした。

「あと五キロぐらい先に道の駅あるんで、そこで仕入れます。さめてもおいしい、熟成肉のステーキ丼が名物です。ついでに、煙草(たばこ)休憩も取りましょうか」

「おっ」

「いいねー」

カメラも照明もドライバーも、一気に盛り上がった。季節や天候に左右されるし、待ちも長かったりで、ロケは楽な仕事じゃない。しかも自分のイメージで演出や編集ができるDと違って、技術陣の役割はここで終わってしまう。だから、せめて出先で何を食べられるかというのは非常に大事な楽しみだ。

「画(え)づくりでは負けても、めしでは他局に負けたくないからな～」

「逆ですよそれ」

「でもステーキ丼て、確か限定ですぐ売り切れるやつじゃなかった？」

「交渉して、テイクアウトの取り置きお願いしました」

「お～やるじゃん恵！」

「さすが最近はオンエアDやってるだけのことある～」

「でもこいつ生意気らしいぞ、『そこはもっと引きの画のほうがいいです』とか『その2ショットはいらないです』とかがんがん指示出してくるんだってよ」

「天狗だな」

「パワハラしないでくださいよ！　黙ってると『寝てんのか！』ってインカム越しに怒ってくるじゃないですか」

「いやー、それにしてもふてぶてしいもんお前。普通の新人はもうちょっとびくびくするだろ」

「そういう、職人肌の技術さんの洗礼みたいなの、俺嫌いなんですよね。微妙にいじめてくるんだから……」

「アメリカ帰りは言うことが違うね～」

「ほら、言った側から」

「愛あるイジりだよ」

「それは俺が決めることですから」

道の駅の駐車場に車を停め、丼を引き取りに行く途中で深は「ごめん」と謝った。

「めしのこと、完全に忘れとった」

「いっつもロケスケに食事の店リストもついてるのに、今回空白だったから、もしかして、と思ったんです。名和田さん忙しそうだから勝手に手配してたんですけど、よかったですか」

「助かった、ありがとう」

「そもそも、俺に丸投げしてくれていいんですよ。名和田さんて何でもひとりで抱え込みすぎ」

「何や、今以上にこき使われたいんか」

冗談にしてしまおうと思ったのに、小太郎はあっさり「はい」と頷いた。

「当たり前じゃないですか、子分なんだから」

「もう、自分のほうが立場上やし」

「何言ってんですか」

「ほんまに。オンエア、できるようになってるもんな。最初の何日かはテンパってんの伝わってきたけど、今はもう全然しっかりしてる」

局員と下請け、というだけではなく、小太郎は放送業務の柱、オンエアDをひとりでこなせるようになっていた。本人が「パワハラ」と言うように、技術スタッフには気難しい人間も多く、若造の指示より彼らなりのノウハウと信念を重視する向きがある。カメラ割りにしろ演出にしろ、半人前の発言など無視されるのは日常茶飯事だ。そこでへこたれずにコミュニケーションを取りながら押し引きして、すこしずつ信頼を獲得するしかないのだが、「生意気」と笑いのネタにされる小太郎は、すでにクリアしている。たぶん、深がD卓に座れと言われても、小太郎ほど早くものにできない。単純な能力の差だ。

何より、小太郎には「こういう画面にしたい」「こういう構成にしたい」という本人なりの意図が明確にあり、それは教えられてもなかなか身につくものじゃない。才能かな——いや、たぶんどこで働いてもそういう評価されるぐらいには「できる子」やねんな。

しかし小太郎は「しっかりしてるふりに決まってるじゃないですか」と言った。

「VTR間に合わないとか言われたら、足がくがくで手汗すごいですよ。でも迷ってる暇もなくて、俺が一瞬で決断しないと何も動かないから……せっかく準備してもらった項目落とした時は、自分の尺読みが甘かったのかって申し訳ないですし、毎日必死すよ。あ、お茶も買っときましょうか」

「うん」

特注の弁当の袋を下げ、自販機が並ぶゾーンで飲みものをあれこれ仕入れた。

「……でも、うろたえてる声出したら、インカムで名和田さんにばれちゃうじゃないですか」

両手にペットボトルをいくつも抱え、小太郎は笑う。

「これ以上みっともないとこさらしたくないんで、声だけでも冷静なふりしてやせ我慢してます」

深はスタジオにいて、竜起を見ている。小太郎とは、互いに姿は見えないが声だけでやり取りしている。目と、耳。そんな当たり前のことを不意に意識して妙に気恥ずかしくなり、「自分でネタばらししてどないすんねん」と急いで車に向かった。風が強い。だだっ広い空に、飛行機雲がどこまでも続くレールみたいに伸びている。片輪しかないけど。

「あ、そうでしたね」

という小太郎の声が追ってくる。

「アホ」

しかし煙草組が戻っておらず、車内でもふたりきりだった。二列目の座席でシートベルトを締めていると、前から小太郎が話しかけてくる。

「松坂(まつざか)さんのインスタ見ました？」

「松坂さんて誰」

アナ部の……と言われて、数日前の光景がよみがえる。マフラーの女子アナ。ほんまに、家まで取りに行ったんやろか。脳みそを仕事でぱんぱんにして遠ざけていたのに、話題に出されただけでまた悩みが沈殿してくる。

「アナ部で七、八人集まってホームパーティだったみたいですよ。写真上がってました」

そんなんいちいち教えてくれんでええわ、と嚙みつくのにも何だか疲れて素直に「ありがとう」と言った。

「それ、もっといやですね」

「いや――ピュアやなって」

「皆川のこと好きって言うのはやめてくださいよっ」

「自分、ほんま……」

「……皆川ならしないと思うからです」

「は？」

「そーゆーことしない理由、名和田さん知ってるじゃないですか」

「大げさな」

「策士ですね」

「ちゅうか、ふたりっきりやったらしいですよ～とか言うたほうが、自分的にはええんとちゃうの。いちいちバカ正直な」

腕組みしてつめたい窓にこめかみを押しつける。

「なるほど」

「自覚あるんかい。情報の中身ちゃうくて、恵のお気持ちにありがとう言うてんの」

「余計なこと言うなって怒られるのかと思ってました」

「何やねん」

「えっ」

小太郎が黙ると、ワゴンの中はしんとなり、人と分け合う沈黙が久しぶりな気がした。大勢で慌ただしいところにいるか、家でひとり短い睡眠を貪るか、だったから。それは心地いい空気で、小太郎がまた口を開いたのが残念なくらいだった。

「あさって、鎌倉ですよね。名和田さん何食べたいですか？　店探しときます」

「ロケハンやん、そんなん適当にすませよ」

「えっ、海が見えるレストランでディナーとか」

「夕方には帰るから！」

「せっかく週末なのに……」

「何がせっかくやねんアホ、さっきのピュア撤回するわ」

「いいですよ別に」

と小太郎は口答えした。

「……俺の考えてることなんか、全然ピュアじゃない」

ロケを終えて局に戻ると、スタッフルームに竜起がいて、計と何やら話していた。

「皆川くん、あさっての地震訓練、課長が出欠聞いてたけど」

「あー……土曜日ですよねー。三年目以降は自由参加ですよねー、俺、出たほうがいいと思います？」

「それは皆川くんが決めることだから」

「国江田（くにえだ）さん出ます？」

「それは皆川くんと関係ないことだから」

「え～」

「あの、地震訓練って何ですか」

小太郎がこそっと尋ねる。

「避難訓練的な？　だったら俺たちも参加したほうがいいんですか？」

「ちゃうちゃう、番組の途中でおっきい地震あった時のシミュレーション。天災画面いうねんけど、震源とか震度とかのダミーCG出して説明したり、電話中継の練習したり。たまに番組単位でもやるけどな」

「なるほど」

そんなことを話している最中、視線を感じた。気づくと竜起がこっちを見ていて、でも目が合うとぱっと人なつっこい笑顔になる。

「あ、おかえりー。ロケどこ？　お土産は？」

「ないない」

「あ、そーだコタ、ユニフォームできたって」

「今頃かよ」

「俺がオーダーシート出すの忘れてたから」

「お前のせいかよ！　っつかいらねーから！」

竜起がらみの空気にことのほか鋭い小太郎にも気づかせない対応力は、本当にすごいと思うし、その器用さをありがたがるべきなのだろう。仕事に影響させたくない、と望んだのは深なのだから。でも「仕事」と割り切るだけで完ぺきに演技できるのなら、割り切られてしまう自分は何なのかと、寂しかった。竜起の「竜起らしさ」しか見せてもらえない。つめたくしてほしくない、でもすこしくらいは屈託を覗かせてほしい、それも深だけに分かるかたちで。いつからこんなに欲張りになってしまったのだろう。

目が合うと、竜起は笑う。いつでも元気で明るい皆川アナ、誰にでも優しい皆川アナ、機嫌の高低を絶対見せない皆川アナ、の笑顔だ。そういうところを好きになった、はずだった。

水平線を見て、小太郎がつぶやく。

「……絶好のデート日和ですね」

「ロケハンやがな、ちゅうかめっちゃ曇ってるけど」

深は相手にせず、カメラバッグからカメラを取り出し準備する。

「あっ、俺がやりますやります」

「無駄口叩くなよ」

「はいっ」
十一月の半ば、風はないけれど空気そのものが冷えて澄んでいる。週明けにはまた寒さがふかまり、季節が一歩前へ進むと朝の天気予報で聞いた。砂浜には海藻がたくさん打ち上げられ、波打ち際がそこにあったことを教える。

「あ、鳥の画欲しいな、あそこ撮っといて。ゆっくりズームで」

「はい」

「映像美期待してんでー」

「プレッシャーかけないでくださいよ、まだカメラ全然下手なんですから……」

インサート撮りをした後、取材先で打ち合わせと簡単なインタビュー撮影で終了、の予定だったが、一本早い電車に乗れたせいもあり、二十分ほどの余裕ができた。どっか店入るほどでもないな、と思っていると、小太郎がリュックをごそごそ探ってステンレスのボトルを取り出した。

「名和田さん、コーヒー飲みませんか」

「あんねやったらもらう」

「え？　まじすか？　やった！」

さらにピクニックシートまで引っ張り出して砂浜に広げる。

「うわー……」

「うわーって何すか」

「準備がよすぎて引く」

「外ロケは不測の事態があるから何でも用意しとけって名和田さんが言ったじゃないですか！」

「いや言うたけど」

それは例えば携帯の充電器や雨具の話であって……とか言っていると時間がなくなりそうなのでおとなしくシートに腰を下ろした。

海辺でコーヒーブレイク、といえば聞こえはいいが、実際はそう素敵なものでもない。風向きによっては磯くささが鼻につくし、風で砂が舞い上がればカップの中に入りそうだし、きれいな色の貝殻は大概欠けているか中身を食われた穴が空いている。座り込んで視点がひくくなったことによって、びろびろの海藻類も臨場感を伴って目の前だ。「海って」と、湯気を吹きながら深は言った。

「実際来てみると、想像の三割増しで汚いよな」

「えっ……じゃ、じゃあ、宮古島とかタヒチにでもこの足で」

「行くか！　……それに、たぶんどこ行ってもそう思うし。汚いいうか、生々しい感じ？」

無数の生き死にが繰り広げられる現場が、ただ透き通って美しいはずはない。都会の、無機質なビルの中で働いていると、その生死のコントラストがいっそう目に刺さるのだと思う。

「でも、想像って、ほんとに見たことないものはなかなかできないじゃないですか。頭の中にあるきれいな海も、誰かが撮った写真だったり映像だったりするわけで」

「そう、誰かがうまいこと撮らはってんなあ。自分で編集しててもこれめっちゃ嘘やん、て思う時あるし。虚偽いう意味ではなくて」

それでいて、ＶＴＲは嘘をつかない、というのも、別の側面での真実ではある。

「何かこう、哲学的なこと仰ってます？」

小太郎が難しい顔で尋ねた。

「すみません、まだ俺、その境地にいなくて」

「いや別に、単なる雑談やし。汚くて悪いとは言うてへんよ、いっつも、考えてんのとちゃうもんが見えるからこそ、現場は面白い」

「ああ、それなら分かります」

ほっと笑う顔に、もうひとつ言おうと思っていた台詞は飲み込んだ。

目の前には大海原というロケーションとまったく関係なく、小太郎が持ってきたコーヒーはとてもおいしい、と。

先方での撮影もスムーズに進み、一時間ちょっとでまた海沿いに戻ってきた。つめたい雨が、勢いはないけれど終わりもなさそうにしょぼしょぼ降っていて、観光地なのに人の姿はまばらだった。雨の渚、ただそれだけなのだが、何となく心惹かれて深は駅へ向かう道ではなく、砂浜に下りた。

「ちょっとカメラ回してく」

「え、インサートもう撮っちゃいましたよね」

「うん、何か個人的に撮っときたいだけ」

寒いし、先帰ってええよと言ったのだが、小太郎は「傘係がいるでしょ」と聞かなかった。

「俺、全然気ぃ遣えへんし結構好き勝手に撮るで？」

「どうぞどうぞ。横須賀線人身事故で止まってたみたいなんで、まだ混んでそうですし」

自信満々の顔で請け合われ、これは追い返せそうもないと思ったので、放っておくことにしてカメラを取り出した。たかがレンズ一枚通しただけの世界が、どうして特別なものに変わるのか、分からない。でも、漠然と眺めていた砂の起伏、寄せる波のカーブ、茶畑みたいに雲を連ねた灰色の空。カメラ越しだと、自分にとって「必要な画」「そうでない画」にくっきり分類される。眼差しが濾過されるその時間が好きだった。カメラはひとりでしか覗けないから、ほかの皆がどんな感覚なのか知らない。きっと誰とも完全には共有できないのだけれど、その孤独は深を寂しくさせない。自分だけが知っている——と思っている——竜起みたいに。

あ、きょう何か調子ええかも、と思った。フレームの中で映像がばっちり決まっている。もっとあっちのほうも撮りたい。

カメラを構えたまま湿った砂浜をざくざく踏んで歩いていくと、不意に後ろから腕を引っ張られた。

「名和田さん、危ない！」

「え？」

「そこ、川ですよ！」

「あ……」

足下にまったく注意を払っていなかったので、海岸を分割して海に注ぐ河口の、浅い流れにそのまま突っ込むところだった。まず溺れるような水深ではないが、季節柄、足首までも水に浸かると相当凍えるだろう。

「こわ……ありがとう、落ちとったらびっくりしてカメラ水没させたかもしれん」

「自分よりカメラの心配ですか」

小太郎が呆れ顔で言う。

「そんなん当たり前やん」

「いい画、撮れました？」

「分からん。気の向くまま撮ってるだけやから」

「編集機、名和田さんのフォルダにそういうのいっぱい入ってますもんね」

「え、個人フォルダ勝手に見んなや」

「編集の練習に素材何でも使っていいって言ってくれたじゃないすか！」

「あれ、そうやったっけ……」

摑まれた腕をさりげないつもりでほどく。小太郎は逆らわなかった。まだやまない雨がぽつぽつ髪やコートのフードを打ち、慌ててカメラをバッグにしまった。右手で傘を持つ小太郎の、左側の肩は濡れて色が一段濃い。ずっと、深が濡れないよう傘を差し掛けてくれていたからだ。深も駆け出しの頃は、女性タレントにまる一日じゅう日傘で影を作りながらついていく仕事もしていたので、苦労はよく知っている。

「ごめん！」

仕事だったらそういうものだと我慢していただくほかないが、趣味につき合わせて寒い思いをさせてしまった。

「全然周り見えてなかった」

でしょうね、と小太郎は笑う。

「すまん」

「いいんです、俺が勝手についていてただけなんで」

それでも、申し訳なくてタオルで何度も肩を拭く。

「もう回さなくていいんですか？」

「気ぃすんだ」

「俺、名和田さんが保存してるV、どれも好きですよ」

「何やそれ」

たとえばこんな、浜辺に転がっている石を、自分だけの好みで取捨選択して溜め込んでいるに過ぎない画ばかりだった。いつか何かの役に立つ——なんてことはまずない。貴重な映像はないし、似たような素材はいくらでもあり、どうにでも替えは利く。深以外には値打ちのない、がらくたみたいな動画。

「切ってつないで加工する前の、嘘じゃない画でしょう。草むらを延々かき分けてたり、正直何でこれ撮った？て謎なのもありますけど、名和田さんの中には必然があるって思うのが楽しいです」

「必然は別にない」

深は答えた。

「自分でも、何で撮りたいんかよお分からん時が多くて……俺、猿真似ばっかやったからな。好きなディレクターの後追いしかしてこおへんかった。その時間が無駄やったとは思ってへんけど、まあ、何か、ちゃんとせなって思って。その『ちゃんと』が見えてへんねやけどな」

誰かが好きだから好き、じゃなくて、自分の心が示す矢印に従ってみたかった。だから、雑多でやみくもな個人的ライブラリーを覗かれてばつが悪かったが、小太郎がまじめに言ってくれているのは嬉しかった。

「名和田さん、ほんと仕事好きですよね」

「恵みたいに有能ちゃうから、ほかにできることないもん」

「まさか……でも、そういうふうに、迷いながらでも好きなことに取り組んでる名和田さんを見てるのが好きです」

視線に捕まって、しまった、と思う。油断した。

「ずっと見てたい」

「やめろて、もお」

深は曖昧(あいまい)に笑って、流そうとした。でもゆるい笑顔はすぐにせき止められる。

「……でも、そうも言ってらんないんで」

「え？」

「週明けには異動の内々示(ないないじ)が出るっぽいです。本配属で『ザ・ニュース』に残れるかどうかは分かりません」

「あー……そっか……」

もうすぐ二ヵ月の研修期間が終わる。それは最初から決まっていたスケジュールで、今、たまたま失念していただけだ。こんなタイミングで意味深に申告してくる小太郎にも、喜べない自分にも腹が立った。

ああ、やっとか、ってすっきりしたらええやん。恵がどっか行ってくれたら、もうこれ以上皆川とこじれんですむ。皆川にいやな思いさせせんですむ。俺は仕事で面倒見てただけやねんから。新しいとこ行っても頑張れよ、って、笑って言うたったらええねん。へんに悲しい顔なんか見せたら勘違いさせてまう。

でも、笑顔をつくるための筋肉の動かし方を忘れてしまったように深の顔は強張り、何も言えなかった。小太郎が真正面からすっと傘を傾けてくる。

「総務だろうが経理だろうが人事だろうが、どこに行っても、名和田さんが教えてくれたことはちゃんと活きると思います」

「別に何も教えてへんけど」

「俺はいっぱい教えてもらいました」

傘は、まだ新しいのかもしれない。雨粒がつととっとカーブの表面で弾けるかすかな音がした。耳を澄ませば波音の合間に重なっている。聞こうとしなければ聞こえないけれど、それは確かにあって。

「名和田さん」

「あかん」

「いやや」

と深は言った。

「まだ何も言ってないですよ」

「それでもあかん、何でもあかん」

「……小銭ないから百円貸してくださいでも？」

「あーかーん」

そっぽを向くと、小太郎もがぜんむきになった。

「そっ、それでも言っちゃいますから！」

「聞かへん聞かへん！　わーわー！」

我ながら子どもっぽいと思ったが、両手で耳を塞いで声を出す。

「名和田さん！」

小太郎は傘を放り出し、深の手を力任せに剝がす。雨で冷えているはずなのに、手首に巻きつく指先だけが熱かった。

「あかんて……」

どうしてかんじんな時に、声帯がやせ細ったように言葉が弱くなるのだろう。

「今は俺のこと好きじゃなくてもいいです。皆川が好きでもいいです。俺に、努力する権利だけください。諦めなくてもいい、頑張ってもいいって言ってください。もう、毎日会えない、スタジオとかロケで一緒にいられない、だから」

「あかん言うてるやろ！」

精いっぱい張り上げたつもりの声は、雨音にも負けているかもしれない。

「しつこく会いに行ったりLINEしたり、飲みに誘ったりしません。困らせたりもしません。いつか俺のほうを好きになってほしいって思うだけでも駄目ですか」

「あかん」

「そんな頑強に拒(こば)まれると、却(かえ)って脈があるんじゃないかって思っちゃうんですけど」

「んなわけないやろ」

「だって」

ぐっと顔を近づけてこられると、肩がびくっと揺れた。怖いんじゃなくて、覗き込んでしまいそうだから。小太郎の瞳の、虹彩(こうさい)。どんな色、どんな輝きなのか。竜起とどう違うのか。

「ずっと皆川を好きとは限らないでしょ？」

「限る!!」

ようやく大声の出し方を思い出したらしい腹から喉から、深は怒鳴った。一瞬小太郎が怯(ひる)んだ隙に自分の両手を取り戻し、斜めがけにしたカメラバッグのショルダーベルトを握りしめる。

「皆川が好き」

「名和田さん」

「皆川が好き。ずっと好き。この世の誰より好き。死ぬまで好き。死んでも好き」

竜起から来てくれなければ、臆病でずるい自分は、言えなかっただろう。だからってこの気持ちが軽いとか浅いとかうすいとか、本物じゃないとかは、誰にも、竜起にも言わせない。

「どこにおっても皆川が好き。地球が逆に回っても皆川が好き。皆川だけが好き」

小太郎にとってはひどく残酷な台詞を立て続けに並べられたのは、視界がぼやけて顔がはっきり見えなくなったからだった。

「……何で泣くんですか。泣きたいのはむしろこっちですけど」

無視して手の甲で涙を拭っていると、小太郎は「俺のせいですか」と尋ねた。

「俺が食い下がって追い詰めちゃいましたか」

「ちゃうわ。……皆川のせい」

こんなに好きなのに、竜起はもうそれほどじゃないかもしれない。怒って、深の嘘を許さず、よそよそしいレンズの向こうでしか笑ってくれないかもしれない、と思ったら悲しくて悔しかった。何でやねん、俺がこんなに好きやのに。竜起を理不尽だと思った。理不尽だと思う自分が理不尽だとは省みられなかった。靴の先が濡れるくらいまで、波打ち際へと進む。

「え、名和田さん？」

慌てる小太郎に構わず、両手を口の横に添えると水平線に向かって思いっきり叫んだ。

「皆川竜起の、アホー!!」

すると、海と反対方向から聞こえた。

「何だとー!?」

すこし高い位置にある歩道から、砂浜へ続く階段を駆け下りてきた竜起は肩で息をしていた。そして大股に深の隣までやってくると数回深呼吸し、おもむろにシャウトする。

「なっちゃんの、バカー!!」

さすがプロ、その悪口は雨のすじを貫通して深よりまっすぐ遠くまで響いた。そしてはあはあ乱れた呼吸も整えずに「これでおあいこだから!」と言い放つ。

「あ、うん」

呆気にとられながらも、深は、皆川や、と思った。深がずっと会いたかった竜起だ。

「あっつ……走ったわー、駅から案外遠いわー、この十分のラップタイムメロス超えたわー」

顎先の、雨か汗か分からない水分をスーツの袖で無造作に拭う。

「み、皆川?」

「うん?」

「どないしたん、ていうか何でここにおるって……」

電話もLINEもなかった。それはもうねちねちこまめに確認しているから間違いない。

「恵、何か言うた?」

深以上に呆然としている小太郎もかぶりを振った。ロケハンの行き先や大まかなスケジュールは、誰かに訊くか、スタッフルームの共有パソコンを漁れば分かるにせよ、今ここにいるの

「言うとくけど、ずっとここおったわけちゃうで。さっきまで別んとこでロケハンしとったし」

く手こずらせやがって……。まだいてよかった」

かばんの中だって気づいたけどもうどうしようもないしさ。事故って足止め食うし……まった

「でも分かっちゃったんだもん。あー!!って。そんで飛び出してきた。電車乗ってから、携帯

なアップで撮るのはNGだ。もちろんズームは可能だが、竜起に操作できるわけがない。

天カメは、通行人にいちいち撮影許可を取っているわけではないので、顔の判別がつくよう

「え、でもそんなん、豆粒みたいなサイズやろ？」

「なーんか、ふたりで並んで座っててさ～」

ころに取りつけられてはいない。

小太郎とふたり、思わず周囲を見回してしまった。もちろん、すぐにそれと分かるようなと

「あ……」

て並んでて、ばっちりあるわけですよ、由比ヶ浜(ゆいがはま)カメラ」

天災画面のCGってこう出すんだーとかぶらぶらしてたら、お天気カメラのモニターがばばっ

「行ってた行ってた。で、自分の番終わって、副調整室(サブ)から後輩がしゃべってんの見てたの。

スーツを着ているからには、何らかの仕事が入っていたはずだ。

「ちゅうか自分、きょう地震訓練ちゃうかったん」

は深の気まぐれに過ぎない。

「え、そーなの？　じゃあ電車遅延して結果的にラッキー？」

「走ってきて、おれへんかったらどうするつもりやったん」

「気がすむまで走って探したんじゃね？」

竜起はけろっと答えた。人違い、という可能性ははなから頭にないらしい。

「……アホちゃうか」

「何でだよ！　そういえばさっき大声で俺のことディスってたのも何で⁉」

「そんなことより‼」

突然、小太郎が割って入った。

「そもそもお前、何しに来たんだよ！　俺と名和田さんがどこで何してようが皆川に関係ないだろうが！」

「うっせーバカ」

「お前がバカ！」

「何だと？　青山墓地に置き去りにして奥歯ガタガタ言わせてやろうか」

脅し文句がリアルすぎる。幼なじみだけあって、弱点は把握しているようだ。

「うっ……」

「やめたりーや、それ言うんは。かわいそうやん」

つい諫めると、竜起は「あーっ」とわざとらしく仰け反ってみせた。

「ここでそーゆーこと言っちゃう⁉　コタの肩持つんだ？」

「いや別に持ってへんけど」

「てゆーか」

急に真顔になる。

「もー俺もやもやしてんのやなんだけど？　飽きたし、スルーして溜め込んでんのなんか俺らしくない！」

竜起は本気だと分かった、だから深も本気で「あかん」と言った。

「なっちゃん」

「……大事なことやから、俺が言う」

竜起の手を、一度ぎゅうっと握ってからぱっと離し、何事だという顔をしている小太郎に向き合って深々と頭を下げた。

「ごめん、恵」

「え、名和田さん？」

「ほんまは、俺、皆川とつき合ってんねん」

どんな罵倒(ばとう)か、はたまたイングリッシュが飛び出してくるのかと頭を下げたまま身構えて、たっぷり五秒は経ったと思う。ショックで気絶したり——はないか、さすがに。おそるおそる顔を上げて前髪の隙間から窺うと、小太郎はくるっと海へ方向転換した。

「うっ……嘘だー!!」

するど竜起も負けじと叫ぶ。

「ガチだよーだ!!」

「こらっ、いちいち海にぶつけんな！」

「なっちゃんが最初にやったんじゃん」

「せやけど！」

雨も小やみになってきて、そろそろ人目につくのではと気が気じゃない。小太郎が再び深を見て「嘘ですよね」と繰り返した。嘘じゃないと分かっていてそう訊かずにいられない痛切な目の色に胸がずきずきしたが、自分で蒔いた種だから、逸らさずに答えた。

「ほんまや」

「……いつから？」

「恵がくるちょっと前」

「そんな……」

絶句してしずくを落とす空を仰いだ。

「片想いって言ったじゃないすか……」

「嘘ついてて、ほんまにごめん」

「え、そーなの？」

竜起が能天気に口を挟む。

「何でそんな中途半端な設定にしてたの？」

「いや……いろいろあって……俺が寝言？　で皆川の名前呼んでもうたり……」

「じゃあそん時全部ぶっちゃけたほうがややこしくなかったんじゃね」

「そんなん、簡単に言うな」

人の気も知らないで、と竜起も思っているのかもしれないけど。

「どんなかたちで、皆川に迷惑掛けるか分からんって思ったから……」

また涙がにじんできて声を詰まらせると、竜起は深の肩を抱いてぽんぽんと叩いた。

「それは分かるけどさ、コタなら大丈夫だよ」

「うん……」

久しぶりに触れた身体のぬくもりに抗えず、うっかり頭を預けかけると小太郎が「ちょっと！」と目を剝いて抗議した。

「なに人の眼前でいちゃついてんすか？」

「あっ」

しまった。慌てて竜起から離れると、乱れてもいない髪をあたふたと撫でつけ、ごめんなさい、ともう一度頭を下げた。

「謝ってすむことちゃうけど、ほんまに悪いことした、ごめん」

「よし、かわいい、許す」

竜起が断言した。

「おいっ！　てめーじゃねえだろ！」

「えー、だってコタ、別になっちゃんに怒ってないし謝ってほしいわけでもねーだろ？」

すると小太郎はぐっと言葉に詰まる。

「じゃあ引き下がるかここから引き上げるかだけど……」

「どっちでも諦めてるじゃねーか！」

「あ、ごめん、食い下がるだった。まー略奪してやるってんなら別にいいですよ、俺に止める権利ねーし。でも俺とつき合ってるって知った以上、この先ちょっかいかけたら遠慮なくぶっ殺すんでよろしく」

と竜起は、さわやかな笑顔で宣言した。

「お前のネームスーパーが恵小太郎かっこ享年二十七かっこ閉じるになるよ」

怖いんだかそうでもないんだか分からないけん制に何か突っ込むだろうと思いきや、小太郎はすっと顔を背け「何でだよ」と吐き捨てた。でも裏腹に顔は自嘲気味な笑いを浮かべていて、見たことのないアンバランスさにちょっと怖くなった。病んだりいじけきったりするキャラじゃないと、そこは安心していたのだけれど。

「好きな人は、出会う直前にお前とできてて、ラストチャンスのつもりで告ったらお前が来て、しかもお前は偶然地震訓練で天カメ見て気づいて、偶然電車が遅れたからばっちりのタイミングになって――何それ。最初っから全部、お前が持ってくようにできてんの？　俺はそれを、思い知らされるためだけにここに来たのか？」

深は、かける言葉が見つからなかった。卓球で勝っても全然嬉しそうじゃなかった小太郎に何も言えなかったように。

でも竜起はあっさり言った。

「んなの知らねーよ」

「皆川、言い方……」

「だってそうじゃん。全部って思うのはコタの視点が偏（かたよ）ってるだけじゃん。いい年こいてガキかよ、俺しか物差しねーのか？　ほんとにそれでいいわけ？」

大抵の問題は笑ってすませる竜起が、こんな厳しいもの言いをするのは珍しい。それだけ、竜起なりに真剣に小太郎のことを考えているのだろう。

「お前を負け犬にしてんのは、俺じゃなくてお前自身だよ」

小太郎は痛々しいほどきつく唇を噛む。深はたまらず「恵」と声を掛けた。

「皆川、さっき『コタなら大丈夫』言うたやろ、自分、友達としてめっちゃ信用されてんねんで。それってすごいと思う」

「そーだよー、俺はふつーに遊びたいの！」

「……そんなの分かってる」

やっと唇をほどき、苦しそうに洩らした。

「俺だって……」

その時、けたたましい車のブレーキ音とクラクションが聞こえた。浜からすぐの交差点だ。反射的に音のほうを向くと、男がひとり、逗子(ずし)の方面へ全力疾走していくのが堤防(ていぼう)の柵越しに見えた。

「何や、信号無視か？」

「どうだろ」

ただの人騒がせか、と注意を散らしかけたが、今度はパトカーのサイレンが近づいてきた。めまぐるしく赤色灯(せきしょくとう)を回転させて結構なスピードで通り過ぎていく、と竜起は突然、道路へダッシュした。

「え——えっ？」

ものを言う暇もなく、今度は小太郎までリュックを捨てて身ひとつになり、遠ざかる背中を追いかける。

「おい！　自分ら……」

砂浜から階段を駆け上がり、足下がアスファルトの地面になると、ふたりともぐんと加速し、男とパトカーが去ったのと同じ方向に走ってあっという間に視界から消えた。ひとり残された深は「何やねん」とつぶやくのが精いっぱいだった。荷物もあるし、自分の足でついていけるとは思えない。リュックを拾い上げながら、最初に駆け抜けていった男の風体(ふうてい)を思い起こす。数秒のことではっきりとは覚えていないが、黒キャップにサングラス、芸能人のお忍びでもなければ、いかにも犯罪者っぽくはあった。パトカーはあの男を追跡、何かあると踏んだ竜起も、迷わず走り出した――いや、その前に一瞬、見た。深じゃなくて、小太郎を見た。たぶん、行くぞ、と言いたくて。そして小太郎にはちゃんと通じた。友情、と臆面(おくめん)のない言葉を使えばどっちも（特に小太郎が）いやがるだろうけれど。

竜起は携帯を持っていないし、小太郎は、何か収穫があったのなら動画を撮影している可能性が高いから連絡は邪魔になる。ここでただ待つしかなさそうだった。リュックを漁って勝手に残りのコーヒーを飲んだり、気ままにカメラを回したりしているうちに、海上の雲がすこしずつ晴れてきた。幾重(いくえ)にも塗り重ねられた灰色の絵の具の下地が現れたように、金色の夕暮れが顔を出す。にぶくくすんでいた海に甘い色の点描(てんびょう)がこぼれ、波打ち際の白いあぶくは長い昼寝から目覚めてとろりと発光した。誰の目にも触れる機会はないかもしれない映像を、深はそれでも夢中で撮った。

一日の、ささやかなごほうびみたいな時間は、すぐに夜の青へと上書きされてしまう。あたりが暗くなり、遠くのリゾートマンション群の灯りがちらちらつき始めるころ、竜起と小太郎が戻ってきた。

「ただいま！」

意気揚々と手を振るからには、何かしらいいことがあったようだ。

「おかえり」

「すみません、お待たせしました。電話しようと思ったんですけど、携帯が電池切れになっちゃって……」

「ええけど、結局何やったん」

「振り込め詐欺の受け子だったみたいです」

小太郎は答えた。

「騙されたふりをしたおばあさんから現金を受け取る現場で逮捕するはずが、取り逃がしちゃったそうで。パトカーまくために道幅の狭い住宅街に入って逃げ回ったけど、結局取り押さえられてました」

「すごいやん、何か撮れた？」

「はい」

小太郎が差し出した携帯にモバイルバッテリーを挿し、動画を確認する。ごく普通の一軒家が建ち並ぶ道を走る竜起の背中が映っている。すこし先んじてスーツを着た別の男も走りながら、「待て！」としきりに叫んでいる。私服の警官だろう。小太郎の息遣いも聞こえてくる。カメラより軽いにせよ、携帯を構えたまま追跡劇を追跡するのはかなりしんどかったに違いない。足音や犬の鳴き声、どこかの家から流れるピアノの音。生活感がそのまま臨場感になっている。

『なあ！』

竜起がわずかに小太郎を振り返った。

『何だよ』

『頑張ったら、あのお巡り（まわ）さん追い抜いて捕まえられそうなんだけど、駄目かな？』

『駄目に、決まってんだろ、バカ！』

息を切らせながら小太郎が途切れ途切れに言う。

『相手が、刃物とか、持ってたらどうすんだよ、』

その直後、ごほごほと軽く咳（せ）き込んでから、やけくそみたいに叫んだ。

『てめーみたいなバカにでも、何かあったら、名和田さんが泣くだろーが!!』

『……そりゃそーだ』

『あっさり、納得してんじゃねえよ、うぬぼれんな！』

『思春期かよ、めんどくせーな……あ、角曲がった』

電柱ぎりぎりのコーナリングでカメラも曲がる、と、十メートルほど先で、人影が折り重なっていた。警官が、男を押さえてがっちり腕を固めている。

『何逃げてんだぁっ！』

『勘弁してくださいよ』

相当逃げて、くたびれ果てたと見える男は、息も絶え絶えに「何も知らないです」「金受け取るように言われただけです」と地べたに伸びて訴える。

竜起がくるっと振り返り、まじめな顔をつくる。同時に、ちゃんと酸素が行き渡ったように、肩も胸もせわしい動きをぴたっとやめた。まだまだ息が上がって苦しいはずだろうに、プロの貌で見せない。レンズ越しにそれを見ながら、小太郎がどんな気持ちになったか、深には手に取るように分かった。ちくしょう、と。お前のそういうところにほんとかなわなくて、ほんと悔しい、と。それでもカメラのフレームは、記者リポにちょうどいいバストショットの大きさにズームアウトする。

『たった今、逃走していた男が警察官に取り押さえられました。現場はＪＲ横須賀線の鎌倉駅と逗子駅の間の住宅街です。男の逮捕容疑や、逃げていた理由などは分かっていません。町中での捕り物となり、近所の人々も心配そうに集まってきています。あ、今、応援の警察官が駆けつけてきました。男に手錠がかけられます――』

「取り押さえる瞬間、撮れたらよかったんですけど」

小太郎が悔しそうに言う。

「いや、じゅうぶんスクープやん。土曜やから番組ないけど、定時ニュースのトップで流せるわ。走りながら、こんだけブレ抑えてよお撮ったな」

と、褒める一方ならよかったのだが。

「……けどな」

「え」

「何で縦で撮ったん？」

「何でって……特に理由は……強いて言うなら習慣ですが」

このアホ、と深は叱り飛ばした。

「テレビの形状考えてみーや、横長やろ？　スマホ横に構えて撮るべきやろが！」

「あっ……」

小太郎は指摘されてやっとそこに思い至ったようだった。まあ、とっさのことだから仕方ない部分もあるが。

「素人さんか……教えなあかんことまだまだいっぱいあんな」

「えっ、それは、今後もお側に置いていただけると……？」

小太郎の目に期待が灯る。

「俺にそんな権限あるわけないやろ。教育が行き届かんかった、いう自分のふがいなさへの反省や」

「なんだ……」

「ちゅうかその動画、まだ報道に送ってへんよな？　ややこしいやり取りしてるとこ、ちゃんとカットしとけよ！」

「はい……」

小太郎は一瞬でしょんぼりとし、その姿にだいぶ良心が揺さぶられたが、同情は禁物、と自分に言い聞かせる。人事をどうしてやることもできないし、気持ちに応えられないのだからむやみに甘い顔を見せてはいけない。

「俺が編集しよか？」

「いえ、自分で……すみません、電話です、ちょっと出ますね」

と断って「はい、お疲れさまです」と応答する。

「はい――はい……えええ⁉」

突如、ぎょっとするほどのボリュームになった。

「ちょっ、それはないんじゃないですか⁉　そんな――そうですけど！」

何やら食い下がっていたが、最後には「はい……」と肩を落としていた。あまりの消沈ぶりに、通話を切った小太郎におそるおそる尋ねた。

「誰から？」

「設楽(したら)さんです」

「ほな、タイムリーに本配属の話？」

小太郎はうつろに頷いた。覚悟は決めていたはずなのにショックが甚大(じんだい)なようで、深は竜起に「ひょっとして、試用期間で本採用見送りとかあんの？」と耳打ちした。

「いや、聞いたことないけど」

「せやんな、別に悪いこともしてへんし……恵、どないしたん？」

「ニューヨーク」

「え？」

「……支局に、配属になりました」

「それはまた……えらい遠いとこに」

としかコメントのしようがない。小太郎は両手で頭をかきむしると「何でだー!!」と今度は空に向かって叫んだ。

「こないだ日本に帰ってきたばっかりですよ!?」

「その海外経験を買われたんやろなあ」

「そんな……」

がっくりと砂浜にくずおれそうな小太郎を見て、竜起は言った。

「っしゃー!!」

ガッツポーズをして、今にもそこらでスキップを始めそうにテンションを上げている。

「やったー！　行ってらっしゃーい！　いつ行く？　何ならきょう行っちゃう？　元気でな！　お疲れっした！」

「て、てめえ、殺してやる……」

「こら、皆川！」

あまりに手放しで喜ぶので、さすがにたしなめたが「だって嬉しいんだもーん」と満面の笑顔で答える。

「ライバルなんかいないほうがいいに決まってんじゃん」

その言葉を、竜起はけろっと口にしたが、小太郎ははっとしていた。

「あっ、でも遊びに行ったら泊めて！　トランプタワー見たいし！」

「知るかっ」

「いやーきょうはいい日だー」

うんざりするほど走っただろうに、竜起はまた犬のようにたったと浜辺を駆け回り出した。

それを見た小太郎が「何だよ」と忌々しそうにつぶやいた後、確かにすこし、笑った。

「必死かよ……」

「よかったなあ」

「え、何すか」

「ちょっとだけ、報われたような気持ちになってるやろ？　お前、基本的にいじらしいからなー」

いなくなるのが嬉しい、それは、小太郎が近くにいるのが竜起にとって脅威になり得るということだから。十年以上も小太郎が竜起に抱いていた複雑な感情を、竜起もようやくすこし味わったのかもしれない。

「だからそんなんじゃないですってば」

しかし本人は、頑強に否定する。

「名和田さんは、あんなやつのどこがいいんですか」

「それは、俺より恵のほうがよお知ってんちゃうん」

「知りません」

小太郎は言った。

「一生、知らないままがいいです」

雲は晴れ、海も空も一緒くたに溶かしてしまう宵闇が訪れていた。この夜があと何度もこないうちに、小太郎はまた遠くへ行ってしまう。ほんの二ヵ月前までは存在も知らなかった、竜起の友達。竜起の恋敵。

もう、局ですれ違って顔を見る機会さえなくなるのだと思うととても寂しいけれど、それもまあ、言わないほうがいいのだろう。ニューヨークに行ったって、深と交わした約束を果たしてくれると、信じていることも。

機材や備品はすべて小太郎に託(たく)し、まっすぐ竜起のマンションに行った。

「なっちゃん、冷えたっしょ。先にシャワー浴びなよ」

「うん、ありがとう」

お言葉に甘えて浴室に入り、混合栓(こんごうせん)のレバーをひねると、最初はつめたい水が足を打って身ぶるいするが、じっと我慢しているとふっとぬるみ、湯に変わる。その瞬間のじわっとくる温かさが好きだった。

しかし、頭のてっぺんから気持ちよく湯を浴びようとした時、背後でいきなりドアが開いた。

「なーんてね！」

「うわっ！　何や！」

「我慢できなくて来ちゃった」

「来ちゃったちゃうわ！」

竜起の家なので「出てけ」はあんまりだと思い、シャワーのノズルを向けて「出てーや！」と言った。風呂場の照明は明るすぎるし、狭い密室で肉体の存在感が際立ち、恥ずかしい。

「やだ」

あっさりそれを取り上げ、湯を出したままフックに戻すと深をぐいっと抱き寄せた。

「……ずっと触りたかったんだもん」

ひんやりした素肌と素肌がまともに触れると一瞬鳥肌が立ち、でも収まると同時に違う感覚が呼び覚まされる。

「うん」

竜起の背中に手を回し、腕の中でようやくふかい息をつく。

「俺も……」

「ごめんね、なっちゃん」

髪の毛を何度も撫でて竜起がささやいた。

「なっちゃんが、コタの名前呼ぶ前……寝顔が笑ってて、楽しそうだった。何かいい夢見てんのかなって和(なご)んだとこだったから、反動ですんごいムカついちゃって」

「ううん」

竜起の鎖骨(さこつ)に前髪をすりつける。

「いろいろ、黙っとってごめん」

「いいよ――……でね」

「ん？」

「俺の、そのー、昔好きだった人の件ね、包み隠さずお話ししたいんですけど、ちょっと根回しというか、超えなきゃいけないハードルがあって――言い逃れじゃなくて、お時間いただいていいかなーなんて……」

何が何だかまったく要領を得ない説明だったが、深はもう不安にはならなかった。「ええよ」と肩甲骨(けんこうこつ)に手を這わせる。

「皆川のタイミングでいい。ちゃんと信じてるから」

竜起が、信じさせてくれたから。

「ありがと。きょうさ、俺が行った時、泣いてた?」

「……ちょっとだけな」

「コタのせい?」

ううん、とかぶりを振って竜起を見上げる。

「皆川のせい」

「やったね」

竜起は得意げに笑い、唇を落とす。瞳の、虹彩の、奥の奥まで見ていたいのに、深はいつも目を閉じてしまう。壁を打ち、床に落ちる水音とミルク色の湯気が満ちる浴室で、立ったまま抱き合って何度もキスをした。シャワーから噴き出す湯とは明らかに違う粘度(ねんど)の唾液(だえき)が唇を濡らし、舌と舌の交歓(こうかん)をどんどんなまめかしくしていく。

「ん……あ、」

口唇(こうしん)を貪(むさぼ)りながら、竜起は深のこめかみの生(は)え際をかきあげ、剝(む)き出しになった耳を指で

辿ったりいたずらに指を挿し込んだりした。すると耳の裏側でぞくぞくうぶ毛の逆立つ性感が流れる。足下から温められ、互いの兆し始めた性欲をじかに触れ合わせながらしっとりと皮膚は潤っていく。歯の裏から口蓋を舐め上げられる感触は、頭蓋骨の内側をざらりと愛撫されたようだった。筋肉の繊維や血管や神経、秩序だって束ねられていたものがゆるゆるほどけてその隙間にくまなく竜起の存在が潜り込み、深をいっぱいにしてしまう。

「まだ寒い？」

どんなに探っても足りないというふうに深の唇をついばみながら、竜起が尋ねる。

「ちゃんとお湯溜めて入る？」

「んっ……大丈夫、もうあったまったから」

はよしたい、と小声で訴えると、竜起はもう一度、でたらめでめちゃくちゃなくちづけで応えた。ベッドに横たえられた身体の中には、もう湯気より濃い発情が立ちこめている。

「あっ……」

指先が掠めただけで、乳首が固く色づいてしまう。血の球めいた興奮のしるしを竜起の指が代わる代わるに何度も行き交う。指先で圧されたり挟まれたりするたび、内部にあるちいさな種が火の中で爆ぜるような性感が立て続いた。

「ああ……、や」

無意識に胸を浮かせてしまうと、その湾曲を手のひらでさすり、竜起は平たい膚の上でちいさく丸く尖った乳首を吸い上げる。

「ん、んっ」

過敏になった性感帯は、舌の刺激をひどく熱くも、ひどくつめたくも感じた。それが過ぎると人肌の生々しさにくるまれてふるえ、甘噛みされれば、ささやかな体積以上にそこがいやらしく膨らみ、竜起の口内に心臓が転がり込んで脈を放っている錯覚を覚える。

「肌ってさ、腹のあたりが本来の色だっていうよね」

「え？」

「そう考えたら、なっちゃんて白い」

「んっ……腹なんか、誰でも白いやろ」

「や、そんなことない。で、何が言いたいかっていうとね、」

張り切った乳首をぐりぐりとにじるように愛撫する。

「やや」

「ここ、やばいぐらい朱く見える。痛いわけじゃないんだよね？」

「そ、そんなん、言わんでも分かるやろ！」

「だって、何か痛々しくて……なのに、興奮する」

「あぁっ……！」

上下左右から舐め回され、ちっとも痛くはないが、痛いほどには感じる。こんな取るに足らない点から与えられる快感は過剰で、射精という終わりのある性器に触れられた時にはほっとした。それだって、自分の手よりずっと濃密にたっぷりと施されて、すぐに苦しさと表裏になってしまうのだけれど。

「や」

膝を閉じることを許されず、どころか軋みそうなほど大きくひらかされ、その間で存分に持ち上がっていた発情の先端に舌先が触れたと思うと、あっという間に口腔全体で撫でられる。

「あ……あかんっ」

とっさに竜起の髪の毛を摑む。

「なに？」

「そ、それされたら、俺、すぐ……」

「ん？　いっちゃう？　いいじゃん、一回しか出ないわけじゃないんだし」

「ん、や！」

回数を重ねると精液もうすくなるというけれど、深は逆に、どんどん欲情が煮詰まって理性や正気を浸食してしまうのが怖い。でも竜起はそんなちゅうちょにはお構いなく昂ぶりを咥え、舌や歯や息であらわな焦燥をくすぐる。乳首をさんざん弄られていたせいもあり、らせんを描く興奮のルートを駆け上がっていくのは早かった。にゅる、とひときわやわらかな舌裏を押しつけられると、楊枝の先で刻まれたような孔からくぷ、と腺液をこぼす。

「あぁ……あっ、や……っ」

それは微量だけれどとめどがなく、とりわけ感じやすい裏側に竜起があの手この手で施したり、くびれの部分に唇を引っかけて締め上げたりするたび濃度を増して深の内部から分泌された。吸い上げられればその刺激でまた新たにしずくをつくり始め、行いにはきりがないように感じられた。でも限界は確かにある。

「や、ぁ、あかん、皆川、ほんまに……っ」

「ん、いいよ」

竜起は根元から鈴口まで、手のひらの摩擦で往復しながら、しとどに濡れた性器の奥でいろんなものが伝って潤った陣地にも指を伸ばし、ひそやかに窪んだ皮膚の収束に潜り込ませる。

「あっ！」

まだとても狭いけれど、こじ開けるというほどの無体ではない。これまでもたらされてきた刺激でそこはちゃんと分かっているようだった。性的にひらかれることを。体内をたぐられる違和感が変容し、ちゅ、と小刻みな音をたてて昂ぶりを扱く手からそそがれる快感と一緒くたになってしまうのに時間はかからなかった。

「ん、や、ああっ……！」

身体の中で一点に凝固した発情が融点を迎え、瞬く間に沸点に達し、尾を引く喘ぎとともに勢いよく流れ出す。

「んっ……」

そうしてちりぢりになったはずのものは、まさぐられる腹の中に間を置かず集まり始める。湿った交合の口にローションを足されると、よりなめらかに柔軟に竜起の指を呑み込んでみせた。

「あっ、あ、あ……っ」

とろりとした潤滑剤が、すこしずつ馴らされた粘膜を覆いながら奥へと浸潤していく。骨の内部までひたされ、腰のあたりをぐずぐずにしてもう立ち上がれないんじゃないかと思う。心ごと身体を煮崩す手管はいやらしく粘る音を立てながら抜かりなく腹の裏側を押し上げ、性感の凝ったような箇所を繰り返し擦った。

「ああっ！　やや、あっ……ん、あかん……っ」

「あ、すごい、きゅうきゅうしてる」

「やっ……」

そこで得る快感は化膿した炎症みたいに濃くて恐ろしく、触れられるたびこんなんあかんと思う。けれど一度でも触れられてしまえばもっとしてほしくて全身が疼き、結局、怯えや後ろめたさがかき消えるまで没頭するしかない。

「や――あ、あっ……」

水を含んだきめ細かな砂地に足が沈むように、竜起の指はやわらかな内部をどこまでもひらいていってしまう気がした。実際には指の長さに過ぎないのだが、折り曲げた先でそこここを搔かれ、ゆるやかにかき回されたりすると届かない奥にまで快楽はこだまし、下腹部をじんじんと悩ましくうねらせた。

「こっちも？」

「あ、やや！」

後ろからの興奮を分け与えられ、ゆるゆると血を蓄えつつあった性器をまた手で上下される。同時になかを拡げる指ははっきりと性交の動きで前後を始め、二ヵ所の発情が糸を引き合い、その中間にいる深を翻弄する。

「ああっ……あ、あ……っ、や――」

もっと硬くて熱くて、あふれるほど充たしてくれるもので、乱暴なくらい突いてほしい。浅ましい欲望を、勝手に揺れる腰の動きで自覚してしまう。恥ずかしいのに止められなかった。

「ん、ここ？　もっと？」

ねだってすりつける微妙なポイントを、竜起の指は間違えない。

「いややっ……」

「しないほうがいいの？」

「や……」

そんなん、楽しそうに訊くな、あほ。引っきりなしに誘ってうごめくところを、じれったく撫で回しながら指が退いていくと、とうに力をなくしていた両脚を抱え上げられた。その期待だけで、たっぷり苛まれたあやうい円環が収縮してみせる。

「……なっちゃん」

「あぁぁ……っ」

前に抱かれてからすこし経っているので、挿入は苦しい。苦しいから、竜起の性器をよりリアルに感じる。思い描くよりずっとどんどん硬直し、かわいそうなほど張り詰めている。それを自分の身体に収める行為が、いとしくて仕方がなかった。

「あ——ああ……」

「大丈夫？」

「ん」

竜起は深の真ん中に食い込んだ体勢ですこし伸び上がり——拍子に完遂された挿入で深は悶えた——汗とわずかな涙が混ざった眦にくちづける。

「ゆっくりするからね」

「……へいき」

竜起の首に腕を巻きつけ、深はゆるゆるとかぶりを振った。

「うん？」

「ゆっくりちゃうくてええから……も、もっと、つよしても……」

口ごもりながらねだると、とっくに赤い頬がさらに燃え立つようだった。

「まじで？」

「うん」

竜起は一瞬目を丸くし、それから「うーん悩むなー」と軽く眉根を寄せた。

「でも、今は、ゆっくりじっくりしたい気分かも」

「あっ……」

「感じてね」

指より奥まで侵入した性器が、じわじわ抜けていく。それがすっかりいなくなる寸前で粘膜がきゅうっと吸着しようとすると、また同じだけの時間をかけて今度は挿ってくる。

「ああっ！」

内壁が、竜起の形に押し拡げられていくのを、目じゃないところで認識する。自分の身体が自分のものじゃないと思うことのおののきと悦びがゆるやかな波形をつくり、深を遠いどこかへ運んでいこうとする。

「こういう感じ……気持ちいい？」

「うん」

「これ好き？」

「好き……っ」

同じリズムで繰り返されるねっとりとした抜き挿しはちっとも単調じゃなく、その都度新鮮な快感をもたらした。反復かと思われた波は、すこしずつ到達点を高くし、次第にベッドから浮き上がって重力のない場所へと導かれるようだった。後ろは竜起の前後に合わせて収縮を覚え、何度かに一回、タイミングがぴったり合うと頭のてっぺんから爪の先まで、感じていない細胞はひとつとしてないほど気持ちがよかった。

「あ、皆川、あ、も、あかん、いく……」

竜起にしがみついて背をのけ反らせ、射出よりは浸出に近い、喫水線を超えてあふれたような射精を味わう。瞬間のはずの絶頂にすらスローがかかり、深は長く小刻みなけいれんで果てた。

「ああ……」

再び背中をシーツに着地させて竜起を見上げると、先んじて達してしまった申し訳なさで我に返ったが、ごめんというより早く竜起が口を開いた。

「別れ際のさ、コタの顔見た?」

「え?　……さあ」

お疲れ、と言って解散しただけだ、というかなぜこのタイミングでまた小太郎の話なのか。

「奥歯嚙み砕きそうな顔してたじゃん」

「せやったっけ」

「具体的に言うと『こいつらこれから帰ってセックスすんだろーなちくしょう』って顔」

「アホ！」

具体的すぎて逆に想像しづらい、というか、先日の本人の告白を思い出し、一気に羞恥(しゅうち)のメーターが上がる。

「ん？　どしたの、顔真っ赤」

「お前がへんなこと言うからやろ！」

「いやーそれだけじゃないっしょ。え、まさかまだ隠しごとしてんの？」

「か、隠しごというほどのもんちゃう」

「じゃあ教えて？」

と、竜起は目だけが笑っていない顔で言った。

「えー……」

自分の恥、というより小太郎の恥かもしれないが、だからこそ言いづらい。しかし「今ならまだ許す」という寛容な警告に負けた。

「恵が、前に、皆川と俺が……そ、そーゆーことしてる夢、見たんやって……そんだけ」

「ほうほう」

今度は心底楽しげに覗き込んでくる。

「そーゆーことって？」

「分かるやろ！」

「どんなプレイでどこまでしてたって？」

「詳細に聞いてへんわ」

「で、エロい夢見て、コタは興奮したって？」

「……知らんけど！」

その拙い（つたな）とぼけ方は、肯定（こうてい）でしかなかった。

「まじかー。あいつ、性癖までこじれちゃってんね」

「本人には黙っといてや」

「どうしよっかなー」

「あかんて」

両手で頰を挟む。

「かわいそうやろ」

真剣に訴えたのだが、竜起は「全然」と取り合わず、今度は目だけで笑って深を見つめた。

ライトを絞（しぼ）った暗がりでも、内部電源を搭載（とうさい）しているように、竜起の目は明るい。

「強くしてほしいんだっけ？」

「え——あっ！」

突然、ぐいっと性器をねじ込まれ、まだ余韻（よいん）の浅瀬にいた肉体が新しい波に巻かれる。今度はもっと激しい、嵐のような。

「やぁ……いやや、あかん、今っ……」

さっきとはまるで別人の、容赦ない律動で竜起は深を翻弄した。交合部の誘引も吸着も振り切ってただひたすらに突き入れ、暴き、蹂躙する。

「ああっ、あ、あ、みな、がわ……あぁ——」

「俺は、死んでもあいつに同情なんかしねーから」

持ち上げた両膝が胸につくほど折り曲げ、性交の接点をあられもなくさらして竜起は言い切る。

「推しの好きな子略奪しようなんて、ファン失格」

「あっ、あ、やや、あっ」

「だから、なっちゃんは許すけどあいつは駄目。……逆に喜ぶかもだけど」

というわけで、と角度を変えて喘ぐ口に抉り込んでくる、ぎりぎりまで研ぎ澄まされた雄の欲望。

「ああっ……！」

「なっちゃんも、俺の前でかわいそうとか言うの禁止。分かった？」

「わ、かった、から——や、ストップ」

「だめ」

「あ、んっ、やや、ぁ」

なすべなく揺さぶられ、過ぎる性感をとにかく何かのかたちで外に逃がしたいのか、勝手に涙がこぼれてくる。おとなげない、と思う。何をそんな必死になって、とも思う。らしくない。でも、このらしくなさは、深のせいだと竜起は言うだろう。だから嬉しい。

「ああ、あ、あ……っ」

「は……」

竜起の汗がぽたぽた落ち、もはや獰猛としか言いようのない息遣いも降ってくる。いやらしい音を立てながら深を犯す性器、膝の裏にきつく食い込む指、全部自分のものだと思うとたまらなく興奮した。前後に打ちつける挿入はどんどん速く強くなり、もうこれ以上は無理、というところで静止と弛緩を迎える。

「や、あかん、あかん――」

「あ、なっちゃん……っ」

深のなかで熱く弾けてしまうと、竜起は脚を離して覆いかぶさってきた。汗まみれの身体をぎゅっと受け止めると、深は「そのままでおって」とささやいた。

「まだ……抜かんといて」

歯の生えかけた動物の子どもがするみたいに竜起の耳をあちこちかじったり、頬やこめかみにキスを繰り返した。深からスキンシップするのは珍しいが、今はむしょうにそうしたかった。

「皆川、好き」

「うん、もっと言って」

「好き……——っん、こら」

「うん?」

「『そのまま』言うてんけど」

つながったままのところに、また不穏な膨張を感じる。

「無理だって」

「自分、我慢する気ないやろ?」

「当たり前じゃん」

「ちょお……やっ!」

竜起は強引に身体を離すと、引き抜かれた刺激でぶるりと竦んだ身体を裏返し、腰を抱えて背後から押し入ってきた。

「ああっ……!」

残らず味わい尽くし、尽くされたはずなのに、違うかたちの交わりに飽かず肌が波立つ。

「やや、もぉ……」

「うそ、さっきよりきつく絞ってくるぐらいだけど?」

もう、すっかり硬直して反り返った先端が今度は背中側の内壁をごりごりと擦る。

「あっ……あぁ、んんっ……」

そして根元まで嵌めた昂ぶりで、とろける発情を攪拌しながら深の背中に重なり、前に回した手で乳首を弄り回した。ぴんと立ったままの尖りにもたらされる快感は、さっきよりずっと濃密に熟れている。

「やっ！」

「コタにキスされたのって、どのへん？」

「そんなん、忘れたっ……」

「ふーん、いいけど、ほんとでも嘘でも。全部上書きすっから」

汗で張りついた髪の毛を鼻先でかき分け、竜起の唇がくまなくうなじを吸い上げていく。もちろん密着した下肢は、絶え間ない抽挿で揺れている。

「んっ！」

唇はやわらかいのに、針で突かれたような痛みがところどころに走る。痕をつけられた。

「髪で隠れるかな？　でも、しばらくタートルネックのほうがいいかも」

「あほ……っ」

「気持ちは分かるんだけどね、おいしそうだし」

そんなところで気が合ってどうする。竜起は肩口や肩甲骨にもくちづけると、身体を起こしてまた一心に挿入を貪る。深は枕を抱きしめて喘ぐしかできなくなった。

「あっ、や、あっ、あ――」

内腑(ないふ)は勝手にうごめいて性器を求め、啜(すす)る。射精とは違う、でも身体の中で繰り返し何かが弾けて、小刻みに続く下腹部のけいれんを止められないでいた。

「ああ、あ……っ、あ、あ――」

「んっ……」

とめどのない収縮に竜起が射精で楔(くさび)を打ち、ようやく同時に果てることができた。

翌朝、テレビをつけると、ちょうどきのうの逮捕劇が流れていた。

「あ、ほらほら、やってんで」

「ほんとだー」

「恵、いつ頃ニューヨーク行くんやろ」

「さー、年内かもね」

「ふーん」

「おい、寂しい顔すんなよ」

朝ごはんの冷凍鍋焼きうどんを食べながら、竜起が抗議する。

「いや普通には寂しいし……皆川かってそうやろ?」

「ぜーんぜん。どうせ何年かしたら戻ってくんだし。あ、でも出発前に野球できそうにないのは心残りかなー」

「背番号、結局何にしたんやっけ」

「小太郎だから56、俺の独断で」

「ゴローやん」

「いーの、細かいことは。なっちゃんも野球する？　ユニ作る？」

「ええわ」

その代わり、小太郎が戻ってきて野球の試合に参加できる日が来たら、カメラを持って見に行こうと思う。需要のあるなしじゃなくて、深にとって大切なものがきっとたくさん撮れる。

「ごちそーさま！」

竜起がごくごく水を飲み、空になったコップをテーブルに置く。朝の陽射しがガラスを透かしてテーブルに光を落とし、その中でうらうらと、竜起の虹彩と同じ色が揺れている。

departure

デパーチャー

海に向かって叫んだ。バカみたい、むしろそのものでしかなかったが、すっきりした。すこーんというかすかーんというか、ぱんぱんの自分から空気が抜けていった感じ。いや、抜けたのは「底」かもしれない。皆川竜起(みながわたつき)という名の底。調子が落ちている時は間近に迫(せま)り、浮上すれば振り返って距離を確かめずにはいられない。小太郎(こたろう)の底であり、土台。

それを取っ払ったら、ただどこまでも続く空があるばかりで、どうしようと果てしなく迷子になった気がした。

これから、どうやって、どんなふうに生きていけばいいんだろう。大げさに言えばそんな気持ちだった。

「来週の木曜日のオンエア終わりでコタの送別会すんだけど、お前も来る？」

その誘いに、小太郎は自分の頭を指差し真剣に尋ねた。

「お前はバカか？」

「何で」

「俺の、送別会だよな」

「うん。俺んちで、まあ五、六人ぐらいで小規模に」

「そんなら俺がマストでファーストだろうが！　何だその『来れたらでいい』的な言い方は！」

文句はまだある。

「しかも来週の木曜ってド平日だよな、オンエア終わりってことは金曜の未明にかけてで、俺は金曜夕方の便で出発するんだけど？」

「ちょうどいいじゃん」

竜起は悪びれもせず（こいつが悪びれるところなんて見たことがない）言った。

「スーツケース持って会社来て、俺んちからそのまま空港行けば。家庭内での送別会はすませてこいよ」

「勝手なことばっか言うな！　ちょっとはこっちの都合も考えろよ！」

「ごめんな恵」

竜起に食ってかかっていると、深が両手を合わせつつ話に入ってきた。

「何せ急やったから、日程の調整とかいろいろあって……他の皆来れる日が木曜やねん。どうかな？　無理そう？」

「万難を排して行きます」

「何だよ空いてんじゃん」

「てめーは黙ってろ！」

「ほな来週、よろしくな」

ほっとしたように笑う深から、寂しさのかけらも見えない。まあ、そうだよな、そうなんだよな、分かってるけど、分かっちゃいるんだけど。短期間で好きになった相手だから、またすぐ諦めもつく、というわけではないらしかった。すっぱり振られて納得はして、恨みもないけど、胸の痛みは残っている。ニューヨーク支局からは、年明けの渡米でいいよと言われたのを、ビザが下り次第行かせてくださいと望んだのは自分のほうなのに、いざその日が近づくと後悔が込み上げてくる。

何と言われようと引き下がらなければよかったのかも。いや、敗北を明言してはいないはずだが、深の中ではすっかり「解決ずみの話」になっているらしいのが、めちゃくちゃ悔しい。なのに顔を見たらかわいいし声を聞いてもかわいいしすこしでも焼きつけておきたくてこっそり目で追えば自動的にあいつがフレームイン、でもあいつといる時の名和田さんがいちばんかわいい。つらすぎんだろ。

深が聞いたら「そんなんただの刷り込みやで」とか言うだろう。でも知り合って、仕事を教わって、すぐに深を「安心できる人」だと思った。皆川に目がくらんで、と言えばものすごく語弊があるのだが、頭に血が昇った状態で旭テレビのサイトを見たら中途採用募集のお知らせがあり、勢いのままエントリーしたらとんとん拍子に選考が進んで採用に至った。それまでの仕事に不満があったわけじゃないし、ブランクのある日本でいきなり異業種でやっていけるのかという不安は当然あった。でも初日から深は親身で、褒める場面でも叱る場面でも真剣に接してくれたので、地に足を着けて働く感覚を得られた。何かがうまくできた時、できなかった時、すぐ深に報告したかった。もちろん、純粋な尊敬や感謝の念に過ぎないはずだった。深が、唇に指を当てるのを見た瞬間、あ、やわらかそうと思い、とっさに視線を逸らした。明らかにやましいたぐいの感情だったからだ。編集室の狭苦しさを急に意識して呼吸が浅くなり、目を閉じたって存在を感じるほど近くにいるのが、秘密の罪みたいに思えた。

だったら名和田さんは共犯か、と考えるとますます心臓が落ち着かなくなった（それからNGワードを持ち出され、別の意味で心臓が飛び出そうになったが）。

今まで、男をそんなふうに意識した経験はなかったのに。ひょっとすると、あの時すでに名和田深が皆川竜起の「特別」だと、自分の中のどこかがアラートを鳴らしていたのかもしれない。忌々しい。竜起を好きな深を好きになった、それはそのとおりだ。そして、深を好きな竜起はいっそう憎たらしい。永遠に「憎い」には変わらないのがまた、忌々しかった。

俺は確かに、いろいろとこじらせている。苦しかった。でも、こじれていたものがほどけてまっすぐになってばらばらになってちりぢりになった後、何も残らないかもしれないと思うと、怖い。

「ザ・ニュース」での最後の出勤日、スーツケースを転がしてスタッフルームに入ると、深が近づいてきて荷物を引き取った。

「これ、あっちに置いとくな。カバーかけとくで」

「雨降ってないすよ」

「でも、誰に汚されるか分かれへんし、な？」

ああ、優しい、そしてきょうもかわいい。今夜を最後に会えなくなるとか、嘘だろ。荷物全部取り出して名和田さん詰めて持ってったら駄目かな……駄目に決まっている妄想に耽っていると背後から後頭部を叩かれた。こんな無礼を働くバカはひとりしかいない。なので、振り返りざま遠慮なく怒鳴りつける。

「いってーな！　何だよ!!」

案の定竜起だった。

「いや、今、むしょうにコタを殴っとかなきゃいけない気がして」

「理不尽すぎんだろ!!」

口に出したならまだしも、思うだけでも許さないなんて、心が狭い。全部持ってるくせに。

「ほら、あんまじゃれてんと、スポーツ班が呼んどったで」

「はーい」

白々しくよい子のお返事をして、小太郎には「最後だからミスんなよ？」なんて釘を刺してくる。ドヤ顔でしゃべっている真っ最中に、キューボタンを押してCMに突入できたらどんなにか胸がすくだろう。しかしそんな暴挙に出られるはずもなく、小太郎にとっての最終オンエアはスムーズに進行し、放送後には簡単なあいさつで演者とスタッフ一同に別れを告げた。短い期間だったこともあり、呆気ない最後だった。まあこんなもんだろ、と思う。

それから、タクシーに分乗して竜起の家に行くと、会社の近くで買っておいた惣菜やコンビニで仕入れたつまみを広げてささやかな送別会が始まる。

「ほらほら、竜起くんがいつも使ってるベッドだよ、コタくん、思い出にごろごろしとけば？」

「そーゆーイジり、ほんとやめて下さい」

ベッド、ああ使ってるんだろうな、ひとりじゃない時にも。あまり意識すると奥歯を嚙み割ってしまいそうだ。

「竜起、お餞別は？　この家のもん、記念にやれよ」

「え〜？　んーそうだな……はいっ、二十四時間テレビのＴシャツ」

「いらねーよ！　てか何で持ってんだ」

「民放アナ合同飲み会でもらった。じゃあこれ、本とかどう？　『オシムの言葉』、今なら竜起の言葉も書き込んで大サービス」

「オシムに謝れ」

湿っぽさのかけらもなく飲み会は始まり、一時間ほど経った頃、深が「ほな、そろそろ始めよか」と言った。

「おっ」

「例のやつ？」

「電気消して消して」

「何すか、例のやつって」

小太郎の疑問には答えず、深はかばんから一枚のＤＶＤを取り出し、デッキに挿し込んだ。短いロード時間の後、画面には竜起の姿が映る。スーツを着てマイクを持っていた。

——えー、わたくしきょうはこちらに来ております。

バストショットから、竜起が指差す方向へとカメラが動き、あまりにも見慣れた一戸建てを捉える。

「え……おいっ！」

当然、画面外からの突っ込みなど届かない。

——なかなか立派なお宅ですねー。ちょっと表札を拝見……「恵」……そうです、ここは小太郎くんのご実家でーす！　いやーこんな豪邸に住んじゃって生意気ですね〜。

何で俺んちの前でロケしてんの？　驚いているのは自分だけで、他のメンバーはただ楽しそうに見ている。

——さっそくまいりましょう。

竜起がためらわずインターホンを押すと、紛れもなく母親の声で「はい」と応答があった。

——あ、こんにちはー。「突撃！　となりの晩ごはん」ですが。

——あの、まだお買い物にも行ってないんですけど、どうしましょう。

——おかーさんなかなか天然ですねー。旭テレビの皆川です。一応アポ取っておいたんですけど。

——あ、そうでした！　はいはいどうぞ。

竜起が玄関に入ると、知らない間に飼い始めていたゴールデンレトリバーが駆け寄ってきて尻尾を振りまくる。若干いらっとした。

——何ていう名前ですか？

——太郎です。

——太郎！　人間が小太郎なのに!?

「大きなお世話だ！」

皆がげらげら笑う。それにしても、本当にいつ撮影したのか、リビングに姉や父まで呼ばれたからには土日だったのだろう。おい、アルバムとか見せてもらって「あ、これ僕です」とか盛り上がってんじゃねーよ。息子不在でひとしきり和気藹々としてから、竜起が「では」と切り出した。

——日本に戻ってきたばかりで、またアメリカに赴任することになった小太郎くんに、面と向かって言いにくいメッセージなどを……。

——そうですね、えー……。

父が緊張した面持ちで咳払いをする。いや大丈夫、テレビで放送されるわけじゃないから。

——小太郎。お前はいきなりアメリカの大学に行くと言い出したり、かと思えば転職してこっちに帰ると言い出したり、正直何を考えているのかよく分からない。でも、職場の方がこうしてお前のためにわざわざ足を運んで下さっているのだから、きっとまじめに働いているんだろう。お父さんたちは安心しました。周囲の人への感謝を忘れず、身体にだけは気をつけて、またアメリカで頑張ってきなさい。家族は皆、応援しています。

「小太郎くん行ってらっしゃい」のテロップが出て、短いＶＴＲは終了した。リビングがささやかな拍手で包まれる。小太郎は恐縮しつつ頭を下げた。

「や、あの……ありがとうございます、こんなにしていただいて」

たった数分の映像をつくるのに何時間もの手間がかかると、もう知っている。だから、こんなにしてくれなくてもいいのに、と思いそうになるけれど、そうじゃない。こんなにしてくれた気持ちに応えなければならない。たとえ遠く離れてしまっても。

ＰＳ４をしたりＵＮＯをしたり、そのうちうたた寝をして、はっと気づくと深がいなかった。しかし、ブラインドが上がっていたので、すぐベランダに後ろ姿を見つけることができた。雑魚寝の面々を起こさないようそっと立ち上がる。ベッドやらソファやら床の上でめいめいが転がっているさまは、オイルサーディンの中身をこぼしたようだった。

「名和田さん」

外に出ると、空気は夜のうちに洗い晒されたように澄んで、底のない青で世界を覆っている。東の方角はかすかに白み、夜と朝の境目でかすかに星が瞬いている。

「目ぇ覚めてもた？」

「はい」

ベランダにあるサンダルを拝借して、深の隣に立つ。

「Ｖ、ありがとうございました。つないだの、名和田さんですよね」

「何で」

「テロップの色味とか、Ｍのセンスが名和田さんだなと思って」

希望的観測、ではないと思う。深はうんともううんとも言わず、笑っていた。手すりに寄りかかり、同じ夜明けを眺める。今でも好きですと言えば、この束の間の儚い空気はこわれてしまうのだろう。だから、黙って傍にいるしかない。

「辞めへんで、よかった」

深が口を開く。

「え？」

「燃え尽き症候群いうんか、もうええわ、みたいに思うんちゃうかな、てちょっと心配やってん」

「そういう気持ちがゼロだったわけじゃないんですけど……」

見るものすべてに、うっすらと青いフィルターがかかっている。でも、これが取り払われた朝だって、きっと美しい。

「この仕事、好きになるって約束したでしょ。だから、それまで辞めません」

「好きになった後は？」

「辞められないですよね、好きになっちゃったんだから」

「ははは」

これからどうしよう、と思っている。途方に暮れていて、でもひとつだけ、深と交わした約束が底のない空に光っている。遠くにいるおかげで、星が消えても光は残る。深が小太郎を忘れても、小太郎がこの恋を忘れても、心と心の約束は消えない。これだけは、竜起になくて小太郎にあるもの。

新しく求めるのは、底なのか天井なのか壁なのか柱なのか。迷いながら、それでも小太郎は歩くだろう。

そのまま、皆を起こさないよう空港に向かうことにした。

「まだ早いやろ」

「空港のカプセルホテルで仮眠します」

「そっか、気ぃつけてな」

深はマンションの前までついてくると、小太郎のコートの袖を引いて立ち止まらせた。

「これ、回収しとくわ」

スーツケースのカバーを取り外した時、小太郎はもう一度驚かされた。

「何すかこれ」

「演出」

シルバーグレーのスーツケースのそこかしこに、白いペンでびっしり寄せ書きがしてあった。行ってらっしゃい、元気でね、記者リポ期待……おそらく、きのうのうちに代わる代わる、こっそり書き込んでくれたのだろう。ちっとも気づかなかった。

「超目立ちますよ」

「荷物受け取る時、すぐ分かるやろ?」

こんなの、空港やカーゴで雑に扱われているうちにすぐ消えてしまう。だから小太郎はしゃがんでじっと見つめた。撮影して残さなくてもいい。誰かが、自分のためにしてくれた、それを覚えていられれば。「頑張れ」という深の言葉、「観光案内よろしく」という竜起の言葉。しねーよバカ、とつぶやく。

しゃがみ込んだままふと見上げた空は、さっきより遠いはずなのに、すぐそこに感じられた。そして、いつの間にかベランダには竜起がいて、手を振っている。表情はよく分からないが、きっと笑っているのだろう。

邪魔できない距離だから、このまま深を抱き寄せてキスでもしてやろうか、なんて考えてみる。でも考えただけだった。

「ありがとうございました。……行ってきます」

「うん、行ってらっしゃい」

スーツケースを引いて歩き出した。夜明けの途上の街に、車輪の音が響く。小太郎は振り返らない。これっきりの別れじゃないから。今は、この空の下を進んで行く。

秘密と虹彩

Himitsu
to
Kousai

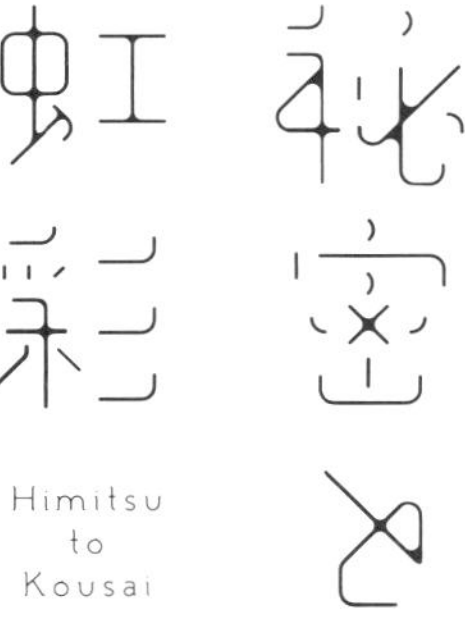

「なっちゃん、来月の第二週の土日って空いてる?」

「来月……うん、今んとこ何もないはず」

暦のふしぎで、来年の一月、と思うと、すごく未来の気がするが、まる一ヵ月も離れていない。新年会か何かするつもりなんかな、といたって気軽に深は答えた。

「そっかー、よかった。じゃあさ俺と一緒に大阪行こうよ! 月曜の午前中に帰ってくる日程で、最悪日曜からの一泊でもいいから」

「えっ?」

また、唐突な旅の誘いだ。

「何で? USJでも行きたいん? 寒いし、三連休でめっちゃ混んでると思うで」

「あれ、地元の人は『ユニバ』って言うんじゃないの」

「そんな浸透してるかな。もっと若い子らちゃう」

「まあいいや。USJも行けたら嬉しいけど、本命の用事は大阪じゃなくて」

「大阪言うたやん」

「なっちゃんの実家に泊めてもらうって意味での大阪」

「いやそんなん勝手に決められても。本命の用事って?」

「兵庫の西之宮神社」

と竜起は言った。その地名と、一月第二週という日付で、用事の内容はすぐ分かった。

「……もしかして、『富久男選び』？」

「そう」

えびすさま、関西風に言うなら「えべっさん」を祀るその神社では、毎年成人の日に開門神事が行われる。えびすさまの原型は、古事記に出てくる「蛭子神」だと言われているが、この神は足が悪かった。なので、男たちが神を楽しませるべく自慢の俊足を披露する成人の儀式として始まったのが、神社の表大門から境内を駆け抜ける「走り参り」だった。一等賞には、えびすさまをもっとも喜ばせた人間として、富と長寿を約束された「富久男」の称号が与えられる。ざっくりまとめてしまうとただの「パワスポ縁起担ぎ徒競走」だが、新成人でなくとも参加でき、全国ネットで生中継も入るし、成人の日の話題として富久男は一日中どこかしらで目にする。

それに、竜起が出るという。うん、いかにも好きそう。

「出ようと思ってるうちに俺も結構いい年になっちゃったからさー、早くしないと脚力が衰えちゃう」

「もうじゅうぶん『富久男』やと思うけど」

敢えて歓心を買いに行かずとも、すでに神に愛されている人生というか。

「じゃあそんな俺が一番獲ったら『富久男』の御利益があらためて証明されるわけじゃん？神さまも喜ぶよ」

「え、そう……？　逆転の発想……？　ありなんかなそれ」

「なっちゃんも一緒に走るー？」

「絶対無理」

テレビで見ているだけでも、駆けっこの範疇に収まらないガチ感はしばしば伝わってくる。のこのこ加わったところで吹っ飛ばされるか踏まれるかの予感しかない。しかし竜起がやってみたがるのはよーく分かるので、ぜひチャレンジすればいいと思うが。

「設楽さんとか、アナ部にちゃんと言うてる？」

「予定あるから仕事入れないでくださいって言ってるよ」

「いや、もっと詳しく伝えといたほうがええんちゃうかな」

「えーそう？　じゃあ一応設楽さんに言っとこ」

大々的に取り上げられる催しだから旭テレビはもちろん、よそさまのテレビカメラにフレームインしてしまう可能性があり、それがOKかNGか深には分からないが、竜起はあまりふかく考えていなさそうだった。

「野球観に行った時客席で映り込んじゃうようなもんでしょ、不可抗力」

「せやったらええけど」

という会話の半日後、スタッフルームに出勤すると、竜起の後ろ姿と、その前で腕組みしている設楽が見えた。表情からはうっすらとした困惑が透けていたので、深はそっと近づく。

「……竜起」

「はい？」

「そういうことはね、まず大人の人に相談しなさい」

「いやいや、俺自身いい大人ですし」

「いい大人は新幹線に乗ってうきうき駆けっこしに行ったりしないんだよ」

どうやら、例の件をちゃんと申告したようだ。

「駆けっこじゃないですよ、神事！　え、まさか駄目とか言いませんよね？　だってそんなの就業規則に書いてないし」

「当たり前だ。俺がどうかなって思ってるのは、他局のカメラにがっつり入るような事態になったら」

「駄目なんですか？」

つい、口を挟んでしまった。

「うーん、広い画撮(え)った時、背景の一部として映り込んじゃうのはしょうがないけど、開門神事って、三位の三番富久ぐらいまでは顔と名前がばっちり出るから……」

「でも、出走位置(しゅっそう)ってくじ引きですよね。めっちゃ後ろからのスタートやったら、背景にもなられへん可能性が」

というか、その確率が断然高いに決まっているのだが、竜起は勢いよく深に向き直り、

「なっちゃんそんなこと思ってたの⁉」と質した。

「え、うん」

「いやいやいや！　俺はまじてっぺん獲る気満々だけど？」

「この、根拠のない自信が現実になるかもって思わせるのがこいつの怖いとこだよね」

設楽が言った。

「怖くないでしょ、頼もしいって言ってくださいよ」

「時と場合によるかな。とにかく、開門神事の件はちょっと保留。こっちで調整させて」

「え～!!」

「この話はいったんおしまい、ほらほら、いい大人なんだからまずは目の前の仕事をしなさい」

とあしらわれて、竜起はしばらくすねていたが、切り替えの早い性格なのですぐにけろっとしていた。もし最終的にＮＧでも、当日テレビの前で「あ～出たかったな～！」とごろごろする程度の悔しがりように違いない。

そこまで想像して、深は半ば終わった話のつもりでいたので、数日後に設楽から呼ばれて
「開門神事、行ってくれる？」と打診された時は驚いた。

「え、ロケすか？」

「うん。中継と。関西旭が生で流すっていうから、そこに乗っからせてもらうかたちに」

開門神事が行われる朝の時間帯、系列の関西旭テレビでは独自制作のローカル番組を流して

いるのだが、神事の一部始終を、関西旭のクルーの協力のもと生中継し、回線をお借りして関東エリアでも同じ映像を見られるようにする。つまり、一時的に関西発の全国ネットになり、これなら「ザ・ニュース」から出す人手と機材は最小限ですむ。

「で、うちでは、せっかく竜起がやる気満々だし、あいつの引きと運動神経に賭けて『皆川アナが挑戦！』って体でVつくって流そうかなと。神事から半日以上経ってるから、何か要素くっつけないとつまんないでしょ」

事前取材と当日の映像をドッキングさせて夜のニュースでお届けする、深はその撮影・編集&中継班に参加……それは全然構わないが、問題は竜起の「引き」だ。

「言うて撮れ高ゼロの、話にならへん結果やったらどうします？」

これがマラソンなら、仮にビリでも「頑張った場面」は撮れるが、短距離走で影も形も見えなかったとなると、肩すかしもいいところだ。

「その時はもう、フラッシュニュースで中継のリピートだけ流して触れずにさらっと終了かなー。前撮りが日の目見るかどうかは竜起次第ってことで、プレッシャーかけといてね」

「いやー……」

プライベートのはずが、やたら大がかりな話になってしまい、しかも一発勝負の生中継か……と深は早くも緊張してきたが、オンエア後、竜起と話すと「交通費浮いたね」と無邪気に喜んでいた。

「重圧とか感じてへんの」

「ロケくっつけられたら多少はめんどくさいけど、なっちゃんも一緒だし。あ、実家へのお泊まりはまた別の機会に！　あれ、何かテンションひくくね？」

「ハイではない」

主役は竜起、それは変わらないが、傍観者から一転当事者になってしまって、すくなくとも旅行気分は吹っ飛んだ。

「いろいろ段取りせなあかんし、面識ない関西旭の人らと中継やし、こっちがきりきりするわ。……ん？　そういうたら中継のリポートって誰がすんねやろ」

それも、関西旭のアナウンサーだろうか。ベテランすぎず新人すぎずほどよい感じの人やったらええな、と勝手な希望を抱く。

「え、なっちゃん設楽さんから聞いてない？」

「ばたばたしてはる時間帯やったから、あんま詳しくは」

「あ、噂をすれば」

「ん？」

竜起が深の肩越しに視線を移したので、つられて振り返ると、計が歩み寄ってくるところだった。

「お疲れさまです。皆川くんと名和田くん、来月よろしくお願いします」

「あっ、先輩、こちらこそおなしゃーす！」

「えっ？」

竜起は元気いっぱい手を挙げたが、深は戸惑い、竜起と計を交互に見る。

「名和田くんまだ知らなかった？　富久男の中継リポ、僕がやることになったから」

「……まじすか？」

予想外のキャスティングに呆然としかけたが、慌てて「よろしくお願いします！」と頭を下げた。

「せ、精いっぱい、粗相(そそう)のないよう努(つと)めますんで……」

「頼りにしてます。じゃ、詳しい打ち合わせなんかはまたそのうちに」

計はやわらかい微笑を残してさらっと立ち去り、その背中がじゅうぶんに遠ざかってから深はほうっとため息をついた。

「国江田(くにえだ)さんて、嘘やろ……祝日の早朝から、何でそんな豪華なん」

「あー、関西旭のおねだりらしいよ？　人と機材と回線提供するんだからエース出してくれって」

エース、だけどテレビ局社員のアナウンサーには特別なギャラが発生するわけでなく、おそらく休日出勤プラス深夜手当くらいで、非常にコスパもいい。

「今から緊張してきたわ」

「何でー？　大げさだなー。毎日一緒に仕事してんじゃん」

「ロケ初めてやし、しかもそれが中継とか……」

「だーいじょうぶだよ、国江田さんならもし何かあってもうまくカバーしてくれるし」

そういう相手だからこそ、尚のこと「何か」があってはならないと思うのだが、竜起はいたって気楽そうだった。

「自分な、元々は個人的なイベントのために大先輩駆り出してひやひやせーへんの」

「大先輩って、二個しか離れてねーじゃん」

「そーゆー意味の『大』とちゃうくて」

「個人的なイベントをおっきい話にしちゃったのは局のほうだしさー」

「国江田さんに出張までさして、カメラに映りもせんようなしょっぱいオチは許されへんで！」

「見せ場つくんのはディレクターの仕事でしょ～。だいじょーぶ、何とかなるなる！」

この鉄壁の楽観、うらやましいようなそうでないような。

急きょ決まった富久男チャレンジ企画のリサーチなどを突貫でしなければならない、と深があたふたしているので、竜起は竜起なりの準備をしようと思った。具体的には、にこやかにご挨拶してくれたものの、内心はらわた煮えくりかえってマグマ状態に違いない大先輩のおうちにお邪魔し、その彼氏に「泊まりでお借りします」と事前報告をしておくことだ。この業界、一に段取り二に段取り、三、四も段取り五に演出、だからね。

「え？　富久男選び出んの？　相変わらず人生楽しんでんなー」

「それが俺の生きる上でのテーマなんで」

「んなこたどーでもいいから俺に迷惑かけんな!!」

自分のテリトリーに入った瞬間からためらいなく怒りを噴出させまくる大先輩をよそに、彼氏の都築潮は竜起のぶんもチャウダーをよそって出してくれた。温かな器からまろやかなスープをひとさじすくうと、あさりのほかにちいさく切ったじゃがいもやにんじん、たまねぎにブロッコリーもごろごろ出てくる。穏やかに白い水面下にいろんなものが隠れてるのは国江田さんっぽい、と竜起は思った。もっともっとこってりどぎついしスパイシーだけど。

「あれってどうやったら参加できんの？」

トースターで軽く焼いたバケットもテーブルに並べ、潮が尋ねる。

「走りたいだけなら当日現地に行くだけっすよ。本気で富久男狙うなら、スタート位置決める整理券が前の晩の十時から先着一五〇〇人で、午前0時に抽選」

「一五〇〇！　そんな来んの？」

「みたいですね。毎年出てる常連も多いですし」

「じゃあ、運がよくて尚かつ足も速くなきゃいけないってことか。皆川、ぴったりじゃん」

「でっしょ〜」

「ちな、百メートル何秒？」

「高校時代だから結構昔ですけど、ベストは11秒2だったかなー」

「まじかすげーな」

「お調子バカをこれ以上調子に乗らせんじゃねーよ」

不機嫌を泥（どろ）のごとく煮詰めた声で計が口を挟む。

「富久男なんて寝言を真に受ける脳筋愚民（のうきんぐみん）の祭典だぞ、その程度のタイムならごろごろしてんだろーが。しかも十年前の記録なんか受験時の偏差値自慢ぐらいあてにならねえ。どうせダンゴの集団にウォーリーより紛（まぎ）れてゴールするだけに決まってる」

「へー、で、国江田さんは何着ぐらいの予定？」

「俺が走るわけねーだろうが！」

「先輩は中継リポなんすよ」

「じゃあそんなにぶすくれなくてもいいだろ」

「はぁ？」

計は、いっそう声のトーンを落として指を折り始めた。

「年明け早々泊まり出張で一ぶすくれ、真冬の夜中から朝まで拘束（こうそく）で二ぶすくれ、帰ったらそのまま夜仕事で三ぶすくれ、そもこいつ案件で一万ぶすくれ！」

「いきなりインフレしたな」

「先輩、あんまぶすぶす言ってるとほんとにぶすになりますよ」

「うっせーボケ‼」

「そっか、来月か」

潮は急に携帯を取り出し、ひとりでふんふん頷いていたかと思えば「俺も行こっかな」と言った。計の「は？」と竜起の「え？」が重なる。

「ちょうど大阪で打ち合わせ一件入っててさ。日帰りでちゃっと行ってくるつもりだったけど……アゴアシは自分で払うし、手弁当でいいからＡＤさせてくれっつったら、設楽さん何て言うかな？」

「そりゃ、都築さんならオッケーじゃないすか？　そういえば前も北海道ロケ行ってましたもんね。わあ先輩、よかったですね、出張とデートが両立ですよ、これで百万ニッコリぐらいになりましたね」

「なるかっ！　俺は仕事とプライベートを分けたいんだよ！」

「だってたまには都築さんにかっこいいとこ見せとかないと。先輩が真人間（まにんげん）なの、仕事中だけじゃないですか」

「仕事も私生活もちゃらけまくってるやつに言われたくねー‼」

「そんなー、俺だってちゃんとする時には――」

ちゃんとする時にはちゃんとしなくてはならず、深とのことをちゃんとするために計と潮の協力を仰ぐ必要があった。よし、この流れで切り出すか？　どうせ初回で許してもらえるとは思ってないけど、様子見の一ラウンド目ってことで。

「皆川、どした？　いきなり黙って」

「えーと、あの、折り入ってお願いがありまして」

「ん？」

「俺……——この、うまい汁にパスタを投入して食いたいです！」

チャウダーの残った器に両手を添えて言うと、潮は「何だそれ」と苦笑して立ち上がった。

「いいけど。ちょっと待ってろ」

「てめえどんだけ図々しいんだよ!!」

「『それ俺が言おうと思ってたやつ』って顔してんな、国江田さん。てことで二人前……あ、パスタの残りすくねーな。どっちかうどんでいいか？」

「じゃあ先輩、じゃんけんで」

「だーかーら!!　いけ図々しいな、いけいけずうずうずうしいな!!」

と、新しい日本語で責め立てられつついただいたチャウダーうどん（たっぷりのゆずこしょうを入れて）は大変においしかった。そしてすっかり腹が落ち着いてしまうと思考も鈍るらしく、さっきの勢いを取り戻すことはもうできなかったのでおとなしくお暇した。

「さっき、何かほかのこと言いかけてたんじゃねーの?」

エレベーターのない建物は古く、ひと気(け)のない階段を降りていると、放課後みたいな雰囲気だなと思う。でも、竜起はとっくに大人になっていて、計が言ったとおり百メートルを11秒2では走れないけれど、大人としてきちんと向き合っていきたい相手に出会えている。

「ん~……」

計抜きになる見送りのタイミングを待って訊いてくれたのだろう、潮の聡(さと)さと賢明さに感謝しつつ「伝え方とかがなかなか難しいんで」と明言を避けた。

「ふーん、珍しく慎重なんだな」

「俺もお年頃なんで……今、ひとつだけ言えるとしたら、都築さんてまじ心広いなって」

「何で」

「だって国江田さんにちょっかいかけた俺と今でもふつーにつき合ってくれてるじゃないすか」

「今さら」

「最近、いろいろ思うところありまして」

たすたすという足音と、互いの話し声が、下っていく身体とは逆に、響きながら昇っていく。

「ふーん、何か大変そうだな」

「いやあ、それほどでも」

「でも、俺の心の面積は別に関係なくて、お前と交流してんのは、お前が面白くていいやつだからだよ。そんだけ」

「……うわ、今ときめいちゃったよ～！　やっべ！　どきっとした！」

潮はそんなふうに誉めてくれるけれど、こういう人だから国江田さんはやっていけるんだろうなーとしみじみ思った。振られといて正解ですわ、俺。でもきっと、潮はこうも言うだろう。ああいう計だから、俺はやっていけるんだよ、と。

日本の大方の仕事がそうであるように、業界も年末年始は忙しい。編集や台本書きなら正月休み中に消化できるが、取材先にアポを取って日程を調整してロケをして……という段取りは、相手が休みに入るとストップせざるを得ない。企画が舞い込んだのはすでに師走の半ば、中継と放送は一月上旬、だから深はめまぐるしくＶＴＲの企画を練り、あちこちに交渉して何とか年内にいくつかのロケをこなした。体育大学で最新のスポーツ科学を駆使した体力測定と短距離走のトレーニング、スポーツアパレルブランドのばかでかい旗艦店にお邪魔してシューズやウェア選び。集中力向上のため、禅寺での座禅修行体験も予定されていたが、それは年明けに持ち越した。富久男選びの本番で走る距離はたったの二百メートル余り、つまり勝負は三十秒と経たずに決してしまうので、その他の要素で肉づけしてＶに仕上げなければならない。

でも、どんなに慌ただしくとも、特別な時間は別枠で確保する、というか捻出する。

「……何か、身体、変わってへん？」

余分なものすべて脱ぎ捨てた裸体を見上げ、二の腕や胸にぺたぺた触れて言った。ベッドサイドのうす明かりしかなくても、竜起の素肌は健やかな明るさを放って見える。

「え、そう？　ジムとお高いプロテインのおかげかな？　筋肉つけたいわけじゃないから、ウェイトはやってないんだけど。ベルトの位置も変わってないし」

「うん、太ったとか痩せたいうんとちゃうけど」

待っている身体、という感じがした。蓋を開けられて、弾む瞬間を待つばね。鍋肌に気泡をまとって沸騰を待つ水。竜起は本当に、富久男選びを楽しみにしている。それがどんな言葉より表情より、明快な身体。

もうちょっとやからな、とすこしの余剰も停滞もない肩を撫で、「身体が変わった」なんて自分の発言にちょっと恥ずかしくなる。ほんの数ヵ月前まで、誰かとこんなふうに触れ合う自分を想像もできずにいたのに。

「ね、なっちゃん……もう、いい？　ここ――」

「んっ……あ……」

想像も追憶も越えていく指や舌や、発熱。

「そう言うたら、ひとり助っ人出すって、設楽さんが」

「あ、ひょっとして都築さんのこと?」

「うん。何で知ってんの?」

「知り合いだもん。ロケの話したら行きたいっつってたから。設楽さんは何だって?」

「うちのOPつくらはった作家さんで、ロケも別件で一回行って要領知ってるから、新幹線とホテルもうひとりぶん押さえてって」

「あ、自腹で行くようなこと言ってたけど、ちゃんと出してもらえんだ、よかった」

体温の集まりすぎた掛け布団が少々暑く感じられて、つま先だけ外に出すと、すかさず竜起の足が絡んでくる。

「ふーん……」

「あれ、ちょっとブルー入ってる? 何で?」

「アニメーション作家さんやろ? 雑用とかする立場の人ちゃうやん。どう接したらええんか、むつかしい」

元々、深は人を使ったり人に頼ったりするのが不得手で、ひとりでオーバーワークになるのを設楽にも注意される時がある。信用していないわけじゃないが、誰かの予定を狂わせたり負担をかけるくらいなら(そして困った顔やいやな顔をされるくらいなら)、自分が少々やせ我慢するほうが気楽だった。臆病でコミュニケーションべただから、似て非なる分野の、しかも立派なプロを使ってくれと言われても気後れ甚だしい。

「そもそも、何を思ってわざわざ兵庫まで来てくれんの？　芸術的なインスピレーション求めて、とかやったら期待外れになるかもしれへんし……」

「なっちゃん考えすぎ！」

竜起は膝から下をがしっと巻きつけて深と密着し「全然めんどくさい人じゃないから」と笑い飛ばした。

「でも年上やろ？」

「国江田さんとタメ。こき使ったって絶対怒んないし、自分の仕事のついでに覗いてみたいって感じだったけどなー」

「ほなええけど」

知り合う人間誰でも味方につけてしまう竜起の保証は正直あてにならないが、ちょっとだけ安心して身体の力を抜いた。

「あっ、そうだ、大事なこと言い忘れてた。都築さんイケメンだけどよろめかないでね」

「何を言うとんねん……」

年が明け、多忙のアクセルはゆるめられないまま、それでもどうにか準備を整えて出発日を迎えた。午前七時東京駅集合で、深が十五分前に、計が十分前に到着すると、ほぼオンタイムで竜起が誰かと連れ立ってやってきた。

「ちょうどそこで一緒になったんで」

ああ、これが噂の都築……えっと確か、潮さん。緊張しつつ「おはようございます」と頭を下げる。そして名刺入れを取り出して正式な挨拶を交わそうとすると、竜起が「ディレクターのなっちゃんです」と余計な紹介をしてくれた。

「こらっ！」

「おう、よろしく、なっちゃん。都築です」

深は慌てたが、潮は意に介さず笑った。途端、あ、何か「大丈夫な人」や、と一瞬で腑に落ちた。竜起の言葉は正しい。「気を遣わないで」と言いつつ、いざ特別扱いされないと気を悪くするタイプでは絶対にない。笑顔だけでぐっと人を摑んでくるのは竜起だが、潮には逆に、大きく広がって受け止めてくれそうな安心感があった。

そして、寝しなだったせいもあってちっとも真に受けていなかった「イケメン」評も過大じゃなく、ひそかにびびってもいた。ちょっと容姿のいい男女なんか掃いて捨てるほどいて、実際に掃かれたり捨てられたりするところも見てきたから割と免疫のあるつもりだったのだが、こんな男前が裏方仕事なんてもったいない、と思ってしまう。別によろめきはせんけど。

「何番ホーム？」

深が肩から提げていたカメラバッグをいとも自然にさっと引き受け、潮が尋ねる。

「十八番です。切符どうぞ。あの、片道だけでいいって聞いてますけど、ほんまに大丈夫ですか？」

「うん、あした、ロケ終わってから自分の仕事あるから、戻り何時か分かんねーし」

「大変ですね」

「大変はそっちだろ、超撮って出しじゃん。ケツ持ちもなっちゃん？」

「はい」

「え、何すかその暴力団的な用語は」

「VTRの完成まで責任持つ、いう意味」

「へー知らなかった」

のぞみに乗り込み、指定席二人掛けの前後に座る、と、竜起がただちに座席を回転させようとした。

「こら、あかん。遠足ちゃうねんから」

「えー、せっかくなのに」

「あかんて。ただでさえうるさいのに、国江田さんの邪魔になるやろ！」

早々にかばんからぶ厚いハードカバーの本を取り出していた計は「邪魔ってことはないけど」

と穏やかに取りなした。

「ロケスケ結構ハードだし、すこしでも寝ておいたほうがいいんじゃないかな」

「そうそう」

シートを定位置に戻し、発車時刻を迎える。いくらと経たないうちに、今度は潮が背もたれ越しに声をかけてきた。

「お前ら、朝めし食った？」

「ないです、腹減ったっす！」

竜起が元気よく答える。

「なっちゃんは？」

「俺もまだですけど、皆さんのぶん、ワゴン販売で買うつもりで……」

「いや、そんじゃちょうどよかった」

これ、と手渡された紙袋の中にはラップにくるんだおにぎりとゆで卵がごろごろしていた。

「え、こんなんわざわざ作ってきてくれはったんですか？」

「自分のぶんのついでだから。素手では握ってねーけど、市販じゃないおにぎりでも平気？」

「あ、はい、それは、全然……」

驚きと恐縮で深はかしこまるほかなかったのだが、竜起は「なーんだ、都築さんも遠足気分じゃないっすかー」と意に介さない。

「まずお礼を言え！」

ゆで卵にはあらかじめ塩味がつけてあって、景色を見ながら食べるおにぎりはどれもおいしかった。奈良漬け(ならづ)としその混ぜごはん、ごま鮭(ざけ)、しょうがのきいた鶏そぼろ。ほんのりと温かったのが、とてもごちそうだという気がした。新横浜に着くまでにぺろりと平らげた竜起が「都築さん大変です、足りません」と訴える。

「そこまで面倒見きれねーよ、お姉さんから買ってこい」

ちょうど、ひとつ前の車両まで車内販売が来ていたので「お茶かコーヒーいります？」と深は振り返って尋ねた。

「じゃあ俺はコーヒーもらおうかな」

「はい。国江田さんは……」

「僕は結構です」

「ほな、何か飲みたなったらいつでも言うてくださいね。常温の水も持ってきてますし」

「ありがとう」

「なっちゃん俺サンドイッチとアイス食べたい！」

「はいはい……」

竜起はデザートまで堪能(たんのう)し、満腹して満足すると、計に言われたからでもないだろうが、窓に寄りかかって眠り始めた。隣が静かになったのを幸い、ノートパソコンを開いて編集ずみの

ＶＴＲをチェックする。こまごまと手直ししているうち、気づけば新幹線は名古屋を過ぎていた。関ヶ原（せきがはら）のあたりは一面雪で真白く、竜起を起こして教えようかと思ったが、眠りがふかそうなのでやめておく。コーヒーやアイスの空（から）カップをまとめて立ち上がると、後ろの席は通路側が不在だった。窓側の計に「何か捨てるもんあります？」と声をかけると、計は本から軽く顔を上げ、かぶりを振る。

「大丈夫、ありがとう」

本のページは、だいぶ進んでいた。寝ずに読み進めていたのだろう。イヤホンをしていて周囲の音は聞こえなかったが、潮と会話はあったのだろうか。取材やロケを通して面識はあるらしいが、どんな会話をするのかちょっと興味があった。人当たりのええもん同士、和（なご）やかな感じなんかな、と想像してみる。

ごみを捨てにデッキへ出ると、潮がドアの側（そば）に立っていた。

「お、なっちゃん」

「どないしはったんですか？　ひょっとして乗り物酔いですか？　薬ありますよ」

「いやいや」

潮は窓の外を指し「もうすぐ琵琶湖（びわこ）見えるんだよ」と言う。

「え、まじすか」

「うん。米原（まいばら）らへんと、あとは野洲（やす）で……あ、ほらほら」

車窓に額を寄せて覗き込んでいると、ひくくひらけた家並みの向こう、ごく浅い盃に水を充たしたような湖面がきらきらと光っていた。

「あ、ほんまや！」

「な」

見えた、と思った途端遠ざかる、ほんの十秒程度の眺めだったが、「そこにあると知っている」のと「実際目にする」のは全然違う。それは、深がテレビの仕事にやりがいを感じる要素のひとつかもしれなかった。目にしたものを届けられる手段がある、ということ。自分が感じた驚きや喜びを、丸ごとパックできるわけじゃない、というもどかしさも含めて。

束の間の景色を共有したせいか、潮の横顔はさっきまでより近しく感じられ、深は今思った仕事のあれこれなどについてしゃべってみたい、という気持ちに駆られたが、距離感として正しくない、というかあつかましいような気がして控えた。こういう時、あいつやったらすぐ話題にするんやろうな。

「ん、どした？」

もの言いたげな顔をしていたのだろうか、潮が視線を察知して尋ねる。

「あ、え、えーと……国江田さんとは、仲ええんですか？」

これはこれで、不躾だったかもしれない。しかし潮は「それなりに」とさらりと答えた。

「なっちゃんは？」

「えっ……あー、俺は、仕事でしか関わりなくて」

突然質問を振られたので、事実ではあるが殺伐（さつばつ）としたもの言いになってしまい、すぐに自分で「いやっ」と打ち消す。

「こう、そんな、ぎすぎすした意味ではなくてですね、国江田さんは皆に優しいけど、雑談とかするタイプちゃうくて、ぐいぐいしゃべりに行くんは皆川（みながわ）ぐらいのもんで……うーん、仲がええとか悪いとか言うんもおこがましいっていうか」

「ふーん」

深が説明に苦心（くしん）するのを、潮はどこか面白そうに見ていた。

「じゃあ、なっちゃんから見た国江田さんってどんな感じ？」

「常に仕事してはりますね」

「職場で会ってりゃそうだろ」

「でも、ちょっとだらっとする時間とか、無駄話する時間とか、そういう隙がぜんぜん見えへん人って、国江田さんぐらいなんです。オンエアが迫（せま）ってない時はずっと新聞読んだり、調べものしてたり……今もそうです。読んではった本、番組に出てるコメンテーターさんのでした」

「へえ」

「俺、『ザ・ニュース』にきてまだ半年も経ってへんのですけど、こんな非の打ち所ない人おるんやってびっくりしました。……でも」

山と田んぼののどかな広がりが、白く光りすぎて目を細める。景色を切り裂いて進む超特急。

「設楽さんが言うてはりました。『国江田は、愚直なほど努力家』って。だからたぶん『こんな人』ではなくて『こうあろうと決めてめちゃめちゃ頑張ってる人』なんですね。それは『こんな人』よりすごいことやと思います」

「……なるほど」

潮は頷いた。

「もうすぐ京都着くな、そろそろ皆川起こさねーと」

「あ、そうですね」

車両に戻ろうとすると、潮の背中がすぐ立ち止まり「なっちゃん」とつぶやく。

「はい？」

「ありがとうな」

どんな顔をしているのか見えないし、なぜ礼など言われるのかも分からなかった。でも、とても心のこもった言葉だというのは分かった。

「おーい皆川、起きろよ、もう京都だぞ」

「ん〜……おはよーございまーす……京都？　新神戸までまだ時間あるじゃないすか〜」

「新大阪で降りるんだぞ。で、必勝祈願で串カツ食うとこ撮影してから西之宮神社に移動だろ。お前、ロケスケちゃんと読んでるか？」

「あ〜そうでした。いやー寝起きなもんで」

揺るぎなき完ぺきより、このくらい抜けているほうが安心といえば安心なのかもしれない。

駅ナカの店でロケを終え、関西旭の車両で合流して西宮に向かう。全国ネットでの中継は午前六時スタートのレース本番のみだが、ローカル枠ではその前後にも中継が予定されていた。

「中継チャンス四回ももらってええんですか？」

尺は計約十分、おそらく通常のフォーマットからコーナーひとつぶんくらいはちょうだいする計算で、わざわざ新幹線に乗ってきた甲斐があるというものだが、立て続けに生中継を入れるのはなかなか緊張する。

深が尋ねると、関西旭のディレクターは「どうせ数字悪いねん」と返した。

「大したニュースないし……去年一年間で、ワーストやったんが成人の日」

「早朝の番組、冬は厳しいですもんね」

夜明けが遅いと人の活動時間帯も後ろにずれる、しかも祝日となれば、これは制作側の努力だけではどうしようもない。

「そう。せやから、今年はもう好きなことやったろか、て話しとって。でもぱーっとしたロケとか、ゲスト呼ぶとか、金ないしな。旭テレビさんから中継の話もらった時は渡りに舟やってん。へたなタレントさんより、キー局のアナウンサーのほうがレア感あるやろ？　出てる番組をうちで流すんやのうて、うちに出てくれんねやから」

「そうですね」

大阪育ちの深も、西之宮神社に行くのは初めてだった。駅からも阪神高速からもすぐの街中に、甲子園球場と変わらない広大な敷地の森と社が静かに鎮座している。宮司や神社関係者に挨拶と各種打ち合わせ、ロケ場所の下見、と立て続けにこなしていく。

「ここで、皆川アナが走る予定のコースをご紹介したいと思います。スタートはこちらの表大門、またの名を赤門……国の重要文化財にも指定されている立派な朱塗りの正門です。これが両側からゆっくり開いて富久男選びは始まります」

やや早足で歩く計に合わせて深はカメラを構え、後ろ向きに進む。計の背中からの画は、潮のカメラが押さえている。できの悪いアナウンサーなら用意されたプロンプを逐一読み上げるところだが、当然計には必要ない。歩きながら自分の言葉で紹介していく。

「まず、直線で五〇メートルほど、ここで先頭集団が抜け出していきます。しかしその後、急カーブに差しかかります。ここが最初の難所です。足下にご注目下さい。コンクリートから石畳に変わり、たいへん滑りやすくなります。雨だったり、あるいは真冬の早朝の寒さで霜が降りていたりすると、全速力のまま曲がりきるのはたいへん危険です。ここで、えびすさまが参加者を天秤にかける、という意味合いで『天秤カーブ』という異名もついています」

国江田さんのしゃべりってふしぎや、と改めて思う。竜起の声と語りはスポーツアナらしく、現場の臨場感や興奮を増幅させる力があるが、計は、言葉が出てくる側から世界が3Dで立ち上がっていくようだった。映像なしで聞いていても、何なら生まれながらに視力を持たない人間が耳にしても、深が今見ているのとまったく同じ景色を脳裏に描けるのではないか、そんな気がしてくる。くどい説明も大げさな喜怒哀楽の表出もないのに、いともたやすく聞き手に想像させる。持って生まれた才能なのか、愚直な努力によってもたらされた成果のひとつなのか、深には分からない。

「――そして最後の急カーブを曲がった先にある西之宮神社の本殿がゴールです。さあ、およそ二三〇メートルのルートを制し、ここに先陣切って走り込んでくるのはいったい誰なんでしょうか」

「はい、オッケーです」

言うことなしの一発テイク、残るは、竜起が参拝し、おみくじを引くカットの撮影だ。

「あすの勝運を占うべく、おみくじを引きました。結果は……小吉ですね。えーと……」

そこで竜起がぷっと吹き出し、カメラに向かっておみくじを見せる。

「『願望』のところ、『とどのう、しかし色情につき妨起こる』……これ、いったいどういう意味なんでしょう。最終的には一番になれるってことでいいんでしょうか？　しかし、色情って人聞き悪いな……」

ぼやいたところでカットをかけると竜起は「おみくじ撮り直す？」と言った。

「大吉引くまで」

「あかん、やらせや」

「演出でしょ」

「やーらーせ」

取り合わず、クルーに向かって「皆さんひとまずお疲れさまでした」と声をかける。

「次は午後八時半、赤門集合になります。それまで一旦解散ということで、夜、またよろしくお願いします」

ロケ終了を宣言しても、竜起は食い下がる。

「大吉引いたほうが幸先いいじゃん」

「そやって自分でハードル上げんなて」

本音を言えば、深だってちょっとはやり直したかった。だって「色情につき妨」ってピンポイントで不吉すぎないか。

大丈夫やんな、俺、とんでもない失敗したり、せんよな。

神社の周辺にはめぼしい施設がなかったとかで、甲子園に近いホテルがきょうの宿泊先——いや、違うな、ご休憩兼荷物置き場。夜にはまた出発して、翌朝はロケが終わり次第帰京だからぜいたくな使い方だ。

「夕食は各自でお願いします。ホテルのレストランかルームサービスの場合は部屋付けで、外で食べはる場合は領収書もらって下さい」

「了解。じゃあふたりとも、またな」

二対二でツインルームに分かれると深は部屋のデスクで猛然(もうぜん)とパソコンに向かった。

「なっちゃん、仮眠しないの？」

「編集進めとかんと。自分こそ、ちゃんと仮眠しーや」

「その前にごはん食べてこよっかな～……」

「うん、行ってらっしゃい」

深がしっかりとヘッドホンを装着(そうちゃく)するのを確認し、竜起は部屋を出た。チャンスかも。今なら、多少騒いでも聞こえないだろうし。隣の部屋のチャイムを押すと潮がドアを開けた。

「あ、すいません、ちょっとお邪魔してもいいすか？」

「おう、入れよ」

同時に「入ってくんな」という声が部屋の奥から聞こえたが気にしない。

「いやー急いで来てよかった。もう始めてたらどうしようかなって」

「今から上下のじゃんけんするとこだった」

「わお、意外にも二刀流っすか、フレキシブル～」

「黙れ!!」

計がテレビのリモコンをぶん投げてきたが、そこは持ち前の反射神経で何とかキャッチできた。てかあっぶね、確実に顔面狙ってきてたよ。

「おい、備品を乱暴に扱うなよ」

「いや、当たってたら超痛いって方向で抗議してください」

「くだらねえ話するからだろーが！」

しまった、まじめに切り出すつもりだったのに、ついいつものノリが。竜起は気を取り直し、ひとり掛けの足つきソファに座る計のところまで行くと、まずはその前にあるちいさな丸テーブルをどけた。

「……何だよ」

想定外の挙動に出られるのが苦手な先輩は、やや怯んだ。竜起は構わず、足下にがばっと伏せる。

「だから何だよ⁉」

「おねげえがごぜえます‼」

イメージとしてはお代官さまに慈悲を乞う農民くらいにへりくだったつもりだったが、国江田お代官さまは「ふざけてんのか？」とひややかに仰せになった。

「ド真剣です」

「どうしたんだよ、唐突に」

潮が尋ねた。

「話してもいいすか?」

「いいよ」

「じゃあ先輩、『面を上げい』って言って下さい」

「ずっと下げとけ」と計は言った。

「『HUNTER×HUNTER』がまた始まるまで下げとけ」

「いつになるか見当もつかないんですけど!」

まじめに、まじめに、と再度自分に言い聞かせ、平伏から正座に姿勢を変えると「実はですね」といよいよ本題に入った。

「俺、夏ぐらいからなっちゃんとつき合ってるんですけど」

「はあ!?」

ソファの脚がちょっと浮くほど計は驚いていたが、潮はあっさり「あ、そーなの」と受け止めてベッドに座る。

「何となくそんな気はしてた」

「都築さんエスパーですか?」

「いや、撮った画見たらさ、俺が回したやつとなっちゃんが回したやつで、お前のいきいき度が全然違ってたから」

「なるほど〜」

「なるほどじゃねえよ！」

どんだけ近海漁業だ、と計が毒づいた。

「いや沿岸か？　むしろ潮干狩りか？　しかも夏から？　そもそもあの鬼太郎がうちにきたのが夏じゃねーか！」

「恋愛に時間は関係ないと思うんですよね」

「キリッとすんなムカつく、面を下げろ下郎が……ん？　てかその話、これっぽっちも俺に関係ねーだろうが!!　どうでもいい情報を持ち込んでくんじゃねーよ愚民、鬼太郎とゲゲゲの森に帰れ」

「いえいえ、こっからが、先輩と都築さんに関係ある話なんですよ」

「え、俺も？」

「はい」

膝をきちんとそろえ、呼吸を整える。

「まだつき合う前にですね、なっちゃんと話してて、こうお互いの人生などを……そん時、流れで『男の人を好きになったけど振られちゃった』ということを申告しまして」

「てめえまさか流れで俺の名前とか出してねえだろうな!?」

「さっすが鋭いな〜」

「よし殺す、今すぐ殺して鳴尾浜から海に放流してやる」

「いやいや言ってません！　言ってませんて!!」

計の目に本気を感じ、慌てて取り繕う。

「言ってないんですけど、今になってなっちゃんがものすごく気にしてて。俺、元カノの話とかも割とオープンなのに、そこだけ触れてくれるなっていうのは、確かに不自然じゃないですか。ほんとは未だに引きずってんじゃないかみたいな。だから――」

再度、土下座して竜起はようやく口にした。

「先輩と都築さんのこと説明させて下さい」

ふっと沈黙が降りた。おそるおそる上目遣いに計を窺うと、それはとても親身な国江田さん時の笑顔を浮かべていて、そして言った。

「死ね」

「あ、何かすっごいデジャブ……」

「つーかふざけんじゃねえ!!」

計が一瞬で噴火し、立ち上がる。

「何でてめーと鬼太郎のために、俺のプライバシーが侵害されなきゃなんねえんだよ！」

「そこを何とか、このとおり、お願いします！」

「お前の風船みたいな頭がブラジルの皆さんにこんにちはしようが却下に決まってんだろ!!」

「先輩〜！」

「寄るなっ」

「おい、ふたりとも落ち着け」

困った時の都築さん、が仲裁にかかる。

「皆川、別に何もかも説明しなくても、ふんわりした感じで納得してもらえねーの？　なっちゃんだって、どうしても固有名詞まで知りたいってわけじゃないんだろ」

「そうなんですけど、『振られた相手と今も普通にしゃべってて、その人の彼氏も好き』って言っちゃってるんで、明らかにしないことには、俺の周りの全男になっちゃんは疑心暗鬼になるわけで……」

「なるほど」

「それに、なっちゃんに嘘ついたり隠し続けたり、俺がいやなんです。今までみたいな、『つき合っちゃおっか』的な相手とは違うから、ちゃんと話して安心させてやりたいから——先輩、本気で一生のお願いです、認めて下さい！　なっちゃんも絶対他言しませんから！」

「いやだ」

それでも、計の答えはにべもなかった。

「お前の事情なんか知らねーし、やっぱ関係ねーし」

「そんな言い方すんなよ」

潮が注意すると「これ以外の言い方があるか」とそっぽを向いた。

「何の関係もなくたって、皆川がお前を助けてくれたことだってあんだろ？」

「ねーよ、あったとして今の件とも関係ねーし！」

「お前なあ、」

と、さらに何か言いかけた潮は、しかし不意に口を噤んだかと思うと、腕組みしてふかいため息を吐き出した。

「そんなふうにシャットアウトしちゃって、もしなっちゃんが疑心暗鬼こじらせて皆川と危うくなってみろよ、こいつ後先考えずぶっちゃけるかもしんねーぞ」

「え、ちょっと縁起でもないこと言わないで下さいよ！」

「じゃあやっぱ今殺す」

「現実見ろって。ばれるかどうかは皆川の肚ひとつなんだから全ツッパは通用しねーだろ――ってことでだ」

腕をほどき、見えない何かをつぶすように両手をぱんっと合わせる。

「ここはひとつ、えびすさまの采配に任せてみるってのは？」

「どーゆーことっすか？」

「あしたの富久男選びで、皆川が一位になったら皆川のお願いを聞いてやる、二位以下だったら駄目……国江田さんに圧倒的有利だろ？」

「はい、乗ります！」

竜起は勢いよく挙手したが、計は仏頂面に迷いを浮かべて黙っている。

「皆川に一番富久は無理だって、言ってたじゃん。この条件でも不安か？」

潮に追撃されると、ようやく「『一番じゃ駄目なんですか』は通用しねーからな」と渋々応じた。

「そんで二位以下だったら金輪際俺にその話持ちかけてくんじゃねーぞ！　分かったら出てけ!!」

思ってもみない方向に話が転がったが、潮のおかげでチャンスは残された。一階に下り、和洋中といろいろあるらしいレストランのどこに入ろうか吟味していると、後ろから肩を叩かれた。

「あ、都築さん」

「今からめし食うとこ？」

「はい。国江田さんは？」

「部屋でぷんぷんしてる」

「すいません、俺のせいで、ていうかありがとうございました」

「いや」

お高い鉄板焼きの店などもあったが、手短にすませよう、ということでカフェラウンジに入ってカレーを頼んだ。

「皆川が筋通してんのにその態度はねーわって言おうとしたけど、正論言うと逆ギレして意固地になる一方だからな、ああいう持っていき方にした。お前がばらすなんて思ってないから」

「なるほど、さすがの大岡裁き」

「裁くのは俺じゃなくて神さまな」

野菜カレー（潮）とビーフカレー（竜起）が届くと、しばらくお互いに黙々と食べた。皿を空にしてから潮はぽつっと「たぶん、怖いんだよな」とつぶやく。

「え、何がですか」

「なっちゃんだよ。あいつのこと、よく見てる。仕事中は常温の水しか飲まないとか、涼しい顔で結果出すためにめちゃめちゃ頑張ってるとか。下心でも好奇心でもなく、まじめに、仕事として演者の国江田さんを気遣ってんだ。でも国江田さんにとって、自分の内面に近づかれるっていうのは一種の恐怖だからな」

「んー、じゃなっちゃんのこと嫌いなんですかね？」

「そうとも言いきれねーよ。むしろ頑張ってるやつを嫌いになれないから、それも含めての『怖い』」

「ああ、そうすね、案外ちょろいとこありますもんね」

「いやそれはお前が言うな」

「すいません」

そして、各々の部屋の前で解散する時、潮が「なあ」と言った。

「もし、あした一番取れなくても」

「いいんです」

竜起は、言葉の途中で遮った。

「また折を見て説得してやるから……って言ってくれるんでしょ？　ありがとうございます、でもいいんです。約束は約束だから、俺は俺のために絶対一番になる、そうすりゃ全部オッケー、しくった時の保険は考えません」

「そっか」

潮は笑う。

「かっけーな、皆川アナ」

「どきっとしました？」

「したした」

「やったあ」

などとふざけていたら、潮の部屋のドアが内側からどんっと叩かれた。

「ポルターガイストみたいな先輩だな〜」

「それも聞こえてると思うぞ」

「ただいま時刻は午後九時過ぎ。西之宮神社近くのお寺の駐車場に来ています。ご覧下さい、富久男選びの開門時の場所割り抽選に参加する人の列がすでにこんなにできています。たった今、皆川アナウンサーも列に合流したところです。抽選に参加するには、先着一五〇〇人に配られる整理券をもらわなければならないのですが、ざっと目視で数えただけでも、すでに一〇〇〇人以上の方が寒空の下、待機しています。皆川さんは、無事に整理券を受け取ることができるんでしょうか」

レース前の参加者をあまり寄りで撮らないでくれと言われているので、待機列をバックに、すこし離れたところから撮影した。それにしても真冬のこんな時間に、ランニングウェアの男たちが集団で待機している光景は何とも奇妙だった。中には野球部や陸上部のユニフォーム、法被姿も見受けられ、まばらに女の子も混じっていた。もの好きがおるもんやな、とAppleストア前の行列を見た時と同じ気持ちになる。午後十時になるとゆっくりと列は動き出し、竜起からLINEが来るのを待って撮影再開となった。

「午後十一時を回ったところです。たった今、皆川さんから連絡がありました。一三五一番で受付をすませたそうです。結構ぎりぎりでしたね。この受付の際に靴のチェックが行われ、ジョギング用のシューズ以外だと参加を認められない場合もあるそうです。それから、参加承諾書にサインします。同じものを神社からお借りしました。このように、細かい注意事項が書かれています。この後、午前○時の抽選まで、参加者はここで待つことになります。勝手に列を抜けることは認められないので、皆川さんももちろん条件は同じです」

そして、午前○時。整理番号の先頭からくじ引きが始まった。赤門の真ん前、Aブロックから出走できるのが一○八人、その後ろのBブロックに一五○人、後は歩道を挟んでぐっと遠くのCブロックに割り当てられる。上位陣に食い込みたければ、Aの、それもできるだけ若い番号を引き当てなければならない。しかもくじは整理券の番号順に引いていくから、竜起の番が回ってきた時点ですべて「外れ」の確率も高かった。

まだまだかかりそうなので、近くのコインパーキングに停めた車両に戻り、あらためて中継の段取りなど確認して、じっと待つこと一時間。竜起から「くじ引き完了しました」というLINEが入った。

「終わったみたいです」

「お、どうだったって?」

「それが、何も書いてないんです」

「すげえいいか、すげえ悪いかのどっちかかな」

後者だった場合、慰めてやる心の準備もしつつ待機場所まで戻ると、竜起が両手をぶんぶん振っていた。片方の手には割り箸が一本握られ、その先端は赤い。Aブロックのしるしだ。

「やったぜ」

得意げに突き出した棒に書かれた数字は「13」。

「……ラッキーやけど不吉って感じせえへん？」

「んなことないない！　超幸先いい！」

ここでもカメラを回しておきたかったのだが、「注意事項の説明と場所決めを行いますので」と召集がかかり、また戻ってきたのは二時半を過ぎてからだった。

「ねー俺最前だった！　まじついてる、えべっさんが俺に抱かれたがってるとしか思えない」

「そーゆーこと言うとばち当たりそうやからやめーや……」

何でも、場所決めは十二人ずつ一列で区切られるのだが、二列目の希望者がいたため、竜起が繰り上がったらしい。

「そんならお前も二列目でよかったんじゃね？」

潮が疑問を呈した。

「一列目の端より二列目のセンターのほうが有利って戦略だろ？　俺もそっちのが賢い気がするけど」

確かに、重たい赤門は真ん中から開く。両サイドとのタイムラグは結構ありそうだった。しかし竜起は「いいんです」と意に介さない。

「すべて神さまの采配だと思ってるんで、なるがままで」

この迷いのなさ、頼もしく思っていいのかどうか。

「次、四時に赤門集合だって」

「二時間も前？」

「宮司さんの挨拶とかブロックごとのウォーミングアップとか安全祈願とかあるみたい。というわけで、十分前に起こしてね。おやすみー」

と、こてんと器用に寝入り、時間になって起こすまで微動だにしなかった。きのうの朝からフル稼働でほとんど眠っていないから無理もない。ゆっくり寝かしてやりたいなあとちょっと悲しくなりながら肩を揺すると、無意識下ではもう臨戦態勢なのか、案外ぱっちり目を覚ました。

「おはよーございます……では、皆川竜起行ってまいります！　皆さん中継よろしくお願いしまーす」

クルーに拍手で見送られて外に出ると、夜と変わらず真っ暗で、さらに冷え込みが増した気がする。ゆうべの予報では、きょうは平野部でも雪が舞う可能性があるとのことだった。

「カイロ、ちゃんと持ってるか？」

「寝る前に貼った。腹と足の甲」

「貼らへんやつは？」

「ちょっとでも身軽にしたいからいらない。手袋もらったし平気。あ、スマホ預かってて」

「うん」

本当に身ひとつで挑む竜起とは、走り終わるまでもう会えない。次に話す時には結果が出ている。どんな言葉で送り出してやるのがいいんだろう。迷っていると、竜起のほうから「なっちゃん」と言った。

「うん?」

「俺、頑張ってくっから。絶対一番になるね」

深は、ゆっくりかぶりを振った。

「……頑張らんでええ。むしろ頑張るな」

「えー、何だよ〜」

不満げに唇を尖らせて、竜起は小走りに去って行った。その背中が見えなくなると、車の側で見ていた潮が尋ねる。

「頑張れって言ってやんねーの?」

「はい。調子よさそうやったから、逆に」

フロアからオンエアを見ていて、たまに「きょうは乗ってんな」と思う時がある。言葉がつるつる出てきて、それがよく響いて、深の大好きな虹彩がスポットライトより明るく輝いている、そんな日。でもきょうは、しゃべるだけではないから。

「Dとしてはテンション上げたらなあかんとこなんでしょうけど、調子よすぎて思いっきり走りすぎてけがでもさしたらえらいことなんで……ちゃんと無事にロケを終える責任が俺にはあるから、今のあいつに『頑張れ』ってよう言いません」

中継の参考にと過去の映像をいくつも見て、そのスピード感と「一歩間違えれば」の危険を痛感していた。また厄介なことに、竜起はそういうぎりぎりの緊張を好む。演者に傷を負わせるのは、絶対に許されない。どんないい画、いいドラマが撮れようが失敗だ。その苦さと代償を深は知っている。だからこそ設楽は、深に任せてくれたに違いないのだから。

「ヒートアップしてけがするぐらいやったら、ビリでも、撮れ高なくても、元気に帰ってきてほしい」

「そりゃそうだな。軽はずみにけしかけて悪かった」

「いえ」

「でも、俺たちは頑張ろうな——な、国江田さん」

「そうですね」

長い待ちにも、寒さにも、ぼやきさえしない計が頷く。カメラが回っている時といない時、落差のなさは心配になってくる。国江田計の振る舞いは切れ目なく連続し、なめらかにフラットに保たれている。普段より長時間一緒に過ごしても、すこしの誤差も見受けられなかった。深の中で「頑張らんでええ」の筆頭は計だと思う。

でもきっと、計には大きなお世話だろう。

〈午前五時十五分・中継①〉

――祝日の朝から早起きしてらっしゃる視聴者の皆さんのためにですね、きょうはスペシャルな企画をご用意してます。リポーターもスペシャルなんです、呼んでみましょう。国江田さーん！

「はい、関西の皆さんおはようございます。旭テレビアナウンサーの国江田計です。ふだんは夜の『ザ・ニュース』でお目にかかることが多いかと思いますが、きょうはこちらにお邪魔してます。今、私がいる場所、お分かりでしょうか、あちらに見えます大きな赤い門……」

――きょうは成人の日、ということはー？

「そうです、兵庫県西宮市にある、えびす宮総本社、西之宮神社です。そして、カメラをちょっと下げますと……成人の日恒例の「富久男選び」の参加者がぎっしり集まっています。手元の温度計では気温は現在一℃、たいへん寒い朝ですが、一番富久をめざす皆さんの熱気が、道路を隔てた私のところまで伝わってきています」

――ええっと、もちろん国江田さんも参戦を……。

「いたしません」

――何や～。

「その代わりといってはなんですが、『ザ・ニュース』のスポーツ担当、私の後輩、皆川竜起アナウンサーが実はあそこで待機しているんです」

――おおっ！

「この後、レース終了まで話を聞くことはできないんですが、くじ運にも恵まれ、赤門前の最前列にいるということで、結果にも期待大です」

――あー、足速そうですもんねえ。知らんけど。

「自信はあるそうです。この後、五時五十分ごろから直前のようすをお伝えします。どうぞ皆さま、お見逃しなく」

――国江田さんありがとうございました。風邪引かんようにしてくださいねー。

〈午前五時五十分・中継②〉

――ここで、間もなく成人の日の「富久男」選びが行われる西之宮神社を呼んでみましょう。旭テレビの国江田さーん。

「はい、再び、兵庫県西宮市の西之宮神社からお送りします。気温は現在〇・七℃。先ほどより若干下がりました。神社の方によりますと、すでに五〇〇〇人を超える参加者がこちらに集まっているということです。特に、赤門の前にいるのは、きのうの夜から並んで抽選に参加し、いいポジションを勝ち取った、本気の人たちです。先ほどもお伝えしましたように、あの中に、旭テレビの皆川竜起アナウンサーもいます。もちろん特別扱いではなく、ゆうべからちゃんと並んで抽選に参加し、いい番号を引き当てました。さあ、強運はここで使い果たされたのか、まだ続くのか。えびすさまの富と幸運をお裾分けしてもらえる富久男選び、あと十分足らずでスタートです！」

「はい、中継、スタジオに返しました。この後すぐ移動します！」

何しろ時間がないので、片づけながら深は手短に指示を出す。中継仕切りは初めてで心臓がばくばくしていたが、自分で構成を立てたからか、緊張と裏腹に口はよく動いた。

「Aカメさんは赤門の内側、Bカメさんは神楽所の向かいの手水舎で待機。僕らは本殿の内側まで入ります。次がいよいよ走るところになります。中継は五時五十九分、国江田さんのいてる本殿から入って、『今から始まります』ってひと言だけあって、あとはAカメのスタート地点、Bカメの中間地点、本殿でゴールの瞬間、の順に副調整室で映像を摑んでいく流れです。一番富久から三番富久までの参加者は、ゴールしたら神社の人に名乗るタイミングがあると思うんで、本殿担当のADさんはそれ聞いて顔と名前を一致さして、副調整室の中継連絡に電話で伝えてください。ネームスーパーを作ってもらいますんで」

「漢字、分からへん場合はどうしたらいいですか？」

「カタカナでもいいです。欲を言うと年齢も分かれば最高。逆にこのタイミング逃したら、授与式とかいろいろあってしばらく捕まれへんから要注意です。で、ゴールしましたー、の次、六時四十分ぐらいから、最後の中継です。ここは本殿で、一番富久の囲み取材か、二番富久、三番富久のほうがおいしそうなキャラやったらそっちに行きます。フレキシブルに。で、終了次第解散となります。皆さん何か質問ありますか？　……大丈夫ですね、ほな次はいよいよ全国ネットです、事故のないよう張り切っていきましょう」

はい、とか、うーい、と声が上がる。深は計や潮と一緒に本殿に向かった。すでにさまざまな媒体のマスコミでにぎわっているが、本殿の内側から、ここをめがけて走り込んでくる参加者の映像を押さえられるのは旭テレビだけだった。身内が参加するということで、無事に一五〇〇人の中に入れたらいい位置をもらえるよう、事前に設楽が神社側と交渉してくれていた。なので、竜起のビリはよくても、中継班の不手際は許されない。

「あー、緊張する……」

こうこうと明るい本殿の中では、すでに浅黄色の袴の神職が三人、富久男たちを受け止めるべく準備している。胸のあたりをさすってぼそっと洩らすと、カメラを構えた潮が「どっち？」と尋ねる。

「皆川の結果？　それとも中継？」

「両方です」

コースの構造上、本殿にやってくる人影が見えるのは、そのすぐ手前にある最終の直角コーナーを曲がってから。本当にゴール寸前にならないと誰が来るのか分からない。途中経過が見えないのはいいような悪いような。泣いても笑っても、三十秒以内の勝負。

転んだり転ばされたり、しませんように。心の中でえびすさまに手を合わせる。何しろここにおわすのだから、日ごろ不信心な深の声だって届くかもしれない。

割り当てられた狭いスペースでぴょんぴょん飛んでみる。うん、大丈夫、強張ってない。赤門越しに「あと何分?」「持ち場行って」といった関係者の慌ただしいやり取りが伝わってくる。門の外にひしめく男たちの間でも、さっきまでは散発的な雑談の声が上がっていたのだが、時間が迫ってくるにつれ誰もが自然に口を閉じた。息づかいと、吐いた息の白さだけが未明の闇に立ちこめる。

「——あ」

不意に、鼻先がひやっとした。列のどこかから「雪や」と聞こえた。

「まじか……」

「最悪やー」

「滑るやん」

竜起は天を仰いだまま目を閉じた。門の向こうの景色をシミュレートする。門が開いたら最初の直線、ここでダンゴから抜け出して天秤カーブ。トップスピードのまま、外側に膨らまないように曲がったら次は一〇〇メートルの長い直線、「富久男道」が伸びている。石畳だけど、大丈夫。俺は滑らない。雪で濡れようが凍ってようが、ダッシュで駆け抜ける。その先を曲がるとトラップみたいに植わった「審判の楠」。インサイドを抜けていく。最後の直角カーブも足をゆるめず攻めて、ゴールへ。

大丈夫、ちっとも悪いイメージはないし、寝不足の割に身体が軽い。鼓動は大きく速い、これは緊張のせいだ。でも無理に鎮めなくていい。緊張は自分の味方だから、恐怖ではなくエネルギーに、アドレナリンに転化することができる。怖くない。ノーブレーキで突っ走る。ブリンカーを着けて視界を狭められた競走馬みたいに、前だけ見る。

目を開けると、突然カメラのピントが合ったように視界がぐわっとクリアになり、そして空中にランダムに散らばる雪の粒がぴたっと静止した。あれ？　今、俺、雪を数えられるね。

それはものの一秒もない感覚で、すぐに竜起の周りの世界は再生を始めた。でも、一瞬の感覚は残っている。

何でもできる、という感じ。負けない、ここにいる誰にも。早く走りたい、全身がうずうずする。こんなに狭苦しくなければ、今この場で前宙でもやってしまいたい。

「頑張るな」と言った、深の気持ちは分かっている。計との約束を知っても、同じことを言うのだろう。

でも、ごめんね、なっちゃん。俺、頑張っちゃうよ。

〈午前五時五十九分・中継④〉

——西之宮神社の「富久男選び」開始まであと一分を切りました！　国江田さーん！

「はい、これからいよいよスタートです。それでは赤門前のカメラから、スタートの瞬間をお送りします。どうぞ！」

「六時」

潮が腕時計を見て言ったのと同時に、咆哮（ほうこう）めいた声が聞こえた。それは地鳴りのような足音を伴って冬の空気をふるわせ、あっという間に近づいてくる。姿は見えないのに、逃げ出したくなるような殺気を感じた。サバンナの、動物大移動ってこんな迫力かもしれない。

「来るぞ！　来た来た来た！」

誰かが叫んだ。

最後のカーブを曲がって、最初に姿を見せたのは五〜六人の集団だった。ほとんど差はつかず拮抗している中に、竜起がいる。

「あっ！」

しかし、姿を認識するや否や、ひとりが足を滑らせて転び、竜起は直撃を免れたものの、さっとかわしたぶんだけ遅れを取ってしまう。その時点で深の心臓は膨張度マックスで、目を背けるところだった。ぎりぎりそうしなかったのは、ひとえに職業意識のおかげだと思う。全員が俊足、些細なタイムロスは挽回できない。ああ、あかんな、と思った時、深は確かに聞いた。

「――……う」

そして、え、と思う間もなく、背中をどんと強く押され、つんのめりながらゴール地点に飛び出した。

「とっ……」

視界の端に、竜起がいた。竜起がいた。竜起も深を見ている。深に向かって、まっすぐに、ぐんぐん走ってくる。迷わなかった。

もつれる足でふらついたまま竜起に向き直り、両腕を大きく広げた。

頑張って、ここまで走っといで。

竜起は、ロケットエンジンを噴かせたような加速を見せ、誰よりも早く本殿に――深の腕の中に飛び込んできた。

瞬間の衝撃は、軽めの交通事故といっても差し支えないと思う。目玉が飛び出そうだった。胸全体にどんっとハンマーがぶつかったほどの圧で息を吸うことも吐くこともできない。冬で厚着をしていなかったら、鎖骨か肋骨が折れていたかもしれない。

しかし、竜起は興奮で痛みを感じていないのか、急には止まれない勢いのまま深を抱き上げてそのへんをぐるぐる走った。

「やったー!! いっちばーん! すっげー! あはははは!!」

「ちょ、下ろせ下ろせ下ろせ」

深が咳き込みながら肩を叩いてもお構いなしではしゃぐ竜起のところへ、宮司が近づいてきた。

「あ、宮司さんどーもお世話になりました! おかげさまで」

「失格です」

「えっ?」

そのひと言で、ようやくロケットの出力が止まった。

「え? じゃなくてね、正式な神職に抱き留められた時点で富久男として認められるわけですから。残念ですけど失格にさしてもらいます。ていうか第一に危ないでしょ、何やってはるんですか! ……ああ、もう授与式やらんならん。詳しい話はまた後で聞かしてもらいます」

とにかく失格、と念を押して宮司が本殿の壇上に行くと、竜起はようやく深を解放して「そんな〜!!」と両手で頭を押さえた。

「……まあ、当たり前やんな——あ！」

そうや、中継どないなってんねん。慌てて持ち場を振り返ると、計が誰かと電話をしていた。

「はい、次の中継は普通に一番富久の方の囲みでいいんじゃないでしょうか。皆川は……あんまりフォーカスすると炎上するんじゃないですか？　……はい、ではひと言だけもらうということで。そうですね、本当は一番だった的な発言はなしの方向で。よろしくお願いします。では、今から一番富久の方の名前と年齢を言いますね、二十一歳の大学生で——」

状況が飲み込めず棒立ちになっていると、潮が「中継終わってっから」と言った。

「皆川の後に三人ゴールした時点で国江田さんが『皆川アナは、よろけたディレクターに間違えて駆け寄ってしまったので残念ながら失格のようです』ってしれっと締めた」

加えて、アクシデントにうろたえ、深同様に役目を見失ったADの代わりにトップ3の名前を抜かりなく聞き出していたらしい。ありがたさと申し訳なさで今すぐ土下座したい衝動に駆られたがそういうわけにもいかない。

「つーかごめんななっちゃん、とっさにカメラ振ったからなっちゃんの顔ちょっと映ってるわ」

「いえ、俺が悪いんで……」

カメラを持ったら、動くものを無条件で追ってしまうのは習性だから仕方がない。とはいえ、あれが？　早朝の全国のお茶の間に？　「色情（いろごと）につき妨（さまたげ）起こる」ってこういうこと？　神さま、堪忍やで。

〈午前六時四十分・中継④〉

「――先ほどまでちらついていた粉雪もやみました。見事、一番富久を勝ち取った神戸市の大学三年生、栗原健二さんのインタビューでした。栗原さん、ありがとうございました」

――あのー。

「はい？」

――皆川アナは、今どこにいてはるんですか。

「いますよ、ここに。一応呼びましょうか？」

――一応て！　呼んでくださいよ～。

「はい、では皆川さん、どうぞ」

「おはようございまーす！　皆川竜起です！」

――どうもー。お疲れさまでした。いやあ、結果は残念でしたけど、いい走りでしたねえ。ラストスパートなんかすごかったですよ！　競馬で言うところの差し脚ですなあ。

「ありがとうございます。でも皆さん決してまねしないで下さいね、ゴールする時は神職の方を目指して！　走って下さい」

――まねしようにもできへんがな。では、最後に、関西の視聴者に向けてひと言お願いします。

「ＵＳＪのロケのオファー、いつでもお待ちしております！」

――視聴者言うたやろ！　はい、早朝からありがとうございましたー。

行事がひととおり終わると、当然宮司からはがっつり怒られたが、最終的には「まあ、えべっさんは面白がってはるかもしれん」と苦笑してくれた。

「私も長年この神事を見てきましたけど、ちょっと目を瞠るぐらいの巻き返しでしたなあ」

「じゃあ来年こそルールに則ってリベンジしますね」

「いや……それは……」

とても正直にいやがられた。無理もない、何をやらかすか分からないうえ、やらかされても憎めないのだから。

設楽に電話すると開口一番「見てたよ」と言われた。怒らなきゃいけないんだけど笑っちゃいそう、というニュアンスの声音で、ほっとしたけれど、まずは「申し訳ありませんでした」と謝る。

「俺が最悪のタイミングで足滑らせてしまいまして、皆さんにご迷惑おかけしました」

『ま、不幸な事故ってやつだね。ふたりともけがしてない？』

「はい、大丈夫です」

『よかった』

言葉から、安堵が伝わってくる。

『ま、お小言とかはあした以降ね。とりあえず無事に帰ってきて、きょうのオンエアをやり遂げてもらわないと』

「はい……あの、ところで、ＶＴＲって」

『流すよ。想定どおりの尺で、まあゴールのシーンをそんなに強調せず、番組の最後にさらっと流してお騒がせしましたって流れかな。別に神事を妨害したとか、誰かを傷つけたってわけじゃないから』

「……はい」

撮ったものが無駄にならないのは嬉しいが、あの激突抱擁シーンがプライムタイムのお茶の間にも流れる……と想像するとなかなかに心がざわついた。しかも視聴率は、たぶん早朝の三～四倍。世間さまはそんなものすぐに忘れてくれる反面、一度でも表に出た映像はいつまでもネット上をさまよい続けるのも事実。

『どうしたの、元気ないね』

「あの……せめて俺の顔にモザイク入れていいですか」

お伺いを立てると、電話の向こうで設楽は爆笑した。

『別にいいけど、却って不自然っていうか、怪しい画になると思うよ。もう、中継班解散した？』

「はい、この後いったんホテルに戻ってチェックアウトして……十二時までには局に戻る予定です」

『了解、じゃあ気をつけて。国江田と潮くんにもよろしく』

ホテルで荷物をまとめると、内線で計たちの部屋にかけた。

「あ、都築さんですか？　すいません、さっき言い忘れてたんですけど、そっちの部屋、チェックアウト後も正午まで使えるんで、自由にしてて下さい」

『ありがと。皆川と一緒にこっちこねえ？　コーヒーでも飲もう』

と誘われたので、ふたりでお隣にお邪魔すると、計はシャワーを浴びていたのか、浴室からはドライヤーの音がしていた。潮が淹れてくれた、備えつけのドリップコーヒーを飲むとようやく人心地がついた。立ちっぱなしでぱんぱんになった足の、じんじんしびれる疲労を実感する。

疲れましたね、寒かったな、などとまったり話していると、潮がふしぎそうに深を見た。

「そういやなっちゃん、あん時何かにけつまずいたのか？　すげえよろめいてたけど」

「そうそう、まろび出たって感じ」

竜起が同意する。

「いやー……」

どんくさかっただけです、と言いかけたが、この面子だし、と思い直して、おそるおそる口を開いた。

「あの、こんなん言うて、信じてもらえるとは思ってないんですけど……声が、聞こえて」

「声？」

「はい、それで、背中どんっと押された感触が……せやから、あの、ひょっとして、神さまのお告げ、的な？」

自分でも甚だ自信が持てないので淀みつつ告白すると、潮はさらに「何て聞こえた？」と訊いた。

「ほんまに聞き間違いか空耳かもしれへんのですけど……『行け、鬼太郎』です」

潮と竜起が顔を見合わせる。あ、やばい、頭おかしいと思われてる？　深は焦って「そんなわけないですよね」と笑ってごまかそうとした。

「ふかく考えんとって下さい、俺きっと緊張とか寝不足で——」

しかし、その時、また聞こえたのだった。

「俺だよ」

そう、この声。はっとして振り返ると、いつの間にか計が立っていた。いつからドライヤーの音がやんでいたのか覚えていない。しかし今考えるべきはそこではなくて。

いかにも乾かしたての、ぼっさぼさの髪。シャツは完全にOUTして、ボタンは三つ空いているし袖口も止まっていなかった。何よりいつもの、複雑な処方箋に従って調剤されたような、間違いのない笑顔が消え失せている。国江田さん……やんな?

「……あ、あの」

深はそろそろと窺う。

「今『俺だよ』って言わはりました?」

「言った」

確かに計の声ではあるのだが、ニスを剝がした地肌のぶっきらぼうさも、深が初めて聞く類のものだった。

「それって、どういう……」

「俺が神」

「えっ」

絶句に次ぐ絶句で完全に言葉を失い、呆然と計を見つめていると、今度は竜起の声がした。

「先輩、超絶中二っすね」

「小二に言われたくねーんだよ!!」

再び竜起と潮のほうを向くと、二人とも平然としている。

「え、何すかこの感じ、ついていけてないの俺だけみたいな」

「んー、ごめんな、なっちゃん」

潮が言った。

「今まで黙ってたけど、国江田さんてこーゆー人なんだわ」

「そんな、ざっくり言われても……じゃ、じゃあ、普段の国江田さんは？」

「外面（そとづら）」

たったひと言にこの衝撃は到底（とうてい）収まりきらない。

「嘘でしょ!?　いくら何でも落差激しすぎませんか？」

「うん、俺も最初はびっくりした」

「ですよね～。大丈夫なっちゃん、すぐ慣れるよ」

「え、ひょっとして番組の皆も知ってんの？　俺だけ仲間外れ？」

「なわけないじゃん。地球上で十人も知らないんじゃね？　って考えると何かすげーなー」

「逆に何で知ってんの、自分」

「俺は単なる偶然だよ。そんで都築（つづき）さんは国江田さんの彼氏だからだよ」

「ええ!?」

もう、今年はどんな放送事故が起こったって動揺せずに対処できそうだ。きっときょうほど連続して衝撃（物理的にも精神的にも）に見舞われることはない。

「皆川言っちゃったぞ、どうする国江田さん」

むしろ楽しげに、潮が言う。

「え、だってなっちゃんに素さらしてんだから言っていいってことでしょ？　俺がラスト、逆転できるようになっちゃん突き飛ばしてくれたんでしょ？　先輩やっさし〜！　国江田さんの優しさが六甲山系にこだましてますよ」

「どこまで増長する気だボケ！」

深の思考は、そこで鈍いながらも懸命に働いた。国江田さんが都築さんとつき合ってる。皆川は昔男に振られて今も交流はあると言いそれを深に詳しく話すには根回しがいると言い——え？　え？

「ええ⁉」

勝手に声が洩れていた。

「あ、何か察したっぽいな」

潮の説明によると、根回しを試みた竜起に計はいい顔をしなかったが、折衷案として採用されたのが「一番富久ゲット」の条件だった、らしい。どうりで、異様にやる気になっていたわけだ。

「てことでなっちゃん、納得してくれたかな〜？」

「いやタモリ風に言われても……要素が多すぎて頭ぱんぱんやねんけど……」

しかし、ここで脳内を整理する時間的余裕はない。お暇する時、何を言っていいのか分からず、ただおっかなびっくり頭を下げると、計は不機嫌そうな顔で「おい、鬼太郎」と口を開いた。

「先輩、そこはもっと高音で」

「モノマネしてねーわ！　……口外すんなよ。もしたらそっちのアホをグリコの看板に磔にしてやる」

「は、はい」

「あー大阪観光もしたかったっすね〜、また今度！」

「話はそんだけだからとっとと出てけ!!」

情報の濃さで酸素がうすかったような気がする。廊下に出ると深はすーはーと深呼吸を繰り返した。

「大丈夫？」

「あんま大丈夫ちゃうかも。俺、これから、国江田さんとどんな感じで接したらええん？」

「別に今までどおりでいいじゃん」

竜起はあっさり言った。

「あ、でも、そーだね、困ってる時にさりげなく協力してあげれば？　そんで国江田さんが、ああ、鬼太郎にばらしといてよかったって思えたらいいんだよ」

「国江田さんが困ることとなんてある？」

「外面よすぎて結構制約の多い人生だから」

今ひとつぴんとこなかったが、潮に見送られて三人でホテルを後にし、上りののぞみに乗った。三列シートの窓際で計は往路と違う本を取り出し、真ん中の竜起は新大阪駅のホームを出きらないうちに熟睡し、通路側の深は手持ち無沙汰だった。この状況ではパソコンを開いても作業に集中できなさそうだ。

車両前方、ドアの上に流れてくる一行のニュースや天気予報をただぼんやり眺めていると、計が本に目を落としたまま、小声で「コーヒー」と言った。

「え？」

「ホット。ブラック」

「え、あ、はい」

車内販売で指示どおりに購入し、座席の前テーブルにそうっと置いた。

「失礼します……どうぞ」

返事はなかったが、ちいさく頷いたようには見えた。顎で使われて安心するのもおかしな話だが、深はほっとした。そしてほっとした途端強烈な睡魔に見舞われ、かくりと首を落とす。

新横浜到着を知らせるアナウンスで目が覚めた。そっと窓側を窺うと、竜起は依然気持ちよさそうに眠っていて、計は、二時間前とまったく同じ横顔で読書を続けていた。疲れていないはずがないのに、外面の強度がすごすぎる。でも、計には潮がいるらしいので、大丈夫だという気がする。ふたりについてちっとも知らないけれど、国江田計の努力や結果を、潮が支えているというのは、しっくりくる話だった。

この人が何かで困って、俺が力になれるようなタイミングなんか、あるんやろか。

もし本当にそんな時が来たら、頑張ろう。ひとり、心に決めて「もうすぐやで」と竜起を起こす。

——けさ行われた、西之宮神社の「富久男選び」の裏側をご覧いただいたんですが……皆川さん、何やってるんですか？　わざわざ兵庫まで行ったのに。

——帰巣本能ですかね？　ふだん見慣れてるほうに足が向いちゃって。

——ああ、今もいますね、当該のスタッフが我々の目の前に。カメラさん撮れますか？

……本人が死にそうな顔でバツを出してるのでやめておきましょうか。リポーター役の国江田さんからもひと言どうぞ。

——関係者の皆さん、この度はたいへんお騒がせいたしました。あとできつく叱っておきますので。

——だそうです。『ザ・ニュース』、今夜はここでお別れです。さようなら、またあした。

「ネットで『幻の0番富久』って言われてるらしいよ、俺」

「中二っぽいな」

「え、結構かっこよくね？ そういえばなっちゃん、自分の顔にモザイクかけんじゃなかったっけ？」

「かけてみたけど、設楽さんが言うてたとおり、逆にうさんくさくなったからやめた。どうせ中継ん時丸出しやったし——ていうか」

「ん？」

「元気やな、自分」

「一周回って目が冴(さ)えてきた」

旅の非日常モードが持続中なのか、オンエアもいつもより（さらに）テンションが高かったし、終わったらすぐさま「うち来るよね？」と確定事項のように深を持って帰り、今に至る。

「でも、ベッド入ったら一瞬で落ちそうだからここでいちゃいちゃさせて」

ソファの上で向かい合わせに深とくっつき、上半身だけ裸にしてしまうと、胸全体を手のひらで撫で「青タンとかになってないよね？」と確かめた。

「大丈夫。胸えぐれたんちゃうか思うほど痛かったけど。自分も痛かったやろ」

「夢中だったからあんま覚えてないや」

竜起の脚をまたいで乗っかっているので、視線はいつもより高い。細く笑んだ目は水になってこぼれてきそうなほどつやつや澄んでいた。でも、すぐまつげによって隠され、竜起の頭はぽてんと深の肩口に落ちてくる。

「はー……いろいろ、肩の荷が下りた」

「国江田さんのこと？」

「そう！　だって、普通に頼んで許してくれるわけないからさー。都築さんがいてくれてまじ助かった」

「都築さんてふしぎやな、皆川に怒ってへんの」

「一回がつんと怒って、そんでおしまいにしてくれた。なっちゃんは？　国江田さんにいやな感情ある？」

そう言われて考えたが、別になかった。国江田さんの次が俺ってハードル下がりすぎちゃうか……という引け目も感じない。

「全然。よおあんな人狙いにいったなとは思うけど」

「高嶺(たかね)の花すぎるって意味？」

「ちゃう」

「これも口止め料？」

「大好き」

上はTシャツ一枚になった竜起の背中を、布越しに繰り返しさすって言った。

「頑張ってくれて、ありがとう」

て、深だけを見ていてくれる、それでいい。

見え透いたおねだりに、口唇で応える。耳や頬に触れて触れられながら、竜起が好きになったのは花か魚かと考えたが、すぐにどっちでもええわと疑問を投げ捨てた。今、ここでこうして、深だけを見ていてくれる、それでいい。

「え～もう……」

「自信ないなー。口止め料ちょうだい」

「あかん！　絶対あかんで！」

「やばい、あした国江田さん見たらしゃべっちゃいそう。うちの鬼太郎がこんなこと言ってましたよ～って」

竜起は深を抱きしめてげらげら笑った。

「……『アマゾンに棲む幻の巨大魚を追え！』みたいな？」

「素の時は？」

「表の顔の時はそう」

答えを知っていていたずらな顔で問いかけるから、耳たぶを噛んでやった。

「ほんまのこと言うただけ」

それで竜起のスイッチが完全に入ったらしく、唇や舌を旺盛に貪るとさっきまでよりあからさまな手つきで深の肌をまさぐり始めた。

「ぁ……んっ、あ」

手当たり次第マッチに擦られるみたいにどんどん身体が熱くなり、やがてそれは腹の奥でひとつの大きな火として燃える。きっと竜起の内側でも。

「あっ……！」

乳首をきゅうっと指の腹で押し込まれて背をしならせる。反対側も同じように施し、かと思えば爪先をひっかけてくすぐったりして性感帯をざわめかせながら、竜起は「ベルト外して」とささやいた。

「俺のも」

両手を休ませたくないのだろう、急いた甘えがかわいくて「あほやな」と頭を撫でてから言うとおりにしてやった。

互いのベルトを外してジーンズの前を開けると、今度は「そこのクッションの裏」と指示が飛んだ。

「え？」

言われるまま手を伸ばして探ると、ローションのチューブがあった。もちろんこんなところが定位置ではない。

「いつの間に……」

「段取り大事でしょ？」

鎖骨や背中の溝に指をすべらせ、竜起が笑う。こんな時でも無邪気に陽性なのが却って照れくさく、「ほんまにあほ！」と頭を軽く叩いた。

「んっ……あ、っ」

指先に施されて、朱く誘うようになった尖りに、今度は唇が押し当てられる。

「や！」

そのままきつく吸い上げられると性感は細く鋭い棘の刺激で深をのけ反らせる。

「だ、段取りしてくれんねやったら、電気消しといてや」

「そこはむしろ点けとくのが段取りでしょ」

「やや――」

竜起は腫れた突起を舐め回し、ジェルをたっぷり手に取ってそのままジーンズのゆるんだ腰回りからきわどい部分へと潜った。

「あぁっ……」

つめたいとろみが尾てい骨を通り過ぎ、その奥をくちゅりと濡らす。そのままちいさな口に潤みを含ませた指は、やがて体内にまで忍んでしまう。反射的に全身が強張り、竜起の背中にしがみついた。竜起は首筋にキスの断片を刻みつけ、両方の手で同時に背後をひらいていった。二本の指でぐいと拡げられた間から反対の指が進み、内壁を湿らせながらかき分ける。

「や、あ、あぁ……っ、んん……！」

上体をしならせ、腰だけ突き出す発情したかっこうで愛撫を受ける。左右の同じ指が交互に行き来し、異物を食んでいる粘膜がどんどんやわらかに蕩けていくのが分かった。侵入の奥行き以上の、未達の地点までがじわりと熱を孕み始めている。

「んっ――やや、あっ」

身体の内側にせり上がってこられる感覚は苦しく、なのに相反する歓喜がぷつぷつ皮膚を破って浮き出てきそうだ。竜起の首に両手を絡めて身悶えていると、耳元でささやかれた。

「前、自分で触って」

「いやや……」

「ね、お願い。そのほうがたぶん早くできるようになるし、なっちゃんも気持ちいいでしょ？」

ね、と何度も耳の上の生え際を甘い声が掠め、それは命令や強要よりずっと手に負えない誘惑だった。深はゆるゆると下半身に手を伸ばし、すでに張り詰めていた性器を下着の中から取り出して自ら膨張を促し始める。

「ん……っ」

根元から先端へ、ためらいがちに擦り上げただけで後ろの孔がひくりと収縮するのが分かった。直情がいたたまれないが、竜起は嬉しそうに煽ってくる。

「あ、ほら、すごい反応よくなった」

「や、あほ……っ」

恥ずかしいのにやめられないのがさらに恥ずかしく、それでも最後は肉体の欲望に負けてしまう。深は竜起の首元に顔を埋め、ぎゅっと目を閉じて自慰に耽った。単純な自慰と違うのは、身体の裏側から違う快感をそそがれていること。ふたつの性感は見えない回路でつながっていて、自分の手で摩擦するたび、竜起の指が抜き挿しされるたび、接続を太く密にして興奮を乗算してしまう。くちゅくちゅはしたない音を立てているのは潤滑剤かと思えば、とろとろに濡れた昂ぶりのせいだった。

「ああっ……あ、皆川——」

「自分でしながら名前呼ぶのやばいね、おかずにされてる感が」

口調こそ軽かったが、竜起の声も、髪の毛がちりちり焦げそうなほどの切迫を放散している。

「俺、もう我慢できないよ、いい？」

ぐりぐりなかを圧しながら性交を求める。あやうくいきそうになるのをぐっとこらえて深は「うん」と汗ばんだ額をすりつけた。

「きて」

いったん膝立ちになり、ジーンズと下着をずらせるところまでずらすと、竜起の肩に摑まって慎重に腰を落とした。

「ゆ、ゆっくりやで、あ——あぁ……っ」

「分かってる……たぶん」

心許ない答えとともに竜起は深の腰をがっちり捕らえ、誘導する。互いの発情をくまなく分け合う交合へと。

「ああ……」

「あ、いい……」

指先までふるえる。寒さでも怖さでもないが、その両方をわずかに帯びた陶然。硬くどくどく漲った竜起の欲望をくわえ込んでしまうと、「ん」と唇を引き結んでから竜起を見た。竜起も深を見ていた。どちらからともなく絡まるように抱き合い、激しいキスをする。満たされながら飢えていた。

「んん、っん……あ——」

すぐに下肢のもどかしさが募り、深は竜起の肩越しにソファの背もたれを握りしめると律動を待たずに腰を振り立てる。

「ああっ！　あ、あっ」

「なっちゃん、それいい、最高」

見えない接合部を指先でしきりに触りながら竜起が言った。交わりを手探りで確かめて興奮しているのが伝わってくる。視線を感じると途端に恥ずかしくなり「目、つむって」と頼んだが「やーだよ」と拒否られた。

「眺めいいんだもん」

「あかんて、や、ああ……っ」

微妙にベッドと弾力が違うソファの座面に膝が浮き沈みする。このまま全身が跳ね出し、どこかへ投げ出されていってしまいそうでくらくらした。

「ん——や！」

気持ちいいけれど不慣れだからいきそうでいけない、不完全燃焼のままの性器を竜起の手が包んだ。

「ああ……やや っ……」

前後から濃い性感に挟まれ、まなうらに火花が迸る。ただただ白く、ほかの色彩は存在しない。

「あ、あかん、皆川、いきそう」

「うん、こう?」

「ああ……っ！」

性器がふかく没入してくるタイミングで先端をいじられると、深は自分の快感を思い知らせるように竜起を締め上げ、射精した。

「ふ……」

そのままくったり目の前の胸になだれると、ぽんぽん背中をあやされた。

「はい、お疲れ」

でも硬直しきったままの熱はまだ深のなかにある。

「てことで、今度は俺がする番ね」

「え？　――あっ！」

座り込んでいた膝を、強引に掬われる。

「や、やや」

蹂躙の角度と深度が変わり、より密着する体位に粘膜はみだらな呼吸を速くした。竜起がそのまま深を抱え込んで突き上げると、半端に脱げてわだかまる布の煩わしさなど一瞬で考えられなくなった。ただ竜起にしがみつき、翻弄されるままに喘ぐ。

「ああっ……あっ、あ……」

揺さぶられる。拡げられる。溶かされる。竜起の先走りで内部はいっそうおびただしく濡れて粘り、卑猥な音が声と一緒くたに耳を嬲った。

「あ、あぁ――や、もぉ……」

「俺も……そろそろ無理っぽい」

「あ――ああ……」

絶頂を求め、容赦のない挿入が繰り返される。反復はやがて上昇になる。

「や、あ、あぁ、っ」

「ん、なっちゃん、好きだよ……」

奥へ奥へ、欲望を擦りつけながら竜起が言う。

「俺、まじでもう、なっちゃんだけだから」

「うん……」

暴かれているのか、それとも深のほうが取り込んでいるのか、交歓は混じって渦をつくり、ふたつの身体に境目が存在することを忘れた、その瞬間に竜起が達する。深も、性器と違う場所でいったい何が弾けたのか、射精を感じながら激しく下腹部をけいれんさせた。

「あ、ああ……っ！」

「っ……あー……」

わずかな沈黙の後には、荒い息を継ぐ音だけが響く。竜起が深の肩に顎を載せて満足げに「超よかった」と言った後、何かを思い出したようにちいさく笑う。

「なに？」

「きょうゴールした時とおんなじような体勢だなーと思って」

「そういうこと言うな！」

シャワーを浴び、ようやくほぼ二日ぶりのベッドに横たわると、意識が一気に眠りへ引っ張られるのが分かった。でも短い旅をまだ終わらせたくなくて、無理やりしゃべる。

「結局、おみくじ当たっとったな」

「神さまもやるもんだよね」

「何で上から目線なん」

「来年も、富久男はともかく、おみくじ引きに行きたいな。何て出るのか興味ある」

歩き参りなら、深も一緒にできる。

「今年始まったばっかやで」

「あーほんとだ」

まさしく波乱の幕開けというやつで、不安も心配も尽きないのだが、どんな妨げ（さまた）があってもたぶん何とかなる、とゆらゆら開いたり閉じたりする竜起のまぶたをそっと下ろして思う。無事に帰ってきますように、という深の祈りは届いた。

だから大丈夫、願望（ねがいごと）は叶う。

秘密とひみつ（あとがきに代えて）

A F T E R W O R D

―一穂ミチ―

「ところでコタお前、俺となっちゃんのエロ夢見たんだって？」

「え」

「あっ、こら！　言うな言うたやんか！」

「ふー……ふたりの間に秘密なんかないですってか、何でも共有してますってか……」

「いやちゃうしちゃうし」

「いじけるのは後にして内容教えて、さわりだけでも！」

「何でやねん！」

「……ちょっとだけだぞ、耳貸せ」

「自分も何でやねん!!」

「ふんふん……うわ、やべーなそれ……お前天才？」

「俺も自分でそう思った」

「こらこらこらこらどーゆー話!?　いや教えてくれんでええけど!!」

「あ～採用したいけどダメ、コタプロデュースのＡＶみたいだから。残念だな～」

「というわけで安心してください名和田さん、俺がこうしてしゃべったおかげで現実になることは避けられますんで」

「え、何やり遂げた感出してんの？」

「あ、そっか、お前なかなか策士だな？」

「お前と違ってな」

もう、何やねんこの会話。何だかんだで仲よしとしか思えないバカ二名で共有しているひみつの中身を、知りたいような知りたくないような。

＊＊＊＊＊　＊＊＊＊＊　＊＊＊＊＊

本作は、二〇一七年の二月に出していただいた「横顔と虹彩」の続篇となります。竜起となっちゃんのなれそめはそちらを、「秘密と虹彩」に出てくる国江田さんと潮の諸々は「イエスかノーか半分か（1〜3巻）」及び番外篇集「OFF AIR」をお読みいただけますと大変うれしいです。こてこてと宣伝をたたみかけてすみません。

あれもこれもとシリーズで展開できるのは、読者の皆さまと、担当さんと、挿絵の竹美家ら先生のおかげです。いつも本当にありがとうございます。一作書くたび、感謝をふかく新たにアップデートしております。これからも、旭テレビの面々をどうぞよろしくお願いいたします。作者も頑張りますので。

ありがとうございました。

一穂ミチ

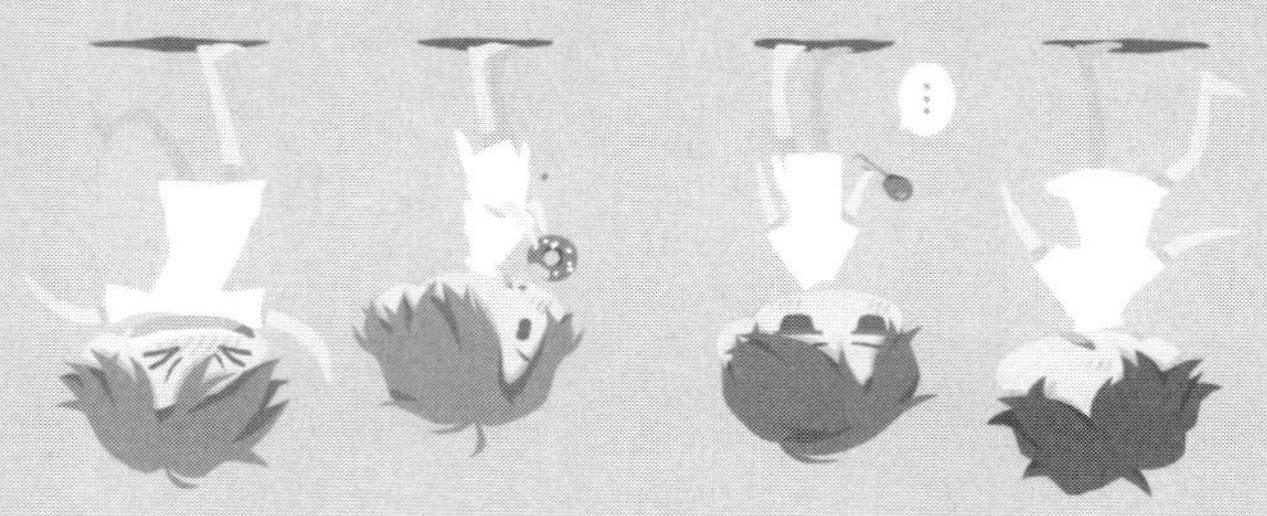

この本を読んでのご意見、ご感想などをお寄せください。
一穂ミチ先生・竹美家らら先生へのはげましのおたよりもお待ちしております。

〒113-0024　東京都文京区西片2-19-18　新書館
[編集部へのご意見・ご感想] ディアプラス編集部「恋敵と虹彩 イエスかノーか半分か 番外篇2」係
[先生方へのおたより] ディアプラス編集部気付　○○先生

- 初 出 -
恋敵と虹彩：小説DEAR+ 2017年アキ号 (Vol.66) ～2018年フユ号 (Vol.67)
departure：描き下ろし
秘密と虹彩：描き下ろし

[こいがたきとこうさい イエスかノーかはんぶんか ばんがいへん2]

恋敵と虹彩 イエスかノーか半分か 番外篇2

著者：一穂ミチ いちほ・みち

初版発行：2018 年 8 月 25 日
第 2 刷：2022 年 1 月 30 日

発行所：株式会社 新書館
[編集] 〒113-0024
東京都文京区西片2-19-18　電話 (03) 3811-2631
[営業] 〒174-0043
東京都板橋区坂下1-22-14　電話 (03) 5970-3840
[URL] https://www.shinshokan.co.jp/

印刷・製本：株式会社光邦

ISBN978-4-403-52457-8

ディアプラス文庫

文庫判／毎月10日頃発売／新書館

NOW ON SALE!!

✤安西リカ あんざい・りか

好きって言いたい イラスト おおやかずみ
好きで、好きで イラスト 木下けい子
恋みたいな、愛みたいな 好きで、好きで2 イラスト 木下けい子
何度でもリフレイン イラスト 小椋ムク
初恋ドローイング イラスト みろくことこ
ビューティフル・ガーデン イラスト 夏乃あゆみ
人魚姫のハイヒール イラスト 伊東七つ生
恋の傷あと イラスト 高久尚子
ふたりでつくるハッピーエンド イラスト 金ひかる
バースデー イラスト みずかねりょう
甘い嘘 イラスト 三池ろむこ
眠りの杜の片想い イラスト カワイチハル
恋という字を読み解けば イラスト 二宮悦巳
舞台裏のシンデレラ イラスト 伊東七つ生
彼と彼が好きな人 イラスト 陵クミコ
ふたりのベッド イラスト 草間さかえ
可愛い猫には旅をさせよ イラスト ユキムラ
恋になるには遅すぎる イラスト 佐倉ハイジ
恋をしていたころ イラスト 尾賀トモ
彼は恋を止められない イラスト 街子マドカ
楽園までもう少しだけ イラスト 七瀬

✤一穂ミチ いちほ・みち

雪よ林檎の香のごとく イラスト 竹美家らら
オールトの雲 イラスト 木下けい子
はな咲く家路 イラスト 松本ミーコハウス
Don't touch me イラスト 高久尚子
さみしさのレシピ イラスト 北上れん
ハートの問題 イラスト 三池ろむこ
シュガーギルド イラスト 小椋ムク
meet,again. イラスト 竹美家らら
ムーンライトマイル イラスト 木下けい子
バイバイ、ハックルベリー イラスト 金ひかる
ノーモアベット イラスト 二宮悦巳
甘い手、長い腕 イラスト 雨隠ギド
ワンダーリング イラスト 二宮悦巳
イエスかノーか半分か イラスト 竹美家らら
世界のまんなか イエスかノーか半分か2 イラスト 竹美家らら
おうちのありか イエスかノーか半分か3 イラスト 竹美家らら
さよなら一顆 イラスト 草間さかえ
ひつじの鍵 イラスト 山田2丁目
横顔と虹彩 イエスかノーか半分か番外篇 イラスト 竹美家らら
恋敵と虹彩 イエスかノーか半分か番外篇2 イラスト 竹美家らら
キス イラスト yoco
運命ではありません イラスト 梨とりこ
ふったらどしゃぶり When it rains, it pours 完全版 イラスト 竹美家らら
ふさいで イエスかノーか半分か番外篇3 イラスト 竹美家らら
ラブ キス2 イラスト yoco
ナイトガーデン 完全版 イラスト 竹美家らら
アンティミテ イラスト 山田2丁目
つないで イエスかノーか半分か番外篇4 イラスト 竹美家らら

✤海野 幸 うみの・さち

ご先祖様は吸血鬼 イラスト Ciel
良き隣人のための怪異指南 イラスト 街子マドカ
ほほえみ喫茶の恋みくじ イラスト 雨隠ギド
一途なファンの恋心 イラスト カワイチハル

✤川琴ゆい華 かわこと・ゆいか

恋にいちばん近い島 イラスト 小椋ムク
ふれるだけじゃたりない イラスト スカーレット・ベリ子
恋におちた仕立屋 イラスト 見多ほむろ
ペットと恋は出来ません イラスト 陵クミコ
愛されたがりさんと優しい魔法使い イラスト 笠井あゆみ

✤久我有加 くが・ありか

キスの温度 イラスト 蔵王大志
光の地図 キスの温度2 イラスト 蔵王大志
長い間 イラスト 山田睦月
春の声 イラスト 藤崎一也
スピードをあげろ イラスト 藤崎一也
何でやねん! 全2巻 イラスト 山田ユギ
無敵の探偵 イラスト 蔵王大志
落花の雪に踏み迷う イラスト 門地かおり（※定価630円）
わけも知らないで イラスト やしきゆかり
短いゆびきり イラスト 奥田七緒
ありふれた愛の言葉 イラスト 松本花
明日、恋におちるはず イラスト 一之瀬綾子
あどけない熱 イラスト 樹要
月も星もない イラスト 金ひかる（※定価630円）
月よ笑ってくれ 月も星もない2 イラスト 金ひかる
恋は甘いかソースの味か イラスト 街子マドカ
それは言わない約束だろう イラスト 桜城やや
どっちにしても俺のもの イラスト 夏目イサク
不実な男 イラスト 富士山ひょうた
簡単で散漫なキス イラスト 高久尚子
恋は愚かというけれど イラスト RURU
君を抱いて昼夜に恋す イラスト 麻々原絵里依
いつかお姫様が イラスト 山中ヒコ
普通ぐらいに愛してる イラスト 橋本あおい
恋で花実は咲くのです イラスト 草間さかえ
青空へ飛べ イラスト 高城たくみ
わがまま天国 イラスト 楢崎ねねこ
青い鳥になりたい イラスト 富士山ひょうた
海より深い愛はどっちだ イラスト 阿部あかね
ポケットに虹のかけら イラスト 陵クミコ
頬にしたたる恋の雨 イラスト 志水ゆき
魚心あれば恋心 イラスト 文月あつよ
思い込んだら命がけ! イラスト 北別府ニカ
恋するソラマメ イラスト 金ひかる
恋の押し出し イラスト カキネ
におう桜のあだくらべ イラスト 佐々木久美子
君が笑えば世界も笑う イラスト 佐倉ハイジ
もっとずっときっと笑って イラスト 佐倉ハイジ
華の命は今宵まで イラスト 花村イチカ
嘘つきと弱虫 イラスト 木下けい子
幸せならいいじゃない イラスト おおやかずみ
酸いも甘いも恋のうち イラスト 志水ゆき
あの日の君と、今日の僕 イラスト 左京亜也
片恋の病 イラスト イシノアヤ
疾風に恋をする イラスト カワイチハル
恋の二人連れ イラスト 伊東七つ生
恋を半分、もう半分 イラスト 小椋ムク
七日七夜の恋心 イラスト 北沢きょう
愛だ恋だと騒ぐなよ イラスト 七瀬
アイドル始めました イラスト 榊空也
知らえぬ恋は愛しきものぞ イラスト 芥

✤栗城 偲 くりき・しのぶ

恋愛モジュール イラスト RURU
スイート×リスイート イラスト 金ひかる
君の隣で見えるもの イラスト 藤川桐子
素直じゃないひと イラスト 陵クミコ
ダーリン、アイラブユー イラスト みずかねりょう
いとを繋いだその先に イラスト 伊東七つ生
恋に語るに落ちてゆく イラスト 樹要
君しか見えない イラスト 木下けい子
家政夫とパパ イラスト Ciel
同居注意報 イラスト 陵クミコ
バイアス恋愛回路 イラスト カゼキショウ
ラブデリカテッセン イラスト カワイチハル
社史編纂室で恋をする イラスト みずかねりょう
塚森専務の恋愛事情 イラスト みずかねりょう
経理部員、恋の仕訳はできません イラスト みずかねりょう

✤木原音瀬 このはら・なりせ

パラスティック・ソウル 全3巻 イラスト カズアキ
パラスティック・ソウル endless destiny イラスト カズアキ
パラスティック・ソウル love escape イラスト カズアキ

✤小林典雅 こばやし・てんが

たとえばこんな恋のはじまり イラスト 秋葉東子
執事と画学生、ときどき令嬢 イラスト 金ひかる
藍苺畑でつかまえて イラスト 夏目イサク
素敵な入れ替わり イラスト 木下けい子
あなたの好きな人について聞かせて イラスト おおやかずみ
デートしようよ イラスト 麻々原絵里依
国民的スターに恋してしまいました イラスト 佐倉ハイジ
国民的スターと熱愛中です イラスト 佐倉ハイジ
武家の初恋 イラスト 松本花
ロマンス、貸します イラスト 砧菜々
若葉の戀 イラスト カズアキ
管理人さんの恋人 イラスト 木下けい子
密林の彼 イラスト ウノハナ
可愛いがお仕事です イラスト 羽純ハナ
深窓のオメガ王子と奴隷の王 イラスト 笠井あゆみ
先輩、恋していいですか イラスト 南月ゆう
王子ですが、お嫁にきました イラスト 麻々原絵里依
恋する一角獣 イラスト おおやかずみ

✤彩東あやね さいとう・あやね

神さま、どうかロマンスを イラスト みずかねりょう

愛を召しあがれ イラスト 羽純ハナ
悪党のロマンス イラスト 須坂紫那
花降る町の新婚さん イラスト 木下けい子
赤獅子の王子に求婚されています イラスト カワイチハル

✤沙野風結子 さの・ふゆこ
兄弟の定理 イラスト 笠井あゆみ
獣はかくして交わる イラスト 小山田あみ
天使の定理 イラスト 笠井あゆみ

✤菅野 彰 すがの・あきら
眠れない夜の子供 イラスト 石原 理
愛がなければやってられない イラスト やまかみ梨由
17才 イラスト 坂井久仁江
恐怖のダーリン♡ イラスト 山田睦月
青春残酷物語 イラスト 山田睦月
なんでも屋ナンデモアリ アンダードッグ ①② イラスト 麻生 海
小さな君の、腕に抱かれて イラスト 木下けい子
レベッカ・ストリート イラスト 珂弐之ニカ
泣かない美人 イラスト 金ひかる
おまえが望む世界の終わりは イラスト 草間さかえ
華客の鳥 イラスト 珂弐之ニカ
色悪作家と校正者の不貞 イラスト 麻々原絵里依
色悪作家と校正者の貞節 イラスト 麻々原絵里依
色悪作家と校正者の純潔 イラスト 麻々原絵里依
色悪作家と校正者の多情 イラスト 麻々原絵里依
ドリアングレイの激しすぎる憂鬱 イラスト 麻々原絵里依
色悪作家と校正者の別れ話 イラスト 麻々原絵里依

✤砂原糖子 すなはら・とうこ
セブンティーン・ドロップス イラスト 佐倉ハイジ
純情アイランド イラスト 夏目イサク（※定価651円）
204号室の恋 イラスト 藤井咲耶
言ノ葉ノ花 イラスト 三池ろむこ
言ノ葉ノ世界 イラスト 三池ろむこ
言ノ葉ノ使い イラスト 三池ろむこ
恋のはなし イラスト 高久尚子
恋のつづき 恋のはなし② イラスト 高久尚子
虹色スコール イラスト 佐倉ハイジ
15センチメートル未満の恋 イラスト 南野ましろ
スリープ イラスト 高井戸あけみ
スイーツキングダムの王様 イラスト 二宮悦巳
セーフティ・ゲーム イラスト 金ひかる

恋惑星へようこそ イラスト 南野ましろ
恋愛できない仕事なんです イラスト 北上れん
愛になれない仕事なんです イラスト 北上れん
恋はドーナツの穴のように イラスト 宝井理人
恋じゃないみたい イラスト 小鳩めばる
全寮制男子校のお約束事 イラスト 夏目イサク
恋煩い イラスト 志水ゆき
リバーサイドベイビーズ イラスト 雨隠ギド
世界のすべてを君にあげるよ イラスト 三池ろむこ
毎日カノン、日日カノン イラスト 小椋ムク
心を半分残したままでいる 全3巻 イラスト 葛西リカコ
青ノ言ノ葉 イラスト 三池ろむこ
僕が終わってからの話 イラスト 夏乃あゆみ
バイオリニストの刺繍 イラスト 金ひかる

✤月村 奎 つきむら・けい
believe in you イラスト 佐久間智代
Spring has come! イラスト 南野ましろ
step by step イラスト 依田沙江美
もうひとつのドア イラスト 黒江ノリコ
秋霖高校第二寮 全3巻 イラスト 二宮悦巳
エンドレス・ゲーム イラスト 金ひかる（※定価680円）
エッグスタンド イラスト 二宮悦巳
きみの処方箋 イラスト 鈴木有布子
家賃 イラスト 松本 花
WISH イラスト 橋本あおい
ビター・スイート・レシピ イラスト 佐倉ハイジ
秋霖高校第二寮リターンズ 全3巻 イラスト 二宮悦巳
レジーデージー イラスト 依田沙江美
CHERRY イラスト 木下けい子
恋を知る イラスト 金ひかる
おとなり イラスト 陵クミコ
ブレッド・ウィナー イラスト 木下けい子
すき イラスト 麻々原絵里依
恋愛☆コンプレックス イラスト 陵クミコ
不器用なテレパシー イラスト 高星麻子
嫌よ嫌よも好きのうち？ イラスト 小椋ムク
50番目のファーストラブ イラスト 高久尚子
teenage blue イラスト 宝井理人
恋する臆病者 イラスト 小椋ムク
すみれびより イラスト 草間さかえ
Release イラスト 松尾マアタ
遠回りする恋心 イラスト 真生るいす

恋は甘くない？ イラスト 松尾マアタ
ずっとここできみと イラスト 竹美家らら
それは運命の恋だから イラスト 橋本あおい
ボナペティ！ イラスト 木下けい子
耳から恋に落ちていく イラスト 志水ゆき
恋の恥はかき捨て イラスト 左京亜也

✤椿姫せいら つばき・せいら
この恋、受難につき イラスト 猫野まりこ
AVみたいな恋ですが イラスト 北沢きょう
ひと恋、手合わせ願います イラスト コウキ。

✤名倉和希 なくら・わき
はじまりは窓でした。 イラスト 阿部あかね
耳たぶに愛 イラスト 佐々木久美子
戸籍係の王子様 イラスト 高城たくみ
夜をひとりじめ イラスト 富士山ひょうた
ハッピーボウルで会いましょう イラスト 夏目イサク
神さま、お願い～恋する狐の十年愛～ イラスト 陵クミコ
愛の一筆書き イラスト 金ひかる
手をつないでキスをして イラスト Ciel
恋の魔法をかけましょう イラスト みずかねりょう
恋のプールが満ちるとき イラスト 街子マドカ
純情秘書の恋する気持ち イラスト 佳門サエコ
恋する猫耳 イラスト 鷹丘モトナリ
竜は将軍に愛でられる イラスト 黒田 屑
王子は黒竜に愛を捧げる イラスト 黒田 屑
王は無垢な歌声に恋をする イラスト 黒田 屑

✤凪良ゆう なぎら・ゆう
ニアリーイコール イラスト 二宮悦巳

✤間之あまの まの・あまの
ランチの王子様 イラスト 小椋ムク
溺愛モラトリアム イラスト 小椋ムク
ふたり暮らしハピネス イラスト 八千代ハル

✤宮緒 葵 みやお・あおい
奈落の底で待っていて イラスト 笠井あゆみ
鳥籠の扉は閉じた イラスト 立石 涼
華は褥に咲き狂う⑤～兄と弟～ イラスト 小山田あみ
華は褥に咲き狂う⑥～恋と闇～ イラスト 小山田あみ
※『華は褥に咲き狂う』①～④、『桜吹雪は月に舞う』（Ⅲ 笠井あゆみ）は電子にて配信中

✤夕映月子 ゆえ・つきこ
天国に手が届く イラスト 木下けい子
てのひらにひとつ イラスト 三池ろむこ
京恋路上ル下ル イラスト まさお三月
王様、お手をどうぞ イラスト 周防佑未
恋してる、生きていく イラスト みずかねりょう
あなたを好きになりたくない イラスト みずかねりょう
異界で魔物に愛玩されています イラスト 陵クミコ

✤渡海奈穂 わたるみ・なほ
甘えたがりで意地っ張り イラスト 三池ろむこ
ロマンチストなろくでなし イラスト 夏乃あゆみ
神さまと一緒 イラスト 窪スミコ
マイ・フェア・ダンディ イラスト 前田とも
夢は廃墟をかけめぐる☆ イラスト 依田沙江美
恋になるなら イラスト 富士山ひょうた
さらってよ イラスト 麻々原絵里依
正しい恋の悩み方 イラスト 佐々木久美子
手を伸ばして目を閉じないで イラスト 松本ミーコハウス
ゆっくりまっすぐ近くにおいで イラスト 金ひかる
兄弟の事情 イラスト 阿部あかね
恋人の事情 兄弟の事情2 イラスト 阿部あかね
未熟な誘惑 イラスト 二宮悦巳
たまには恋でも イラスト 佐倉ハイジ
カクゴはいいか イラスト 三池ろむこ
夢じゃないみたい イラスト カキネ
その親友と、恋人と。 イラスト 北上れん
恋でクラクラ イラスト 小鳩めばる
いばらの王子さま イラスト せのおあき
厄介と可愛げ イラスト 橋本あおい
絡まる恋の空回り イラスト 斑目ヒロ
運命かもしれない恋 イラスト 草間さかえ
ご主人様とは呼びたくない イラスト 栖山トリ子
俺のこと好きなくせに イラスト 金ひかる
さよなら恋にならない日 イラスト みずかねりょう
かわいくしててね イラスト 三池ろむこ
恋はまさかでやってくる イラスト 佳門サエコ
完璧な恋の話 イラスト 梨とりこ
それは秘密の方がいい イラスト 南月ゆう
抱いてくれてもいいのに イラスト 山田ノノノ

※この他のラインナップは新書館のサイトでご確認ください。